U0606643

梦幻花

むげんばな

东野圭吾
Higashino Keigo

赵峻 皮琳 译

作家出版社

序幕 1
one

院子里麻雀叽叽喳喳地叫着。前几日，和子一时兴起往地上撒了些米粒儿，它们吃得很尽兴。可能是那天的麻雀又来了吧，而且好像不止一只呢，大概是带伙伴过来了吧。

和子正往餐桌上摆放饭菜，真一穿过门帘走了进来。他早已换好衣服，系上了领带。刚入九月，残暑未消，真一穿了半袖的白色衬衫。

"呵，蚬酱汤啊，真稀罕啊。"真一铺上坐垫，盘腿而坐。

"你的宿醉没事儿吧？"和子问道。

昨晚真一回到家时满脸通红。看来是和同事一起在饭馆里喝了不少日本酒。

"没事儿，就那点儿小酒。"虽这样说着，真一的双手还是首先伸向了酱汤，大概是因为酒气未消吧。

"你可别喝太多酒了。现在你可不只是要养活我一个人了。"

"知道啦，我心里有数。"真一放下酱汤碗，拿起了筷子。

"也不知道你心里是不是真的有数。"

和子端坐在餐桌前，双手合十，小声念叨道："开饭了。"

紧接着，真一哼起了歌："虽然知道这样不好，但还是放不下。"这是植木等的歌《斯达拉节》里的一小段，现在已经成了流行语。和子瞪了他一眼，他随即恶作剧般地哈哈大笑。和子也被他感染了，表情变得和缓起来。她喜欢丈夫的开朗。

吃过早饭，真一起身拎起放在房间门口的公文包。

"今晚几点回来？"和子问道。

"应该会晚一些，我在外面吃过饭再回来。你提前准备好洗澡水，我回来直接洗澡。"

"知道了。"

真一在建筑公司上班。因为两年后要举行东京奥运会，所以工作堆积如山。

隔壁房间传来轻微的哭声。刚满一岁的女儿像是醒了。

"好像她睡醒了。"和子看了看隔壁房间，女儿正坐在被子上呢。

"早啊。睡得好吗？"和子抱起女儿走到真一身前。

"爸爸要走了哦。"真一摸了摸女儿的脸颊后开始穿鞋。

"我们送爸爸到车站吧。"说着和子也穿上了拖鞋。

他们住的是日式平房，不是自家的房子，而是公司宿舍。能够拥有属于他们自己的房子也是两人当下的梦想。

锁上玄关后，全家一起出了门。时间刚过早上七点，所以路上行人稀疏。即便如此，他们还碰上了在房前洒水的邻居，并相互寒暄了几句。

快到车站时，远处传来奇怪的声响。好像是两个人互相怒吼的声音，夹杂着女人的吵闹声，那是一种女高音般高亢的声音。

"怎么回事啊？"真一说。

和子摇了摇头，满脸困惑。不一会儿，那声音就消失了。

他们走到车站前的商业街，商店尚未开始营业。

"好想看电影啊。"真一看到墙上贴着的宣传海报感叹道。是一张由胜新太郎主演的一部电影的海报。

"我也很想看……"

"唉，在这个小家伙长大之前，看来是不可能实现了。"真一看了看和子怀里抱着的女儿，不知什么时候她又睡着了。

"咣"的一声，突然从旁边巷子里冲出一名男子。他身穿红色跑步运动衫，手里拿着一根长棒。

和子他们停下脚步，对眼前这名男子充满疑惑。男子双目紧盯着她们母女。

几秒钟后，真一叫道："快跑！"

和子一时惊慌失措，不知所以然，但紧接着恐惧感围裹了她。

男子手中拿的是日本刀，并且刀上沾满鲜血，运动衫也是被血染红的。

和子害怕不已，连声音都发不出来，双腿僵住不听使唤。

男子冲了过来，双目通红，显然已经丧失人性，精神失常。

为了保护和子母女，真一挡在了前面，但男子并未就此罢休，依旧以同样的速度向真一冲了过来。随后，和子看到日本刀尖从丈夫背后露出来，那种情景令她难以置信。丈夫的后背被血浸透了。

真一倒下的那一瞬间，和子情不自禁地要扑过去，可当她看到男子从真一身上拔下刀的那一刻，她才意识到自己应该做什么。她紧紧地抱住女儿开始往回跑。但是，身后奋力追赶的脚步声越来越近。已经逃不掉了，和子暗自想道。

和子蹲下来，紧紧地抱住女儿。

随即背后中了一刀。接着，和子有一种被巨大的火钳压住的感觉，但很快她就失去了意识。

序幕 2 /
/two

　　每年七夕节前后，蒲生家都会全家一起去吃鳗鱼，这已经成为惯例了。对于这件事情本身，苍太并没有什么不满。因为他很喜欢吃鳗鱼。但是，令他难以忍受的是吃鳗鱼前的仪式。

　　每年的这时节，在台东区的入谷会有牵牛花集市。在那儿，一家人大概要逛上两个小时左右，才会去下谷的老牌鳗鱼店吃饭。父母、哥哥再加上苍太自己总共是一家四口。父母有时会穿浴衣[1]。全家人常常是以此阵容乘坐地铁，到入谷站后，在牵牛花店与小吃店鳞次栉比的街上与店主们搭话游逛。

　　儿时倒是没有多想过什么，如今已经十四岁的苍太越发感到应付这一活动太麻烦了。他并不是讨厌节日，只是和父母一起出行总让他焦躁不安。如果没有鳗鱼的诱惑，他大概是不会来的吧。

　　苍太搞不明白为什么这一活动会成为蒲生家的惯例。他曾问过爸爸真嗣，也只得到一个自讨没趣的答案：并没有什么特殊的理由。

　　"牵牛花集市是夏季的风物之一，也就是日本的文化，欣赏日本文化不需要什么特殊的理由。"

　　但是，要是他向爸爸坦白说自己并不觉着有趣的话，爸爸就会冷冰冰地直言："那你就别去，你也别想吃上鳗鱼。"

　　令苍太感到吃惊的是，哥哥要介丝毫没有抱怨。要介今年二十七岁，比苍太大十三岁。高学历，公务员，工作相当稳定。并

――――――――――――――
1　浴衣（ゆかた）是和服的一种，为日本夏季期间的一种衣着。――译注

且长相还不错，应该很有女人缘。事实上，至今为止，他也的确与几位女性交往过。但是，他依旧每年坚持参加这个活动。一般来说，七夕之夜，比起家人应该更愿意和女朋友一起度过才是。

但是，苍太从未直接问过他本人。从很早开始，苍太就不太擅长和年长的哥哥打交道。这种场合下问这样无聊的问题，自己会被看成白痴的。

来到牵牛花集市后，要介和真嗣一样兴致勃勃地观看着各色各样的牵牛花。那种表情与其说是在享受，不如说是在观察什么，像极了科学家的那种眼神。

"一年一次全家游玩不也挺好的嘛。"母亲志摩子巧妙地回应着苍太的抱怨，"你听到卖牵牛花的人的吆喝声不觉着很开心吗？我很开心哦。"

苍太叹了口气，并没有反驳。在母亲嫁进门之前，蒲生家就有逛牵牛花集市的惯例，她好像从未对此表现出任何怀疑。

今年，一家人又来到了入谷。旁边禁止通行的三车道的街道如往常一样人流涌动，热闹非凡。处处可见身穿浴衣的女性。路边还停着警车，几名警察负责集市的治安保障工作。

牵牛花集市上约有一百二十多家店铺。通常，真嗣与要介是一家家地排着看，有时也和店里的人聊几句。但他们从来没有买过盆栽，只是观赏那些花。

有时，苍太也会百无聊赖地看上几眼。虽说大多都有硕大的花盘，但重要的花都已经枯萎了。牵牛花只在早晨盛开吧。看这些枯萎的花有什么乐趣可言，苍太时常感到疑惑不解。

但是，买盆栽的人还真不少呢。店员会介绍说："以后渐渐都会开花的。"花盆上贴着写有"入谷 牵牛花集市"的标牌。为了这个标牌而买花的也大有人在。

　　走着走着，苍太的右脚开始疼了起来。是小脚趾的侧面。大概是因为今天穿的是新运动鞋，苍太为了好看而没有穿袜子的缘故吧。若是说出来，肯定会遭到批评，于是，苍太忍着疼痛没敢吱声儿。

　　鬼子母神庙的入口处拥挤不堪，苍太抬头看到一排排灯笼高高地挂着。

　　右脚的疼痛越发剧烈了，脱下鞋一看，果然不出所料，小脚趾的侧面磨掉了一层皮。

　　苍太告诉志摩子自己脚疼。她看了看儿子的脚，稍稍皱了皱眉，走上前告诉了真嗣他们。真嗣看起来很不耐烦地回应了她几句。

　　志摩子终于回来了。

　　"你爸说没办法，让你先休息会儿。你知道去鳗鱼店的路吧？你爸让你去那条路的拐角处跟我们会合。"

　　"知道了。"

　　苍太心中窃喜，既然脚疼走不了，就不用接着看牵牛花了。

　　街道上有一处中央分隔地带，走累的人们把那里当成椅子坐着休息。苍太也找了个地方坐了下来。

　　没过多久，旁边坐了一个人。浴衣和木屐映入苍太眼角。木屐的带子是粉色的。看来是位年轻女性，或者是个小姑娘吧。

　　苍太脱下鞋子，再一次看了看自己的右脚。虽然没出血，但掉皮的地方已经红肿了。他甚至想贴上创可贴。

　　"看起来好疼啊。"旁边的人说道。苍太不假思索地转过头去，身穿浴衣的小姑娘正在看他的右脚。小小的脸蛋儿，大大的眼睛微微上挑，让人联想到猫。但是，她的鼻梁却是挺直的。跟苍太的年纪相仿吧。

　　两人四目相对。她慌张地低下头。苍太也把脸扭了过来，他感觉自己内心膨胀起来了，身体发热，特别是耳朵灼热得要命。

还想再看看她的脸。要不要再看看呢。她会不会反感啊。

就在这时，有人从他们面前猛跑了过去。接着，苍太看到掉在地上的钱包。他伸手捡了起来，再往前看时却不知道是谁掉的了。

"是那个大叔掉的吧，穿白色衬衫的那个。"旁边的小姑娘用手指着，她好像看到了。

"哪一个？"苍太穿上了鞋。

"那边那个，刚刚经过店铺前的那个。"

虽然不太清楚具体是指哪一个人，苍太还是拿着钱包冲了过去。途中，右脚的小脚趾又开始剧烈疼痛。苍太疼得脸都抽搐了，但依旧拖着脚跑了过去。

身穿浴衣的女孩儿追了过来："你知道是哪个人吗？"

"不知道。"

"不知道你还跑！"

她满脸认真地向远处张望，目光搜寻了几次后终于锁定目标。

"在那儿。挂着红色珠帘的店铺前面，穿白衬衫、脖子上系着毛巾的那个人。"

苍太顺着她所指的方向望去，的确有个挂着红色珠帘的店铺，前面站着她所描述的那个人。一位身材瘦削的男子，大概五十岁左右的样子。

苍太忍着脚痛，快步走了过去。那个男子一边与看起来像是他同伴的女人说话，一边用手掏屁股后面的裤兜儿。终丁，男子像是突然意识到什么似的回过头来，开始翻找其他的口袋。他大概是发现钱包丢了吧。

苍太与身穿浴衣的女孩儿一起走到男子面前："打扰一下。"

"什么事儿？"男子僵硬地转过头来，眼睛泛红。

"这个是您丢的吗？"苍太拿出钱包来。

男子惊得目瞪口呆。连他吸气的声音都能听得到。

"是啊，你们在哪儿捡到的？"

"就在那边。"

男子一手接过钱包，另一只手捂着胸口。

"啊，真是太好了。差一点丢了啊。我竟然完全没有发觉。"

同伴的女子苦笑了一下："你一定要小心啊，总是毛毛躁躁的。"

"是啊。对了，真是太感谢你们了。多亏你们这对小情侣。"

经他这么一说，苍太怔了一下，突然意识到身边站着"浴衣女孩儿"。

"虽然不多"，男子说着从钱包里掏出一张千元纸钞，"你们两人可以喝喝茶什么的。"

"不用了。"

"不要客气。拿出来的东西哪有收回去的道理。"

男子将千元纸钞强行塞到苍太手里，和同伴的女人一起走了。

苍太看着"浴衣女孩儿"，说道："怎么办？"

"你拿着不就行了。"

"不行，还是平分吧。"

"我不用了。"

"为什么？"

"又不是我捡到的。"

"但是，没有你的帮助，我也找不到那位大叔啊。——对了，"苍太看了看眼前的店铺，"要不咱们在这儿买点什么吧？饮料什么的。"

女孩儿也并没有显露出一丝不情愿的样子。

"既然这样的话……我就要冰淇淋吧。"

"冰淇淋啊，不知道这里有没有卖冰淇淋的店铺呢。"

"那边有便利店。"

"啊，是嘛。"苍太恍然大悟，虽说是节日，但也没有必须在这种老式店铺买东西的道理。

二人在便利店买了冰淇淋，将剩下的钱平分后，站在与车水马龙的昭和街相连接的人行道边上，开始吃冰淇淋。

"你一个人来的吗？"女孩儿问道。

"怎么可能"，苍太回答说，"和家人一起。待会儿还要一起吃饭。每年如此，虽然我觉着很烦。"

"欸？"她瞪大了眼睛，"竟然有跟我家一样的家庭。"

"这么说，你家也是这样？"

"差不多吧。不知道为什么，从很早开始就被要求来牵牛花集市，说这是生长在这个地方的人的义务。真是迂腐啊。"

"你家就住附近？"

"嗯，上野。"

那可真称得上是本地人，步行就能过来了。

"我家在江东区，你知道木场吗？"

"知道。就是美术馆所在的地方嘛。"

"对。那，你不和家人一起吗？"

"我想这个时候他们肯定还在逛着呢。我累了，所以休息一会儿，你呢？"

"和你的情况差不多。脚被磨成这样了。"说着苍太指了指自己的右脚。

"这样啊"，她笑了笑。苍太第一次看到她笑，内心深处莫名地颤抖了一下。

"我叫蒲生苍太。"声音有些发颤。至今为止，这是他第一次在女孩子面前介绍自己。

"蒲生……君？"

"很奇怪的名字吧。听起来像癞蛤蟆[1]的名字似的。"

她摇了摇头："我可没那样想。"

苍太还告诉她是哪个汉字："浦安的浦再加草字头。"

她也说了自己的名字，伊庭孝美。她解释"孝"字时笑着说："孝顺父母的孝，虽然我经常被指责为'你是不孝顺父母的孝'。"

在接下来的交谈中，苍太得知她也在读初中二年级，并且互相介绍了自己的学校。听说苍太读的是私立学校，孝美感叹道："精英啊。"

"才不是呢。你那才是公主学校呢。"

"不是那么有名，其实我还是想读男女同校的学校。"说这话时孝美的鼻子上皱起了几道细纹。

虽然冰淇淋吃完了，但苍太还是想要和她多待一会儿。至少，不想就这样分开了。

"喂，"他抿了抿嘴唇，仿佛下了很大的决心似的，"你有邮箱吗？"

"当然有啦。"

"那你能告诉我你的邮箱地址吗？"连他自己都感到自己的脸变红了。

孝美眨着大眼睛，看着苍太，点了点头，"好啊。"然后从荷包袋里掏出粉色的手机。

"啊，原来你有手机啊。"

"有时候补习班下课会很晚，所以带着手机，方便联系家里人。"

"真羡慕啊。家里还不让我用手机呢。"

"最好别用。像毒品一样，会上瘾的。"

1　"蒲生"日文读作"がもう"，跟"癞蛤蟆"的读音"がま"相似。——译注

虽说如此，苍太还是很想要。如果有手机的话，今天就能在这儿和她互换号码了。

苍太用电脑发邮件，他把自己的邮箱地址告诉了孝美。她颇为熟练地操作着手机。

"我刚刚往蒲生君的邮箱里发了邮件，回去后你确认一下就可以了。"

"好的，回去后我马上回复。"

孝美"嗯"了一声，随后，目光又落在手机上。"已经这个时间了，我该走了。"

"我也差不多该走了。"

"再见。"她挥着小手，迅速转身走了。苍太看着她的背影许久，然后，转身朝着反方向走去。

苍太没过多久就和家人会合，一起去了他们经常光顾的鳗鱼店。志摩子问他这期间都做了什么，苍太回答说没有做什么。爸爸和哥哥对苍太的行动似乎并没有什么兴趣。

回到家后，苍太立即回到自己的房间。他将鳗鱼吃了个精光，但却忘了是什么味道。因为他满脑子想的都是孝美。

他打开电脑，这还是他中学入学时，爸爸买给他的礼物。苍太快速地检查了邮件。虽然也有几封朋友发过来的邮件，但这些都先搁一边。他快速地浏览了收件箱。

有啦——

标题是"我是孝美"。他接着看内容，"多多关照"，后面还有眨眼的表情符号。苍太内心深处的某个东西猛地一紧。

从这个晚上开始，苍太的生活发生了改变。每天都变得兴奋无比。连自己周围空气的颜色看起来都与从前不同了。

放学回家后他总是一溜烟儿地跑到电脑前查看邮件。肯定会有孝美的邮件。当然，苍太每天都会给她发邮件。也没有什么重要内容。
足球赛时想要用头顶球，却跟朋友碰了头而吵起来啦；穿反T恤却
一天没有发觉，回家后羞得无地自容啦；都是些日常生活中的琐事。
总之，令苍太兴奋的是，通过邮件往来，自己与孝美连接到了一起
这个事实。无论多么无聊的内容，她都会很快地回复自己。然后，
苍太再回复她。有时候，他们甚至一天通十几次邮件。

　　自然而然地二人已经不满足于单纯的邮件往来了，他们都希望
能像那天晚上一样面对面地聊天。

　　苍太跟孝美用邮件表达了自己的想法，孝美回复道"是啊，我
也想见你"。那一瞬间，坐在电脑前的苍太激动得双拳紧握。

　　学校放暑假了。二人约定在上野公园见面。苍太出家门时告诉
志摩子自己是去找朋友玩。

　　出现在上野公园的孝美身穿蓝色T恤，下身搭配短裤。跟穿浴
衣时的感觉有所不同，浑身散发着动感的活力。身穿短裤的孝美，
双腿是那么的细长，苍太紧张得不敢直视，更不敢仔细端详她的脸。
于是，他刻意转移自己的视线。

　　"蒲生君，你这样不太好吧。说话的时候一定要看着对方的眼
睛。"坐在对面的孝美指责道。

　　"啊，对不起。你说的对。"苍太边道歉边直视起孝美的脸。
虽然和她目光相撞的那一瞬间，他感到像要被压倒似的，但总算挺
住了。然后，他再次被她的美折服了。大大的眼睛里隐藏着吸引人
心的光芒，细腻的皮肤，左右完美对称的轮廓，让人联想到晶莹剔
透的陶瓷花瓶。

　　"怎么了？"孝美疑惑地问。

　　"没、没什么。"苍太又一次转移了视线。

　　两个人漫无边际地聊了很多。孝美家世代行医，她和弟弟必须

有一人要继承衣钵。

"医生啊，据说很不容易呢。"

"蒲生君家呢？"

"我爸是警察，虽然他今年就要退休了。所以，说他是房东更确切些，他出租房子给房客。"

"哈，果然是有钱人。"

"都说了不是。"

与孝美聊天真的很开心，时间在不知不觉中流逝。两个人约好下次再见后便各自回家了。

再次见面是五天后的事。还是在上野公园。孝美这次穿的是连衣裙，发型也稍稍改变了一下，颇有几分成熟的味道。

她见多识广，很健谈，而且又特别擅长倾听。苍太对于语言表达几乎没有什么自信，但不知为什么，和孝美在一起，也变得滔滔不绝起来。大概是被孝美巧妙地引导了吧。

这一天，时间也过得飞快，但是成果颇丰。孝美开始叫自己"苍太君"了。他也开始叫她"孝美"。虽然刚开始都有些拘谨，但马上就习惯了。这令他无比兴奋。

此后，二人差不多每周见一次面。事实上他们还想多见几次，但是，因为孝美补习班很多，所以抽不出时间。他俩不仅只在公园见面，也一起去看电影。但是，看过后又很后悔。电影虽然很有意思，但不能和孝美自由地聊天，这样就失去了难得见次的意义。

回到家后，虽然才刚刚和她分开，却已经开始了对她的思念。于是，苍太马上打开电脑给她发邮件。无外乎是"玩得很开心，还想再见你"之类的内容。总之，她的身影在苍太的脑海里挥之不去。尽管连他自己都觉着奇怪，可思绪仍然情不自禁地飘到她那里。

但是，这种甜蜜而幸福的日子却戛然而止。

那天，吃过晚饭后，苍太正要回房间，却被真嗣叫住了。"等一下，我有话跟你说，你坐那儿。"真嗣指着客厅的沙发说。

爸爸面无表情，苍太感到一丝不安。

难道爸爸知道了？要介一言不发地出去了。志摩子在厨房里洗碗。

苍太刚坐到沙发上，坐在对面的真嗣就开口了："你是在和女孩子交往吧？"

听了这话，苍太情不自禁地要站起身来。"为什么……"

为什么爸爸会知道孝美的事情，他想不出任何原因。

"难道您看了我电脑上的邮件？"

如果是这样，他绝对不能原谅。但是，爸爸接下来的话剥夺了苍太反驳的权利。

"给你买电脑时我应该说过了，我会不定期地查看里面的内容。"

"啊……"

的确如此。他确实和爸爸定了这个约定。那时候，苍太觉着让爸爸看看也无所谓。过了一年，他早已将这个约定抛到九霄云外了。难道说在这一年里，爸爸一直在查看电脑的内容？

"我听你妈说你最近有些古怪。经常外出，学习时也坐不住。我有些怀疑，就查看了你的邮件。这是你第一次干这种事。"

苍太把脸扭到一边去，虽然很不甘心，但并没有抱怨什么。

"苍太，你还是中学生，谈恋爱对你而言还为时过早。"

"我们也没有做出什么过分的事情，见见面、聊聊天而已。"

"现在有这个必要吗？你还有很多其他的事情要做。"

"我在做啊，学习也没有偷懒。"

"别说谎了。你一天发那么多邮件，怎么集中精力学习？"

听了这话，苍太怒视着爸爸。一想到他是不是逐一地看了自己的邮件，怒气就涌上心头。

"你这表情是什么意思？"真嗣也开始瞪着儿子。

苍太站起来，阔步朝向屋门走去。

"你这家伙，我话还没说完呢。"

苍太完全不理会爸爸的话，径直地走出了客厅，上了楼。回到自己房间后，他打开电脑将邮箱里保存的他和孝美的一切通信都删掉了。然后，重新写了一封邮件发给了孝美。内容如下：

"还好吗？我这里发生很无聊的事情，让人恼火。虽然我无法细说，但大人们真是太过分了。我想快点见到你。看到你，或许我就能松口气吧。"

苍太在文章的末尾加了一个愤怒的表情符号，发出去了。孝美肯定会立即给自己回复的吧。

发信后，苍太删除了刚才的邮件记录。如果早就这样做的话，也不会被真嗣发现了。他埋怨自己太粗心大意，以至于至今都没有察觉爸爸偷看自己的邮件。他为此而感到气愤。

在等待她的回信期间，苍太浏览了一下网页。暑假作业还剩下一些，但他完全没有兴致学习。他自我安慰，是因为气愤才没有兴致学习，而不是因为一心等待邮件。

真奇怪——苍太看了看表，开始揣测。邮件发出去已经将近一个小时了，可是孝美还没有回复。这种情况真是少见。

苍太想，要不要先去洗澡，算了还是再等等吧。

但是又过了近一个钟头，还是没收到孝美的回信。焦急难耐，苍太又写了一封邮件。

"刚才我给你发了邮件，你收到了吗？我有些不放心。"

点击发送键的那一刻，苍太心里涌起一种不祥的预感。难道孝美那儿出了什么状况？所以才没有来得及回复刚才的邮件？

忐忑不安的苍太目不转睛地盯着电脑。结果那天晚上，苍太也没有去洗澡，一直等着邮件。

第二天下午，苍太去了车站前的公用电话亭。

上午他又给孝美发了一封邮件，问她有没有收到自己的邮件。但是，依旧没有回复。

走进电话亭后，苍太插入电话卡，拨动了孝美的手机号。会不会连电话都打不通啊，苍太开始担心。紧接着传来电话呼叫成功的声音，响了四声后，好像通了。

电话里传来一声"喂"，没错，是孝美的声音。

"啊，喂，是我，苍太。"

"嗯。"孝美小声地回答，听起来她并没有感到意外，好像接电话前就已经知道是谁来的电话。

"出什么事了吗？从昨晚起我给你发了好几次邮件，你收到了吗？"

孝美沉默了。苍太以为是信号不好，又说句"喂"。

"我在听呢。"孝美说，"我收到邮件了，对不起，没有回复给你。"她的语气很生硬，让人感觉很冷淡。

"出什么事了吗？"

又是沉默。苍太开始变得很急躁。没错，一定是出什么事了。

"孝美……"

"你听我说，"孝美终于说话了，"我们到此为止吧。"

"到此为止……"

"见面也好，邮件也好，从此以后都不要再继续了，打电话也是。"

"……为什么？"

"都说了，"她用稍带气愤的语气说道，"到此为止。我们还是中学生，有很多事情要做，比如学习。"

"搞不明白，到底是为什么？"

苍太脑海里一片混乱，为什么孝美会突然说出这样的话？难道是昨晚爸爸跟她说了什么？

"难道说昨晚有人说你什么了？我爸跟你联系了？"

"不是那样，也不可能那样。是我自己觉着这样比较好。"

"但是，我们以前不是挺开心的吗？"

"很开心。但是，不是所有的事情都是开心就可以的。"

"真的要结束吗？我们再也见不到了吗？"

"嗯，我觉着对于蒲生你来说这样也好。"

"说什么'蒲生'……"

"总之，这段时间很感谢你，再见。"

"不，等一下。"

"砰"的一声电话挂断了。

苍太手拿电话筒，愣在电话亭里。莫名其妙。为什么会变成这样呢。

回家的路上，苍太想了很多。真嗣会不会通过邮件打探出孝美的住址，然后和她父母联系，让他俩不再见面。但无论怎么想，他都不可能知道孝美的住址的。连苍太都不知道她住哪儿。"伊庭"这个姓氏虽说不多，但重复的姓氏也可能不在少数。因为，连孝美自己都肯定了这一点。

从那以后，他也给她写过几次邮件，但再没收到过她的回信。电话也打不通。估计是她刻意不接公用电话打来的电话吧。此后，再接着打的话，最终语音提示说：这个号码已经停止使用。

就这样，苍太这段连一个夏天都不到的短暂恋爱结束了。虽然他又回到了和孝美相遇之前的日子，但是有一件事发生了改变。

苍太决定，明年不再去牵牛花集市了。

1

通过手机获知这个消息时，秋山梨乃正走在新宿的街上。新宿大街一如既往地拥挤不堪，为了避免与对面走过来的行人相撞，你不得不小心翼翼地走路，但却有可能因此而错过电话里的某些信息。所以，一接到电话，梨乃就走到了附近的岔道里，但依然没能理解电话里妈妈所说的话。梨乃停下脚步，问道："欸，怎么回事儿？"

"我是说"，妈妈素子情绪有些激动地说道，"尚人去世了，据说是从窗户跳楼自杀了。"

梨乃握住手机，愣住了。

当晚，梨乃回到了横滨老家。虽然现在梨乃一个人住在高圆寺，但她这里没有守灵和葬礼时穿的衣服。梨乃穿上了三年前祖母去世时买的黑色连衣裙，她有些担心不合适。因为与那时候相比，她的肌肉少了很多，所以穿起来有些宽松。

鸟井尚人是梨乃爸爸这边的表哥，也是爸爸正隆的妹妹的长子。

听正隆说，尚人是在黎明前后从川崎的自家公寓跳楼身亡的。那时，他父母和弟弟知基还都在各自的房间里睡觉，所以，自然而然地谁都没有注意到那一刻。倒是被声音吵醒的楼下居民首先发现了院子里血淋淋的尸体，并报了警。鸟井家是在被警察询问有谁不在家这样奇怪的问题时，才得知长子的死。妈妈去查看尚人的房间时，发现里面没有人，而且窗户开着。

"只要一想到佳枝知道跳下去的是尚人的时候的心情，我就会浑身颤抖。"素子面带痛苦，身体真的晃动了一下。佳枝是尚人妈妈的名字。

据说，警察查看了尚人的房间，并没有发现遗书之类的东西。因此也无法判定是事件性死亡，只能判定为自杀。也就是说，意外的可能性都很低。"我想不到任何原因。前一天晚上全家还坐在一起吃晚饭，但当时并没有什么不对劲的地方。这到底是怎么一回事儿啊。"正隆的额头皱成一团。

第二天，梨乃和父母一起乘出租车去了殡仪馆。车里的三个人都沉默不语。梨乃细细地回忆着与尚人在一起的时光。他是梨乃亲戚里面为数不多的与自己同年代的人。从小时候起，两个人就经常在一起玩耍。两家人还一起去旅游。梨乃开始学游泳，也是因为比她大一岁的尚人先参加了游泳培训班。

没过多久，就到了殡仪馆，梨乃安慰鸟井夫妇时内心非常痛苦，不忍心看他们的表情。好不容易说出话来的佳枝也是一直哽咽着。

尚人的弟弟知基坐在离众人稍远的座位上。梨乃走上前去，跟他打了声招呼。他"呀"的一声，悲痛的表情有所和缓。他比梨乃小两岁，上个月才刚刚踌躇满志地迎来自己的大学生活。也许是由于身体线条较细的缘故，他看起来还像个中学生。

梨乃坐在知基旁边，抬头看着祭坛上摆放的尚人的照片。镜框里的尚人微笑着，金色的头发，耳朵上戴着耳环。梨乃想起了演唱会上，很多女孩儿大声尖叫为尚人叫好的场景。

"真是悲剧啊。"梨乃看着遗像，喃喃自语道。

知基叹了口气。"我现在还是无法相信这一事实，感觉像做梦一样。"

"我知道别人也问了你很多次同样的问题……"

"关于自杀的线索？"

"嗯。"

知基摇了一下头，答道："我一无所知。"

"我真的不明白大哥在想些什么。虽然他看起来每天都过得很充实，但真实情况是什么样的，没有人知道。说不定他因我们想象不到的事情而烦恼呢。"

"也是啊"，梨乃回答说。事实上，她也是这样想的。自杀的年轻人不断增多，身边的人能了解其原因的情况却很少。

尚人活着时，无论做什么总是胜人一筹。学习成绩出众，又颇具绘画才能，运动样样都棒。但是，这一切也不能说明他没有烦恼。

去年，他从大学中途退学。虽然他富有才艺，但最终选择走上音乐这条道路。他高中时就组织业余乐队搞活动，最终决定要成为专业的音乐人。梨乃也去听过几次他们的演奏。虽然她对音乐一窍不通，但也能感受到其中的闪光点。所以，她从心里祈盼尚人能作为一个艺人取得成功，但是……

祭坛的旁边有一幅放在镜框里装饰的画。画的是一只鹫即将捉住小兔子的那一瞬间。

"那是尚人的画？"

"是的，"知基答道，"是他小学时画的。"

"这是小学生画的？"梨乃再一次看了看那幅画。每个动物都活灵活现的。自己绝对画不出来这样的画。"近来，他有没有再画呢？"

"我记得他中学时就放弃绘画了。"

"为什么会放弃呢？"

"不知道。我曾经问过他一次，但他嫌我烦，也没说什么。"

"欸……"

突然，梨乃觉着旁边站了一个人。抬头一看，身穿礼服的秋山周治嘴角泛着凄凉的微笑。

"爷爷。"梨乃叫道。周治是正隆和佳枝的父亲。

"真是辛苦你了。"他拍了拍知基的肩膀，坐下了。"你有没有好好吃饭啊？这个时候，知基一定要坚强起来。伤心难过是在所难免的，但一定要注意身体。"

"我知道。其他的亲戚也这样说。说以后我就是长子了。但是突然你们都这样说……"知基垂头丧气，双手抱头。

"不要太勉强自己。今后你只考虑自己的事情也行。"周治将目光转移到祭坛。"尚人今年多大了？比梨乃大一岁吧。"

"对，今年应该是二十二岁了。"

"二十二岁，不知道究竟是发生了什么事情，但这正是青春绽放的年纪啊。"周治手伸进上衣里面掏出了一个信封，"这个也不能亲手给他了。"

"这是什么啊？"

周治"嗯"了一声，从信封里取出一张纸。

"记得咱们以前一起去吃饭吗？梨乃应该也去了。"

这是位于日本桥的一家叫作"福万轩"的著名西餐店的用餐券。

"记得。"梨乃说，"大家一起去吃的，那儿的炸牛排超级好吃。"

"对。"周治眯着眼睛笑了笑。

"尚人也说过同样的话。上次见面的时候，他也说那时候吃的炸牛排让他回味无穷，还说希望能让乐队里的队友们也尝尝。但是因为是高级西餐店，所以不先挣点钱是不行的。"

"哦，原来是这样啊。所以爷爷才买了这个用餐券？"

"嗯。可惜没赶上。我想把这张用餐券搁到他棺木里面，所以今天带过来了。"

周治将用餐券装到信封里，然后放回到衣兜里。接着把脸转向了梨乃："梨乃现在过得怎么样？一切都好吗？"

"嗯……马马虎虎吧。"

"游泳呢？已经彻底放弃了吗？"

旁边垂头丧气的知基仿佛惊了一下似的抬起头看着梨乃。游泳——大概是大家在她面前谁都没有提到过这个词吧。但是，周治没有意识到这是个敏感的话题，依旧直盯盯地看着梨乃。

梨乃无法回避那种目光，点了点头："放弃了，不再游泳了。真是对不起，让您失望了。"

周治努了努下嘴唇，将手举到脸一侧，小幅度地挥了挥。"没有必要道歉。如果是你自己作了这样的决定，也就没有什么可遗憾的了。"

梨乃点了点头，垂下了眼帘。她感到自己很没有出息，还让年迈的爷爷为自己操心。

从儿时起，梨乃就很擅长游泳。在游泳学校，很快她就被调到游泳比赛运动员课程里去训练了。首次参加比赛时，获得了三年级级部第三名。四年级的夏天，参加了全国游泳比赛，挑战五十米自由泳，并获得第六名。

此后也是一帆风顺。没有经历过什么大的挫折，她不断地参加大型比赛，并取得好成绩。上中学时，梨乃开始有参加奥运会的想法。事实上，梨乃也曾被选为日本少年代表参加海外比赛。

特别是高中时期，是她游泳发展的黄金期。三年连续参加日本全国高中运动会，连年夺冠。不仅如此，还有时候一年获得多个冠军。

高三的时候，她还参加了亚洲游泳大赛，并且在个人混合泳中夺得金牌。梨乃至今难以忘记，那天从成田机场下飞机时的场景，得知那么多记者媒体等待采访自己时，她着实吃了一大惊。

父母也得意非凡。梨乃去参加国际比赛的时候，无论到哪儿他们都去支持她。正隆也只有在那个时候才会利用自己的带薪休假。

但是，每当回忆起那时的顶峰期，总会让梨乃百感交集。她做梦也没有想到三年后的自己会变成这样，甚至连下水游泳都不能够了。

周治用手拍了拍梨乃的肩膀叫了她一声，将她的思绪拉回到了现实。

"答案只有一个，其余的都无关紧要了。我没有想到你会那么早就作出决定。无论你选择什么道路我都一直站在你这边。唯一不变的就是永远支持你。"

梨乃的表情柔缓了些："我没事的，爷爷，谢谢。"

周治会意地点了点头。

"听说你现在住在高圆寺？"

"对，女生公寓。怎么啦？"

"离我家很近嘛。既然你都不游泳了，肯定也有空闲了吧，下次来我家玩儿。"

"对啊。我记得爷爷家里种了好多花呢。"

"嗯，现在也有很多。你可以来看看。"

"好，我一定会去的。"

"我还想让尚人也看看我种的花呢。"周治抬头看着遗像，眼睛不停地眨动着。

到了六点，守灵就开始了。梨乃他们转移到了遗属席。在僧侣诵经过程中，她一直看着轮流走过去上香的吊唁者们。果然还是年轻人多一些。近年来，此类消息即使不通过联络网，靠邮件和SNS[1]等也能一传千里。

忽然，屋里走进来三个格外引人注目的男子。虽然他们都穿着

1　SNS, Social Networking Services, 即社会性网络服务，专指旨在帮助人们建立社会性网络的互联网应用服务。——译注

黑色的衣服，但照样佩戴着此类场合禁忌的项链、耳环之类的金属饰品。而且其中两个人明显还化着妆。

不知道他们是谁的人，可能会投以嫌弃的目光。但梨乃知道，这是他们表达离别的特殊仪式。他们三个人，正是尚人所在的乐队里的成员。

三个人以生硬的手势上完香后，走到死者的父母面前深深地鞠了一躬。从梨乃所在的地方都能清楚地看到佳枝在用手帕擦眼睛。

另外一个房间里备有守灵招待席。梨乃和知基正在这里休息，他们三个人走了过来。

"好久不见，梨乃。"率先打招呼的是担任声乐和吉他的大杉雅哉。个子高高的，蓄着刘海儿的脸却小巧得令人嫉妒。因为在演唱会会场之类的地方见过几次面，所以梨乃对他仍有印象。

点了点头后，梨乃问道："你什么时候听说的？"

"昨天白天。我们约好了去排练，但等了很久，尚人都没来，所以打了他手机，结果是伯母接的电话，哭着说他去世了……"雅哉咬着嘴唇回答说。他自己也是一副强忍住眼泪的样子。

"雅哉，你们也没有什么线索吗？"

雅哉看了看其他两个人，疑惑地摇了摇头。

"警察也问过这个问题，最后一次见面时尚人的样子什么的。然后，我们几个人仔细地想了很久，那天尚人到底有没有什么特别的地方，有没有发出像 SOS 之类的信息。谈论了一晚上也没有想到些什么。"

"不如说是那一刻的尚人才下定决心要自杀的吧。"说这话的是负责贝斯的哲也，一个瘦小的男孩儿。"演唱会备受好评，也有大公司邀请我们。可以说正是乐队开始发展的大好时期。可是，为什么这个时候他会选择自杀，我们也想问问他呢。"

"可能因为他是天才吧。"负责打鼓的一之长长地叹了口气，嘴里有些酒味儿。"我们常人是无法理解天才的想法的。"

"这样的解释能让人接受吗？"哲也不满道。

"但是我们的确是想不明白，这也没有办法啊。"

"别说了。"雅哉平息了二人的争论，"不好意思"。他向梨乃和知基道歉。

"乐队的活动怎么办？"

雅哉双眉紧锁，用手摸了摸耳朵上的耳环。

"现在，我还无法思考这个问题。尚人不在了，对乐队而言不仅仅是失去了电子琴乐手那么简单的事儿。梨乃你也知道的，这个乐队是我和尚人一手创办起来的。"

"大哥也说过，因为有雅哉，所以才能坚持下来。"知基说，"所以我想大哥也在感谢雅哉哥你……"话音刚刚落下，便泣不成声了。

"你这样说，我很感动，但也没有什么意义了。那家伙已经不在了。"虽然雅哉以声音高亢清澈而著称，但他这句喃喃低语听起来像是直落到听者内心深处一般沉重有力。

2

尚人的葬礼结束四天后，梨乃去了西荻洼的爷爷家。并没有什么要紧事儿，只是兑现守灵时跟爷爷的约定。

爷爷家是雅致小巧的纯和风式的木造房子。小小的门上挂有写着"秋山"的木牌。自从三年前奶奶去世后，爷爷一直一个人住在这里。梨乃上一次来还是读高中的时候。

周治正在院子里侍弄花。身后传来梨乃的声音："爷爷好。"

爷爷转身笑了笑："呀，你来了啊。"

梨乃走到院子里。整个院子像是被草坪包围了似的，栽满了花。不仅如此，还有很多塑料花盆、陶花盆里也都栽着花。虽然有些狭窄，但也算是个初具规模的植物园了。

梨乃对花的名字了解不多。顶多能叫出一个白色铃兰的名儿。

"爷爷，这是什么花啊？"梨乃指着花盆里盛开的几朵红色的花问道。

"那是天竺葵。现在正是花期呢。"

"这个呢？"梨乃又指着塑料花盆中盛开的紫色花问道。

"美人樱。也叫美人樱花。就像我们家梨乃一样。"

其中有一个小小的盆栽。花还没开，只有嫩绿的叶子。"这是什么花？"

"那个呀，"周治靠过去，瞅了瞅盆栽，"这一株，还不知道开出什么花来呢。"

"欸，还有这样的情况？"

"但我知道它大致是什么品种。"周治似乎有意地含糊其辞。

"爷爷，您很乐在其中啊，您的确是喜欢花。"

周治笑眯眯地首肯。

"因为人会说谎，交往起来很麻烦，但是花不会说谎。只要一心一意地培育，一定会得到回报。"

"哦。"

梨乃暗自想道，最近是不是有人对爷爷说谎了啊。

一进屋，周治便开始在厨房里烧水，然后，从橱架上拿下速溶咖啡的瓶子。

"爷爷，倒咖啡的事儿就交给我来做吧。"

"不用，不用，梨乃坐着就行啦。"

"您虽这样说，我也坐不住啊。"

秋山家的客厅是正对院子的日式房间。越过玻璃窗能看到刚才周治还侍弄过的花。

矮脚桌上放着笔记本电脑，梨乃点了一下触摸屏，电脑屏幕上出现了红色的花的照片，正是刚才爷爷说的天竺葵。

"哇，真漂亮。爷爷摄影技术很厉害嘛。"

"是吗？但我觉着拍得不够好。"

"已经够好啦。我能看看其他的照片吗？"

"没事儿，看吧。"

梨乃接着看了收藏在同一个文件夹里的其他照片。照片拍的都是种类各异的花。看完后，梨乃能体会那种看到色彩鲜艳的花瓣就想拍摄记录下来的心情了。

"爷爷，您打算怎么利用这些照片啊？"

"这个……"周治将两个马克杯放到托盘上端了过来，"我希望将来能以某种形式将这些照片展示出来。"

"形式?"

周治伸手拿起放在旁边的笔记本。

"这里面记载着各色各样的花的生长记录。那些花的照片配上这些记录会更易懂一些。我认识一个经营小出版社的朋友,正和他商量能不能在他那儿出版一本摄影集之类的……"

"给我看看。"

梨乃拿开笔记本,里面全都是密密麻麻的铅笔字。记录着日期、花名还有侍弄的方法等内容。

"为什么要用手写?用电脑打字不更省功夫嘛。"

"因为我常在院子里做笔记,手写更方便。"

"但如果是文本数据的话,整理起来更方便。"说到这儿,梨乃脑海里闪现了一个想法。"对了,爷爷,您开通博客吧。将这些花的照片上传,然后配上记录,这样一来可以整理,二来也可以让其他人看看。一石二鸟啊。"

"博客?是指网上日记吗?我不喜欢那东西。最主要的是太麻烦啦。"周治说完啜了一口咖啡。

"也不是太麻烦。并且,现在喜欢养花的人又多,跟这些人交流交流不也挺开心的吗?我来给您弄吧。"

"梨乃你来弄?"

"我以前也写过博客,知道其中的窍门。难得积累了那么多漂亮的照片,不给别人看看真是太可惜了。"

周治抱着胳膊"嗯"了一声。

"的确如此啊,如果是自费出版摄影集的话,从目前的预算来看,顶多能印一百册左右。"

"那就包在我身上啦。您放心,我肯定会弄一个漂漂亮亮的博客的。"

"但是，梨乃你不是很忙吗？"

梨乃将端到嘴边的马克杯又放下。

"哪会忙呢。天天无事可做，烦得很。"

"你可以学习啊。梨乃现在可是大学生了。"

"爷爷您真是成心捉弄我，您也知道我学习根本不在行。"

"哈哈哈！"周治开口大笑。

"你不是不擅长学习，只是没有找到想要学习的东西而已。"

"也许吧。我都不知道自己有没有想要学习的东西。"

"每个人都有的。只是要费一番功夫才能找得到。你不去找就永远找不到。"

梨乃双手捧起马克杯。自从放弃游泳以来，自己的确什么也没有寻找过。

"不要着急。"周治慈祥地看着她，"你的时间还很充足，如果你能消磨时间替我写博客的话那也挺好。"

梨乃嘴角弯起："嗯。"

从此以后，梨乃每月都要去周治家一两次。博客上不仅有照片和文字解说，梨乃还想记录一下爷爷的日常生活。当然，她也想和爷爷谈谈关于自己将来的种种事情。因为爷爷在食品生产厂担任过技术员，退休后作为特约研究员又工作了六年，所以社会经验也很丰富。

如此大约过了两个月，梨乃和往常一样到爷爷家后，看到周治正在客厅隔壁的书房里翻看一本厚厚的书。

"怎么啦？查资料？"

对于梨乃的问题，周治漫不经心地"嗯"了一声。好像很心不在焉的样子。

矮脚桌上放着电脑，屏幕上显示的是梨乃从未见过的一种花的照片。

"这是什么啊？新开的花吗？"

周治抬头把目光从书本移开："嗯，算是吧。"

"哦。"

"梨乃刚开始来的时候，它才刚刚发芽。这花是今天早上开的。"

"哦，原来是带绿叶的那株呀。"梨乃想起了那个小小的盆栽。这样说来，它还是在我来来回回期间长起来的呢。记得几周前它刚刚被转移到大一点的花盆里。

盛开的花呈现黄色，细细的花瓣稍显弯曲地向四方伸展过去，叶子也是细长的。对植物不太熟悉的梨乃完全不知道这到底是什么花。

梨乃向庭院望去，一眼便看到了那个盆栽，只是花不见了。

"那花怎么样了？"

"哦，真可惜，它枯萎了。"

"怎么会这样呢。"

梨乃从包里拿出 U 盘，连接到电脑后，迅速地把照片文件复制了过来。

"那这到底是什么花啊？"

"是啊，这到底是什么啊。"周治将书放回书架，回到了客厅。"这个现在还说不清楚。"

"欸，怎么一回事儿啊？"

"我还没弄清楚，现在还在调查中。就快弄明白了，就快了。"

周治的眼睛盯着电脑屏幕，熠熠生辉。梨乃注意到爷爷很兴奋，她也是第一次看到他这个样子。

"那该在博客上写什么好呢？品种不明？"

梨乃话音未落，周治的表情立马变得很严肃。

"不行，不能在博客上发表关于这株花的任何信息。"

"欸，为什么？"

"说不清楚。总之要是写到博客上去的话，会引起轰动的。这个暂时作为我和梨乃之间的秘密，好吗？"

严肃的口吻，眼神里闪烁着某种愿望得到满足的光芒。对于周治而言，这有可能是件相当值得高兴的事情。

"知道了。我会保密的。"

"不好意思。但我想，总有一天你会明白的。"周治用指尖充满爱意地抚摸着显示器上的黄色的花。

3

　　发令枪响起了。那一瞬间，自己浑身的肌肉都紧张起来。双腿弹跳起来的时机恰到好处。从猛然拉直的指尖开始，身体逐渐下水。保持不受水的阻力的姿势后，浮出水面的那一刻，四肢也开始动起来。整个流程下来，顺畅无比。她能看到旁边的选手的姿态，自己稍微领先一点。

　　其后，也是快速地前进着，打腿的节奏平稳，完全没有疲惫感，就这样一口气冲到终点。如果不出差错的话，就能更新个人记录了。

　　离终点越来越近了。还剩一点儿，她使出了最后的力气。

　　但这是怎么回事儿啊，自己前进不了。那么近的距离却感觉那么遥远。其他的选手接二连三地到达了终点。连颁奖典礼都要开始了。

　　她拼命地挥动四肢，但身体还是一个劲儿地下沉。她听到有人在笑。

　　下一个瞬间，周围的水都消失了。她意识到自己并不是在游泳，只是在回忆游泳时的场景。不，也不是这样。

　　又一次做噩梦了。隔三差五就会做的梦。尽管有各种各样的模式，但无法到达终点线的结果都是一样的。

　　梨乃虽然已经醒了，但她仍旧闭了一会儿眼睛。总盼着这样还能让自己再多睡一会儿，接着能再做一个好点儿的梦。

　　但是，很遗憾，她感到越来越闷热，完全没有再次入睡的感觉。由于虚汗的缘故，脖子黏糊糊的，很不舒服。她彻底放弃了再睡的念头，睁开眼睛，缓缓地起身。看了看枕边的闹钟，马上就要上午十一点了。她是凌晨五点多睡的，连续睡了六个多小时。这是近来睡眠时间最长的一次。

梨乃坐在床上，想起了今天的计划。下午有一堂课必须得去听。

她看了看旁边的桌子，上面堆满啤酒和酒精饮料的空瓶子。原本以为喝不完这么多就肯定会醉倒了，她开始痛恨自己那耐酒精的体质。

梨乃晃晃悠悠地站起来，在洗手间洗了脸。看着镜子里面的自己，她感觉这不像是二十岁的皮肤，也不是运动员的体型。

随意地化了化妆，换了衣服后，梨乃出门了。今天的天气又是要下雨的样子。大学都快放暑假了，可是梅雨期还未结束。

从梨乃住的女生公寓到学校，步行顶多花十分钟。她在途中的一家汉堡店吃完午饭后去了学校。

虽然梨乃已经是大学三年级了，但是除了游泳部的队友以外没有任何亲近的朋友。因为她已经退出了游泳部，所以在大学里也是形单影只。她刻意远离游泳池和游泳部活动室。话虽如此，其实即使与队友们碰到，他们也不会让她感到不快。相反，他们会小心翼翼地呵护她的感受。但梨乃正是讨厌这一点，更确切地说，是觉着对不住他们，所以她主动避免和他们见面。

走进校门后，梨乃边走边开始打电话。

"喂，你好。"电话另一端传来周治轻松愉快的声音。

"爷爷，是我。"

"哦，梨乃啊。"

"今天下课后我打算去您那儿，您有空吗？"

"哦，有空。我今天也没有什么事儿。"

"那就这么定了。我买些点心带过去。爷爷有什么想吃的吗？"

"不要太甜的，最好是西式点心。"

"好的。"

挂掉电话后，梨乃看了看手表，马上就要下午一点了。

梨乃坐在阶梯教室靠边的座位上听课。课程内容是文化人类学的一个分支：文化和人格分析的学问。梨乃对此丝毫不感兴趣。她自己也不知道当初为什么会进文学部，而且是国际文化学科。大概是参加考试的时候自己什么都没考虑吧。选择这所大学的理由，也是因为游泳部的训练环境比较好。仅此而已。

梨乃想起了周治的话——不是不擅长学习，只是没有找到自己想要学习的东西。这既是在给自己鼓起勇气，也是在提醒自己：如果一味逃避便一事无成。

梨乃强忍住瞌睡，完整地听完了九十分钟的课。其他的学生两眼放光地走出了教室，不禁令人想他们接下来会有什么好事情发生。

出了学校后，她一边逛了几个小商品店，一边向车站走去。看上了一件漂亮的连衣裙，但得知只有一个尺码，便放弃了。

梨乃在车站前的蛋糕店买了华夫饼。刚上电车，就收到了妈妈的短信。梨乃不用看也能猜出是什么内容。果然不出所料，是关于什么时候回家的问题。自从尚人的葬礼后，梨乃还没有回过家。

电车摇摇晃晃地行驶着，梨乃构思着回信内容。要不要说最近忙于写论文，所以回不去呢，反正妈妈也不会追问是什么论文。

梨乃下车后，从车站步行到了周治家。进门后，她边望着院子，边向玄关走去。突然，梨乃停下了脚步。上次来是上周前的事儿了。与那时相比，院子的风景发生了微妙的变化。但自己也说不出来是什么变化。

梨乃带着一种莫名其妙的别扭感用手打开了玄关门。门一打便开了。爷爷还是那么粗心大意。平常周治是不锁门的。

进去一看，周治平日里穿的拖鞋和鞋子散乱地堆在脱鞋处。这种情况很少见。

进门后，梨乃看到右手边书房的拉门开着。因为平日里总是关着的，梨乃觉着奇怪便向室内看去。梨乃愣住了。榻榻米上扔着纸箱和纸袋等东西。

书房的对面是起居室，间壁的拉门紧闭着。

"爷爷好。"梨乃边脱鞋边朝里面打招呼。没有回音，梨乃便径直走上来了。穿过书房，她直接打开了拉门，同时又叫了声"爷爷"。

起居室的中间一如平日，放着一张矮脚桌，上面摆放着茶碗和塑料水瓶。梨乃突然感到脚底发冷。低头一看，她脚下所踩的坐垫的一边是湿的。梨乃赶紧把脚挪开了。

周治躺在矮脚桌的正对面。他好像在睡觉，从梨乃的角度，只能看到他的脚。

"怎么回事儿，在睡觉吗？这样会感冒的哟。"

边说着边走过去，突然，梨乃停下了脚步。因为她闻到一股臭味儿。

梨乃战战兢兢地走了过去，看到了周治的脸，那一刹那，她感觉喉咙里有块东西要从里面涌出来一样。

周治睁着眼睛，肤色发黑。那张脸不是梨乃所熟悉的爷爷的脸。看起来像是用黏土工艺制作的面具被弄得歪扭不堪。

这种时候，应该怎么做来着？该给哪儿打电话来着？——梨乃从包里掏出了手机。她发觉自己的手在颤抖。

4

当听到被害者的姓名时，早濑亮介感到不可思议。他在驶向案发现场的车上，通过手机确认了"秋山周治"这个人的信息档案。信息中记载着电话号码和住所。

果然没有错，和现在正要去的地方是一致的。也就是说，不是同名同姓的另一个人。

那个老人被杀害了吗……

"怎么了？"坐在旁边的年轻刑警问道。

"没，没有什么。"早濑将手机放回了上衣内兜里。

年轻刑警深深地叹了一口气。

"杀人事件啊。我们局已经好久没有设立调查本部了，上面又要绷得紧紧的了。利利索索地处理完也就罢了，万一时间拖久了，肯定各种要求都会严格起来。"

"是啊。局里的秋季运动会也会叫停吧。"

早濑开玩笑地说起这事儿，他却当真地回答道："就是这样，整个气氛都很沉重。"

一旦建立了调查本部，地方警察官不仅会忙得不可开交，还会被要求全面彻底地节省开支。因为本部运营所需要的各种费用几乎都是地方警察官负责。

到了案发现场后，早濑看到刑事科长和股长站在玄关前。科长好像在跟谁通电话。

"来得太晚了。"股长对早濑他们说道。

"因为我们去审上次那个机动车伤人逃跑案件的口讯了。今天早上，我们应该向您请示过了。"

"这样啊。那结果怎么样？"

"获得了证词的真相。总之，材料已经备齐了。"

"好的，辛苦了。这件事先放一边，现在开始集中精力调查这个案子。"

"是杀人事件吧。"

"对。被害者是独居的老人。"

科长打完电话朝股长这边看了看。

"是总厅打来的电话。司法鉴定和现场搜查人员马上就要到了。你们先进行初期调查。我得先回局里去。"

科长还没等股长说"明白"，就快步走了。因为开设调查本部的事儿，他大概忙得快要发昏了。

"我能看看案发现场吗？"早濑向股长请示。

"不行，司法鉴定未完成之前任何人不准进去。你的工作在那边。"股长指着旁边停着的警车，"尸体发现者。"

早濑定睛一看，后面座位上坐着一位年轻女性。

她的名字叫秋山梨乃，是被害者的孙女。早濑将她带到西荻洼警察局的接待室，给她倒了一杯热茶，因为她在警车里一直是精神恍惚状态，几乎说不出话来。喝了几口茶后，她终于含糊不清地说了一句："谢谢。"

"现在可以说话了吗？"

"嗯。"她点了点头。

她缓慢地回答了早濑的问题。可能是由于受到了较大刺激的缘故，她的记忆也好像变得很零碎。尽管如此，早濑还是弄明白了她发现死者的经过。

　　下午十二点五十分左右，秋山梨乃给被害人打电话询问下午能不能去探访，被害人回答说可以，没有什么计划。她买完东西后去了秋山家，约下午四点三十分左右发现死者。从秋山梨乃打电话到发现死者这不到四个小时的时间里，究竟发生了什么呢？

　　"你经常去被害人家里吗？"

　　"被害人是指……"

　　"你的祖父。你经常去秋山周治家里吗？"

　　"也算不上经常吧，每个月一两次的样子。"

　　"是为了照顾吗？"

　　"照顾？不是。爷爷身体很健康的。"

　　"那是为了什么？"

　　"说到为了什么……"秋山梨乃一副困惑的表情，"一定要有理由吗？"

　　"不，不是那个意思。只是觉着在现在这个社会，孙女每个月定期去独居的爷爷家探望，这挺少见的。"

　　"虽然这么说……"她貌似会意地点了点头，"也有因为博客的事。"

　　"博客？"

　　"爷爷喜欢养花。花开得很漂亮的时候，他会拍下照片并做成文件。我劝他弄一个博客，好让其他人也能欣赏到这些花。"

　　"原来如此。那你爷爷开通博客了吗？"

　　"刚开始他说这样太麻烦了，不弄。后来又让我代替他打理博客，将那些花的照片上传到上面。"她好像已经平静下来了，能够流畅地说话了。但同时又好像伤痛再次袭来，她的话尾带着一丝哭腔。

　　"案发现场很杂乱，你有没有什么特殊的发现？手提保险柜不见了之类的。”

“爷爷没有什么保险柜。只是茶柜的抽屉开着，里面的东西被凶手翻了出来。”

“你知道丢了什么……”

她摇了摇头。

“不知道。本来我就不知道里面有什么东西。”

早濑稍显不悦地点了点头。一个月只去一两次，当然不太清楚喽。

“你爷爷是那种一定会锁门的人吗？”

秋山梨乃双眉紧锁，微微叹了口气。

“他经常不锁玄关。我也多次提醒他小心为好，可是他总是说没事儿，家里没有什么可偷的东西。我要是多说他几句就好了……”

长期居住在一个地方的老人都会这样。大概他们过于相信现在没发生什么事故，以后也不会有什么吧。

“你最后一次跟爷爷见面是什么时候？”

秋山梨乃想了一会儿，“我想应该是三周以前。”她好像在跟自己确认一样小声说道。

“那时候，爷爷有什么不一样的地方吗？”

“并没有什么……”正说着，她仿佛忽然想起来什么似的。

“怎么了？”

“也不是什么大事儿。我想起来那时候有株花开了，他很兴奋。”

“花？”

“新品种的花。好像是一种从未开过的花，他特别高兴。可是没想到现在成了这样子……”她又一次哽咽了。

早濑感觉再问下去会很难受。怎么看都是单纯的入室抢劫杀人案。即使查清楚动机和人脉关系的主线，恐怕也查不出什么结果。

有人敲门。早濑说了声“不好意思”，便站起身来。

门外站着的是位女警察，说是死者遗属来了。

"遗属？"

"是被害人的儿子。"

应该是秋山梨乃的父亲吧。早濑说："让他进来吧。"

几分钟后，女警察带了一名中年男子进来了。肩膀很宽，身材高大。高挑的秋山梨乃可能是遗传了父亲的基因吧。

男子递过来的名片上写着"秋山正隆"，就职于大型餐饮业中的名企，而且职位不低。

早濑询问了一些关于秋山周治生活状况的事情。

"大概六年前，父亲作为特约人员还在公司上班，但现在没有工作。靠着退休金和养老金度日，生活很悠闲。"秋山正隆回答道。

"退休金是存在银行吗？"

"我想应该是这样。"

"家里有多少现金呢？就是我们常说的'橱柜存款'。"

"这个嘛……"秋山正隆陷入了思考，"我猜想没有多少钱。"

"最近，您听说他有什么投资……比如买房地产或黄金什么的？"

"没听他说过。原本父亲对这些就很漠不关心。"

"这样啊。"

接着，早濑又针对秋山周治的人际关系询问了一些问题。诸如常常来往的对象或者是特别亲近的人是谁之类的问题。但是，他并没有从秋山正隆那里得到什么有价值的信息。问了一下才知道，除了盂兰盆节和新年他几乎和父亲见不上面。"因为工作忙"——这句台词他说了很多次。

"爷爷不擅长与人交往。"秋山梨乃偶尔从旁补充说道，"爷爷的谈话对象就是花。你也看到了院子里有很多盆栽。爷爷在侍弄那些花的时候最开心了。他常常说花不会说谎。所以，我想知道事情真相的大概只有那些花吧。"

5

早濑回到单间公寓的时候已经是夜里十二点多了。因为明天早上要设立调查本部，所以他忙得不可开交。再加上警视厅调查一科的调查员过来，要求作详细的案件解释，又不能怠慢。

打开房间里的灯后，早濑先用杯子接了自来水喝。然后，解掉领带，将上衣内兜里的记事本拿出来搁到桌子上，紧接着脱掉上衣朝床上扔去。刚扔过去，枕边的相框就倒了，是上衣袖子碰倒的。

早濑咂了下嘴，边解衬衫的扣子，边走到床边，将相框扶了起来。相框里是儿子裕太的照片。还是他小学四年级时候的照片，现在他已经长成中学生了。虽然早濑一直想要一张新的照片，但总是难以开口。

他与妻子从四年前一直分居到现在。裕太跟他妈妈住一起。分居是由于早濑出轨的缘故。外遇对象是在交通科工作的一名女警察，因为一点小事两人持续两年多的地下关系被发现了。早濑给她钱的事更加让妻子怒火中烧。

妻子并没有提出离婚。因为她清楚，如果离婚的话，只会让她们母子俩的生活困苦不堪。但是，她又不想和出轨的丈夫同在一个屋檐下生活。

"你搬出去吧。对你来说这样不也更好吗？你可以想什么时候见她就什么时候见她了。"妻子面无表情地宣告。早濑没有任何反驳的余地。

现在，他每个月将自己工资的一多半作为生活费给她们母子。她们母子所住的公寓的贷款还没有付清。早濑手头上只留下能够支撑他在租来的公寓里勉强度日的钱。他与造成自己与妻子分居的女警察也立即分手了。本来他就不是那么喜欢她。只是他寻求解闷的心情稍微过了头而已。

连早濑自己都觉着当时的自己做了件很无聊的事情。但是，他也不太讨厌现在的状态。自作自受吧，而且他本来就觉着婚姻生活对自己来说很吃力。虽然现在手头紧张，但也能支撑得住。

唯一令他牵挂的就是裕太。

关于分居的原因，夫妇二人并没有向裕太作太多解释。但是，既然已经成了中学生，想必他对其中的缘由也能察觉一二了吧。作为父母，他们的行为对孩子造成的心灵伤害，总让早濑十分介怀。

刚开始分居的时候他与妻子定下的条件之一就是不准他去看裕太。除非妻子或者裕太主动提出来见他的时候。但是，大概能察觉到事情真相的裕太知道这会让妈妈不高兴，所以也不可能会主动提出见爸爸。实际上，分居后的两年里，早濑一次都没有见过儿子。他是从妻子那里听说儿子上了离家不远的中学。妻子之所以告诉自己，也只是因为要办理入学时所必需的监护人手续而已。

早濑是以一种出乎意料的形式再次见到儿子的。那天，妻子打来电话，她很慌乱，上文不接下文地说了事情的来龙去脉，但早濑并没有听明白。

反复问了几遍后总算知道了个大概。同时，他感到这下可麻烦了，腋下直冒冷汗。

裕太因为偷东西被抓了。据妻子说是在家电量贩店偷蓝光碟未遂被捉。

难以置信。早濑虽然没有和裕太一起生活，但是他感觉自己还是了解儿子的。他绝不是那种会偷别人东西的孩子。

妻子说裕太本人不承认自己偷东西，他坚持说自己根本不知道是怎么回事儿。但是，正因如此，店家态度更加强硬，提出要报警。

现在不是犹豫该信谁的时候。早濑说了句"立马就到"，便切断了电话。

早濑赶到了家电量贩店的事务所，妻子和儿子都在。裕太比起上次见面时长高了不少，脸部轮廓也有了几分成人气。他完全没有理睬急忙赶来的父亲，一个眼神都没有给早濑。

早濑向店长表明了自己的身份，并从他那里获知了整个事情的来龙去脉。得知早濑是警察的那一瞬间，店长还有一丝怯弱的表情，但说着说着语气变得强硬起来。大概是知道这孩子的父亲是警察，才会怒气倍增吧。

店长说裕太走出店门的时候，警报器响了。但是，他依然若无其事地想要离开。然后，警卫人员追上了他，把他带回店里，并查看了他手里提着的包，发现了用铝箔包着的崭新的蓝光碟。显然是店里的商品，因为上面贴着的标签经过感应器扫描出现了反应。

"这是实实在在地抓现行啊。"店长令人生厌地推断道，"他可能觉着包上一层铝箔，感应器就不会发生反应了吧，可是真不巧，我们店里的感应器没那么低级。"

裕太一个劲儿地摇着头。

"我不知道。我没偷东西。真的，我没有偷你们店里的东西。"

满脸委屈的裕太怒视着店长。

"也不是多贵重的东西。只要你坦白承认了，我们也会发发善心，不再追究。既然你这么嘴硬，我们也不能坐视不理了。因为我们一向痛恨在店里偷东西的行为。'"

但是，裕太丝毫不服软，边哭着边抗议说自己没有偷东西，是有人放到自己包里去的。当时他手里提的是男士用的大手提包，看看那缝隙，的确也很容易放进去东西，更何况当时他头上戴着耳机正在听音乐呢。因此，他很有可能根本没有注意到这一恶作剧。

早濑要求先看一下监视录像。如果裕太没有靠近柜台的话，就能证明他是清白的了。

但是，他的计划一下落空了。根据录像显示，裕太的身影的确出现在蓝光碟柜台附近了。而且当时的他背对着摄像头，刚好被拍摄下来正在物色商品的样子。

没有丝毫辩解的余地。无论如何，他曾拿过商品这已成为铁定的事实。

店长提出要报警。

"本来应该这样做，警察也常提醒我们即使金额很小也要报警。你身为警察应该很清楚才是。"

的确如此，早濑一时语塞。但是这样一来，裕太肯定会被问罪。结果可想而知。搞不好早濑也会因此而失业。

妻子用充满依赖的眼神看着早濑。她是在说作为父亲你应该想想办法吧。但早濑无计可施。他看了看垂头丧气的儿子。

赶紧向人家道歉啊，早濑想。又不是什么贵重的商品，下跪赔个不是就可以了事。他甚至在想要不要对儿子说先向人家道歉……

就在这时，店里的电话响了。接电话的店长说着说着，脸上浮现了惊讶的表情。挂断电话后，他对早濑一家说道："警察局的人说要问您儿子话。"

早濑他们大吃一惊。这意味着店长以外的某个人先报了警吗？

但事实不是这样的。店长说，附近发生了伤人事件，询问裕太只是调查的一个环节。并且，这个事件跟这次的偷窃有关联。

"怎么一回事啊？"

对于早濑的询问，店长摇了摇头，不明所以。他刚才的怒气也早已烟消云散了。

这种莫名其妙的气氛凝固了。就在这时，负责这片区域的警察来了。他听了店长和裕太之间的偷窃纠纷后，会意地点了点头。

"原来如此。这样的话，一切都说得通了。"

原来在距离家电量贩店五十米左右的人行道上发生了一起伤人事件，一位老人被两个年轻人打伤了。目击者报了警，但警察赶到的时候，那两个年轻人已经逃走。老人在倒下的那一刻撞到了腰，身体难以动弹。警察立刻叫了救护车。在被运往医院的途中，老人让同行的警察看了他手机上的照片。照片记录下了那两个逃跑的年轻人的样貌。警察问他是不是被这两个男子打伤的，老人回答说是。紧接着他又说了让人出乎意料的事情。他说这附近的电器店里可能有个少年被怀疑偷窃，但他是被冤枉的，是逃跑的那两个人偷了东西放在他包里的。他目睹了这一切，然后追上了这两个人。他正在路边警告这俩人，不料其中一个男子对自己动了手——以上就是老人所讲述的内容。

"所以，"警察微笑着看着裕太接着说道，"这个少年并没有偷东西。"

这简直就是奇迹般的逆转！裕太愣住了，那表情与其说是高兴，不如说是不可思议。而妻子呢，好像是什么东西决口一般，放声大哭，紧紧地抱住了儿子。然后，店长一副莫名其妙的样子用手挠了挠头。

正式被宣告清白的裕太说想要亲自感谢这位老人。早濑和妻子也都同意。询问了警察老人所在的医院地址后，一家三口随即赶了过去。

那位老人就是秋山周治。躺在病床上的秋山半张脸上敷着药布，但看上去很精神。

"能够帮他洗清偷窃的嫌疑，真是太好了。"

秋山说，刚开始他还以为裕太和那两个小伙子是朋友，彼此捉弄取乐呢。两个人从货架上偷了东西，然后悄悄地塞到裕太的包里，再找机会让裕太意识到自己包里的东西，吓唬吓唬他。但是，越看越觉着拎包的少年不像是跟他们一伙儿的。后来，拎包的少年正要离开的时候警报器响了，他被警卫人员拦住了。而背地里看热闹的那两个人却若无其事地走了。秋山才意识到这绝对不是什么捉弄，而是性质恶劣的恶作剧，更确切地说是一种犯罪行为。

"但是，如果我这样直接作证的话，我也没有什么证据啊。还可能会被怀疑是不是和这个少年一伙儿的。无论如何，我不能眼看着那两个人就这样跑了。所以我就跟了上去，想要捉住他们。实在没料到反被打了一顿。"秋山说到这儿笑了笑。

早濑想，他可真是一位富有正义感的人啊。一般人会怕惹麻烦，不愿意牵扯进来，也就不会多管闲事，直接走人。即使是多少有些骨气的人，也顶多会作个证，不会亲自去抓犯人。

裕太不断地低头道谢，并说一定要报答这份恩情。秋山却挥了挥手，表情严肃地说，你不要想这些。

"以后你要多加小心啊。这个世界有很多置他人于不幸，并幸灾乐祸的人。虽然这一点让人觉着很遗憾。"

"我会记住的。"裕太一本正经地回答说。

那两个犯人没过多久就被逮捕了。多亏了秋山拍下的照片。其中一个男子穿着高中校服。他们两人想要验证铝箔能不能让防盗标签失效，正巧看到旁边在物色东西的裕太，便偷偷地将商品塞到了他包里。如果裕太能顺利地走出店门的话，他们打算威胁裕太，夺回商品。但是，警报器响了，所以二人佯装不知地离开，却被陌生的老人拦住，还被命令回店里去道歉认错。于是，二人勃然大怒，殴打了老人。

自从在医院见了一面后，早濑再也没有和秋山联系。但是，他听妻子说裕太给老人写过感谢信。

那位老人被杀害了。

早濑伸手拿过来桌子上的笔记本。打开一看，都是些快速笔记，记录着案发现场的情况，字迹凌乱得连自己都看不懂。

司法鉴定人员说现场并没有留下犯人的脚印。由于窗户都是锁着的，所以犯人很可能是从玄关进来的。再加上，死者的孙女说玄关经常不上锁，任何人只要想进来，都能轻易地闯进来。

被害者和孙女通电话时是下午一点之前，而尸体被发现的时间是下午四点半左右。尸体被发现时，被害者已死亡至少两个小时，因此，犯人作案时间应该在下午一点至两点半的时间段内。解剖结果出来后，作案时间很可能会进一步精确。

犯人究竟是不是死者的熟人，这还不能推断。以借用厕所为由进入室内，然后变为强盗的可能性也很大。大概是因为秋山老人反抗，所以被杀害了。

在室内，并没有发现现金、银行存折和银行卡等物品。虽然很容易就能推断出是犯人偷走了，但是，现在还没有足够的证据判定这是一场单纯的入室抢劫案。

矮脚桌上放着茶杯和装着喝剩下的饮料的塑料瓶。检测了每一件物品，上面只有被害者的指纹。茶杯里还留有大约三分之一的茶水。

搜查人员赶到的时候，榻榻米上有一个蛋糕店的盒子，里面装着华夫饼。已经确认这是死者孙女带来的礼物。奇怪的是，死者旁边的坐垫是湿的。原本以为是死者的尿液，但是尸体和坐垫之间还是有一段距离的，所以已经确定不是尿液。至于是不是塑料瓶的茶水弄湿的，现在还未检测出结果。

　　看着这些细琐的记录，早濑的眼睛疼了起来。他合上了笔记本，随手搁到桌子上。用指尖揉了揉眼皮，扭了扭脖子。关节"啪、啪"作响。

　　只能说整件事都不合情理。行为不端却能长寿的人比比皆是。而像秋山这样伸张正义的人，却常常遭受不合理的灾祸。

　　早濑脑海里忽然涌现了死者孙女的话："爷爷不擅长与人打交道……"

　　也许真的是这样吧。富有正义感的人通常也会要求身边的人充满正义感。但是，事实上能够做到这一点的人很少。也许在秋山看来，无论什么人都是那么的不诚实吧。

　　自己会被儿子看成什么样的父亲呢，这个想法一瞬间闪过早濑的脑海，他立即摇了摇头。因为他意识到，作为一个有名无实的父亲，自己没有资格去思考这样的问题。

6

"……因此，在提供员工宿舍等福利待遇方面，我们公司可以毫不谦虚地说，与其他企业相比有过之而无不及。在涉外方面，如我们再三所强调的那样，我们将尽最大的努力，坚决不给员工造成任何的不愉快。因为现在是个敏感时期，外界评论会很多，但是立马取缔一切设施是不可能的，我们公司的存在价值也丝毫未降低。我们希望当局能够展望未来，反思现在。"一个戴着眼镜的男人滔滔不绝地讲完后，巡视了一下教室，低下了头。他头顶上的头发有些稀疏了。

"大家有什么问题吗？"坐在一角的教授问道。浓厚的大阪口音。

在场的本科生和研究生加起来虽然也有十几个人，但是没有一个人举手。

教授皱着眉不满地说道："怎么，没有任何问题吗？不可能吧。"

然后，有一个学生一副战战兢兢的样子举起了手。

"震灾后，或者说福岛核泄漏事故以来，贵公司有多少人辞职？"

站在讲台上的男人脸上浮现出困惑的表情。教授也面有愠色。

"虽然我不确定具体的数字，但是，每年都有一定数量的人离职。可并不存在因为那个事故而出现大量辞职的现象。"

"还是有些人辞职了吧。"旁边的藤村对苍太耳语道。

其后，又有两个学生提问。都是与核泄漏事故的影响相关的问题。这个戴着眼镜的男人不断地强调这与他们公司无关、没有什么重大影响。

　　这个男人来自一家制造和管理核能发电所配置设备的公司。今天来苍太他们学校举行公司的宣讲会。他的目的显而易见：招聘。

　　苍太所在的物理能源工学第二科，简而言之就是以前的核能工学科。改变名称是为了能改善其形象，这种改变也显示了这门学科饱受冷落。但是，苍太入学的时候，核能的前景还是很被看好的。那时候，使用核能源是降低二氧化碳的有效手段这一招牌，成为推动核能源开发的助推器。所以，苍太满怀"前途光明"的信心选择了这个学科。

　　但是，震灾和核泄漏事故完全撕毁了这幅美好的蓝图。跟苍太有相同想法的学生很多。大家迄今为止还是以进入教授推荐的与核能源相关的企业为主。但是现在，选择去与核能源无关的企业就业的人日益增多。考虑到这一倾向有可能会持续下去，所以相关企业为了避免人才流失，逐渐开始积极地动员和招聘。这次的宣讲会也是其中一例。而令人啼笑皆非的是，其他学科的学生依然面临着严峻的就业难的问题。

　　宣讲会结束后，苍太和藤村一起去了学校附近的快餐店。

　　"蒲生，你怎么打算的？"藤村放下筷子，问道。

　　"你说就业？"

　　藤村点了点头。

　　"我家里希望我去一个与核能源不相干的公司工作。"

　　"是啊，现在这是最为妥当的想法了。"

　　藤村啜了一口茶，咧了咧嘴。

　　"好不容易学了几年的核能源开发，结果却要去一个与专业毫不相干的公司上班。总有一种可惜，或者说徒劳一场的感觉。让人难以接受。"

苍太吃完清汤面后，将一次性筷子丢到了碗里。

"深有同感啊，但是考虑到以后，就不能说这样的话了。现在大家对核能源深恶痛绝。比如，你不得不考虑一下结婚对象家里的看法，有了孩子后，孩子会不会因此受到欺负。你能受得了这一切吗？"

藤村面露愁容。"这的确是不得不考虑的问题啊。"

"我们都被骗了。虽然我觉着国民都被骗了，但是最大的受害者是我们。说什么梦想的核燃料循环，到头来梦想和希望都只是空谈。"苍太发泄般地说道。

"也就是说，蒲生你要和核能源斩断关系了？"

"当然啦。"

"也不是这样。我们大四的时候还没有发生大地震，如果当时毫不犹豫地去核能源相关的企业工作的话，现在肯定更惨。"

"嗯，也可以这样想吧。"

苍太和藤村很早前就已经大学毕业，现在研究生院继续学习。硕士课程也已经结束，如今在攻读博士学位。大地震和福岛核泄漏事件恰是在这期间发生的。他们甚至觉着自己是无计可施才继续留在大学里的。

"但是，像我们这样的特殊技术人员能不能找到工作啊？"藤村显得很难为情。

"除了找，没别的办法。把它当作理所当然的事情。其他学科的同学们早已经开始找工作了。"

"这样说也在理。只有好好努力了。对了，蒲生你要回东京吗？"

这个问题对于现在的苍太来说，很难回答。苍太小声念叨着。

"考虑到就业，回去当然更好。但是，一想到回家，就很心烦。"

"你连家都不想回啊。"藤村吃惊地说道，"你那么讨厌自己家吗？"

"与其说讨厌，倒不如说是合不来。缘分不和的感觉。"

藤村笑了。

"还有这样奇怪的事儿？那可是生你养你的家，血脉相连的家啊。哪有什么合不来的。"

"有的，虽然我说不清楚。"

"唉。"藤村依旧满脸困惑，摇了几次头。

与藤村分开后，苍太开始往宿舍走。苍太他们学校位于东大阪市内。他独居的公寓距离学校有两站地那么远。

当时，他决定考这所学校的时候，很多人问他为什么要选择大阪。特别是妈妈志摩子，很坚决地表示了反对。

"考虑到以后的发展，即使出身于本地的学生也大多会选择东京的大学。你为什么非要去大阪呢？"

"就核能源专业而言，那个大学是最好的。而且除了东京，我还想多了解其他地方。大阪是日本的第二大城市，去那儿生活一下也没有什么不好的。"

虽然最后苍太坚持了自己的立场，但他所说的这些理由也只不过是牵强附会罢了。真正的原因只有一个：他想离开这个家。要是在东京上大学的话，肯定会住在家里走读的。

入学以来的六年里，他回家的次数屈指可数，而且，每次顶多在家住两三天。大多时候与爸爸和哥哥都不怎么说话就回大阪了。

对，他并不是讨厌那个家。只是在刻意躲避真嗣和要介他们两人。

但是，如今情况稍有转变。要躲避的只剩下要介一人了。两年前，真嗣因胰腺癌去世了。

毕业后到底回不回东京，也该给自己下个定论了。既然要离开核能工学专业的话，就没有必要继续留在大学里了。

苍太正躺在床上考虑这个问题的时候，手机的来电铃声打断了他的思路。他看了看来电显示，是志摩子打过来的。他不自觉地耸了耸肩，不用想也知道是什么事。

"喂。"

"苍太啊，是我。"手机里传来志摩子的声音。

"嗯。有什么事？"

"怎么了，你？爱答不理的。这周末，你会回来吧？"

苍太听到了妈妈深沉的叹息声。这周日是爸爸的三周年忌日。

"但是，我太忙了。"

"你这话说的，我们还是根据你的时间定的日程呢。下周开始学校不是要放暑假了吗？"

"我又不是学生了，暑假和我们无关了。再说，即使我不去学校，我还有其他很多事情要做呢。"

"不行，你必须得回来。你要是不回来的话，就没有人接待亲戚们了。本来你去大阪读书这件事……"

"知道了，知道了。回去，我回去还不行嘛。您别说了。"苍太连忙说道。如果不应承的话，又得听妈妈无休止的唠叨了。

"别忘了带西装回来啊。我给你准备了领带。"

"知道了。"

"还有"，志摩子说完，顿了一下接着说，"就业的事儿怎么样了？"

苍太撇了撇嘴，正是他不想谈论的话题。

"现在正考虑着呢。"

"是吗？这个很难决定吗？"

"也没有那么简单，必须得下点功夫。"

"是啊。对了，要介跟我说，他可以跟这边电力方面的公司打声招呼。"志摩子的语气很不自然。

"这是哪门子事儿啊。为什么大哥跟电力方面的公司有来往？这跟他的工作领域完全不相干啊。"

"好像有什么朋友在里面。你觉着怎么样？"

"您别跟我开玩笑了。我可不想在找工作方面欠大哥一个人情。您帮我跟他说一声，别总把我当成小孩子看。"

"要介是关心你啊。"

"真是多管闲事。我自己能找到工作。没其他事儿的话我先挂了。"

"唉……那周末见吧。"

苍太粗鲁地"嗯"了一声，便挂断了电话。

志摩子是不会把苍太的话直接告诉要介的。她应该会说他先自己找找看。一直以来都是如此，志摩子总是在看要介的脸色。

苍太想起了藤村的话。

还有这样奇怪的事？那可是生你养你的家，血脉相连的家啊。

他也许该跟藤村说清楚：这一切不是他想的那么简单。

7

"我真的想不出来任何线索。听了这件事后,我着实吃了一惊,怎么可能发生这种事呢?真是太可怜了。"

眼前这个声音抑扬顿挫、表情生动而又丰富的男人这么说道。他大概有四十八九岁的样子。身体瘦小,但头很大,额头很宽。正因为如此,挂在脸上的金边眼镜都显得很小巧。

早濑看了一眼桌子上的名片。上面印着"久远食品研究开发中心 分子生物研究室 室长 福泽民郎"。

秋山周治六年前曾在福泽的研究室工作过,而且是在他退休后,以特约研究员的身份。此外,秋山在此工作的时候,这里叫"植物开发研究室",他走后没多久改成了现在这个名称。

据福泽介绍,叫以前那个名称的时候,研究室最主要的目标是开发自然界中不存在的新品种的植物。但是,到头来研究室并没有研究出可以商品化的成果。公司高层一气之下决定撤销有关花方面的生意。终止与秋山的合约以及改变组织名称,都是这个方针改革的结果。

"您还记得那时候的秋山与周围的人之间有过什么争执吗?公私两方面的都可以。"

提出这个问题的是坐在早濑旁边的柳川,他来自于警视厅调查一科,看起来不到三十五岁,但经常板着脸,再加上他厚实的胸膛,总给人一种压迫感。他似乎觉着微笑会有损他的威严,所以常常是一脸严肃。被安排和早濑搭档的时候，他也仅是生硬地低了低头，说了声多多关照而已。

对于柳川的问题，福泽摇了摇头。

"怎么说呢。在我记忆中，并没有什么大的冲突。"

"小的争执也可以。就算是些微不足道的事情也算，我想知道到底有没有类似冲突的事情发生过。"

面对毫不掩饰急躁心情的柳川，福泽忽然正了正身子。

"您说的这些细琐的事情，我真的是不太……因为秋山离开都已经是六年前的事情了，况且我也没有和他一起工作过。"

"那，您能把当时和秋山一起工作的人叫过来吗？"

"啊，这个……那叫谁好呢。您能先等一下吗？"

"没关系的。"

福泽起身急急忙忙地走了。

柳川将茶杯里的茶水喝干之后，发出了一种混杂着叹息的声音，起身走到窗边。"在这儿也查不出什么重要的线索啊。"他好像不是在跟早濑说话，而更像在自言自语。

自从他们被委任调查死者人际关系的工作后，柳川似乎对此很不满意。怨恨纠纷的杀人案里，调查死者人际关系的过程中基本上就能找出真凶，即使是作为调查员，其工作也是有价值的。但是，在这种流窜作案的情况下，这种解决方式显然不行。柳川大概是考虑，这次的事件更大可能会是流窜作案吧。实际上，早濑也是这样想的。

事件发生五天了。他们调查了被害者的遗属和邻居，但是，至今为止还没有查到任何关于秋山周治陷入纠纷的事情。原本他就好像不太与人交往。早濑开始重新琢磨秋山梨乃的话。她说过，爷爷的谈话对象只有花。也许真像她说的那样。

有人敲了一下门，进来的是福泽，后面跟着一个矮小的男人。

他穿着工作服，看上去老实巴交的。

福泽介绍了他：名叫日野和郎，曾与秋山周治共事。

柳川回到沙发上，将对福泽的追问转向日野。

"我印象中没有什么大的纠纷。"日野语气和缓地答道，"但是，有过小小的冲突。"

柳川稍稍往前探了探身。"冲突？和谁？"

"和上级。"日野指了指天花板，"因为我们总是研究不出来什么成果，所以有段时期上面压得很紧。又是减少预算，又是裁员的，根本无法做研究。在这种情况下，唯独秋山周治向上级提出了抗议。他说其他做不出来成果的部门也很多，为什么偏要纠缠我们。平常他挺沉默寡言的，没想到那个时候说起话来头头是道。"

听了这番话，早濑觉着太符合那位老人的作风了。作为公司职员的他，依然那么富有正义感。

"他个人有没有遭到过谁的怨恨？"

"我认为没有。"日野很干脆利索地回答了柳川的问题，"包括我在内，很多人都对秋山先生充满感激之情。要说是怨恨……"

"这样啊。"柳川很无趣地用指尖挠了挠眉尖一侧。大概是因为完全问不出能够推动调查发展的内容吧。"秋山先生离职后，你们见过面吗？"

"这个嘛……"日野的眼珠向右上方转动了一下，"他离职后的第二年，我们见过一次面。是因为秋山先生以前写的报告，我想向他确认些事情。"

"打过电话吗？"

"具体我记不清楚了，但打过那么几次。还是关于报告的事情。"

"最近的一次通话是什么时候？"

"嗯，上个月末。他给我打了电话。"

"是为了什么？"

"他问了最近植物开发的研究动向。但是，因为我没有什么最新的信息，所以也没能帮上他的忙。"

看来从这个人身上也问不出什么有价值的信息了。柳川好像也是这样想的。他看了一眼早濑，好像在说你有没有什么想问的。

"我们还是问一下案发当天他的行踪吧。怎么样？"早濑小声对柳川说道。

"对啊。"柳川说。二人又将目光转移到日野身上。

"能告诉我们您七月九号都做了些什么吗？从中午开始……嗯，到下午三点左右的这段时间内。"

七月九号正是秋山周治被杀的那一天。福泽和日野的脸色变了。

"中午在员工食堂吃了午饭。"日野开始讲述，"下午一点开始开会。三点左右结束。"

"的确如此。"福泽看着自己的日程本说道，"我也参加了那个会议。有会议记录，您看一下就明白了。"

"明白。那麻烦您稍后给我看一下。此外，如果有秋山先生在职时候的员工名单之类的东西的话，我们也想借来看一下。"柳川说道。

"应该不成问题。"福泽回答说。

"再者，这里有没有留下秋山先生的私人物品？"

"私人物品……吗？"

"信件或日志之类的东西都行。"

"没有这样的东西。但是，可能有几篇报告和论文。"

"都在我那里保存着。"日野答道。

"那我们也能借用一下吗？当然，绝对不会外漏。"

"这个嘛……"日野好像在等待判断似的看了看福泽。可能是涉及公司私密的内容。

"可以的，也不是什么机密大事。"福泽却轻描淡写地答道。看得出来他并不重视秋山的研究内容。

要收集齐资料需要一个小时的时间，早濑和柳川在一层的大厅里等待。但是，柳川屁股都没沾沙发，一直在打电话。想必是在跟调查本部联系。

"……嗯，白跑一趟。怎么说他都是离职六年的人啊，和他有关联的人大多数都已经不在公司了……总之，我们会把能够了解他当时工作内容的材料都带回去，但很有可能也没什么用……欸，什么？……啊，这样啊……那我去那儿探探情况。"

挂了电话，柳川低头看了看早濑。

"他们发现了被害者在案发前一天所去的咖啡店的收据。好像是被害者经常光顾的店，那儿可能有熟识他的店员。我现在就赶过去，这里就拜托你了。"

他应该是估摸着调查那边更有戏吧。带一堆无用的材料回去——这种繁琐的事情交给地方警察就行了。

"嗯，没关系的。"早濑答道。无论是职位还是年龄，自己都在柳川之上，可是却要对他用敬语。

"那就拜托了。"说完之后，这个调查一科的刑警便阔步向正门走去。

大约过了十分钟后福泽出现了。"我想这应该是全部的资料了。"说着他将手里拎着的纸袋递了过来。

"真是给您添麻烦了。我们会尽早归还的。"

"没事，没事。"福泽挥了挥手。

"不用着急。这些都是六年前的报告了，也不是什么最先进的技术。况且这都是我们公司已经撤销的部门的资料。"

"但是刚才据日野先生所讲,感觉像是现在还在利用这些报告。"

福泽脸上浮现了一丝苦笑。

"不是利用,是在整理残留的工作事务。总之,这些材料杂乱无章,多得很。"

早濑提了提纸袋,的确重得很。

向福泽道谢之后,早濑离开了"久远食品研究开发中心"的办公楼。正犹豫要不要乘出租车的时候,手机响了。看了看来电显示,早濑感到很意外。上面显示的是"家",当然不是指早濑现在所住的公寓。

"喂,"早濑接了电话。

"是我。"一个完全没有听过的陌生男人的声音。

"欸,哪位?"

"我呀,裕太。"

早濑停下了脚步。"哦……"

不知从什么时候起,裕太的声音已经变成这样了。早濑一时间说不出话来。

"喂,听到了吗?"

"嗯,听到了。你最近怎么样?"

"马马虎虎吧。"

"是嘛。"对话简直难以进行。这是裕太第一次给自己打电话,完全不知道该说些什么才好。

"对了,爸,你在调查那个案子吗?"裕太有些犹豫地问道。

"哪个案子,什么啊?"

"就是那个,"裕太喘了口气接着说道,"秋山先生被杀的案子。"

早濑总算明白了。"你也知道这个案子?"

"当然知道了。在网络上很火的。"

"啊，是吗……"

"被杀害的秋山先生是上次那位秋山先生吧。住址都是一样的。"

"嗯。"

案发现场是被害人自己家。网上的报道也会登载被害人的大概住址的。

"好像是爸爸的主管范围，所以我想问问爸爸是不是也在参与案子的调查。"

早濑叹了口气。"嗯，是。我在调查呢。"

"果然如此。进展得怎么样了？"

"什么？"

"当然是凶手啦，快抓到了吧？"

早濑皱了皱眉，不知道该如何回答儿子的问题。

"我们正为早日抓到凶手而展开调查呢。现在，我就是为了这个跑来跑去呢。"

"我知道。有些眉目了吗？能够锁定嫌疑犯了吗？"裕太粗声问道。

早濑突然发觉那种声音跟录音机里的自己的声音很相似。

"你不用担心这些事情。"

原本觉着这样就可以应付过去儿子的提问，没想到裕太反驳道："我怎么可能不担心？"

"秋山先生是我的恩人啊。当初要不是他，我现在的情况肯定糟糕极了。所以我绝对不会饶了杀害他的凶手。"他语气强硬地接着说道。

早濑紧紧地握住了手机，沉默了。不知道该如何回应。

对于裕太而言，的确如此啊。那时候差一点就背了小偷的罪名。要是真成了那样的话，他的整个人生都有可能会发生大的扭曲。

"喂，爸爸，你在听吗？"

早濑咳嗽了一声开口了。

"嗯，听着呢。我很能理解你的心情。"

"那你一定要抓到凶手啊。如果可以的话，我希望你能亲手抓到。"

"这个……"早濑将刚要说出口的"做不到"咽了回去，"嗯，总之我会尽力的。"

"拜托你了。你要是我爸爸的话，就替儿子报答这份恩情。"

"嗯，知道了。你没别的事了吗？"

"嗯，我不想耽误你查案，挂了啊。"

早濑正要说保重身体的时候，电话却挂断了。

替儿子报恩吗……

早濑摇了摇头，拎着柳川口中"可能没什么用"的资料，缓慢地迈出了步伐。

8

出殡结束了，在去火葬场之前，梨乃去了洗手间。看着镜子中的自己，她叹了口气。今年是第二次穿这件黑色连衣裙了。参加完尚人的葬礼时，她真的没有想到会这么快又穿上它。

周治的守夜和葬礼是在横滨的一家殡仪馆举行的。主要是因为作为丧主的正隆认为在离家近的地方举办仪式更方便。

正隆没有邀请那么多的人，只是举办了一个由自家亲戚参加的小规模的仪式。对此，正隆解释说："去世得很奇怪。"他好像是不太想让世人知道父亲死于入室抢劫案中。

梨乃从洗手间走出来，正要去火葬场的时候，有人叫住了她。一个身材矮小的上了年纪的男人彬彬有礼地朝她走了过来。

这几乎是一个只有亲属参加的葬礼，但不知道他们从哪儿得到的消息，依然来了几位陌生的吊唁者。这位老年人也是其中一位。梨乃清楚地记得他上香时的情景：他站在那儿一动不动地看着周治的遗像，眼神凝重，合掌拜祭后许久都没有抬起头。

"打扰了，请问你是秋山先生的孙女吗？"他问道，"如果我没记错的话，你应该叫梨乃吧。"

"是我。"梨乃很吃惊，他竟然知道自己的名字。

"这是我的名片。"

梨乃接过来他的名片，只见上面印着"久远食品研究开发中心分子生物学研究室 副室长 日野和郎"。

"秋山先生在公司的时候对我关照很多。你要节哀啊。"行了个礼后，日野抬头看着梨乃说道，"秋山先生经常提起你。所以我才如此冒昧地跟你打招呼。"

"爷爷经常提起我……"

"秋山先生在网上搜索游泳比赛的消息，看到有关你的报道就保存到文件夹里。然后，工作休息之际拿出来看看。他还曾说过最大的梦想就是盼着你能参加奥运会。如果这个梦想能实现的话，哪怕是自己的研究多走点弯路都在所不惜。"

梨乃激动得不知如何回应而陷入了沉默。太意外了。她还是游泳运动员的时候，身边所有的人都常常把奥运会挂在嘴边，唯独爷爷对此保持缄默。

"怎么啦？"日野问道。

"没什么……我本来以为爷爷对我游泳这件事没有那么关心呢。"

日野否定地摇了摇头。

"这些话的确是秋山先生所说的。我想他可能觉着如果身边的人总是说个没完的话，肯定会给你带来压力，所以自己就保持沉默了。"

应该是这样吧，梨乃理解了爷爷的良苦用心。在与爷爷相处的这两个月里，她也深切地感受到爷爷确实是在为自己的未来筹划着。

"我只是想把这一切告诉你。冒昧地叫住你，真是不好意思。"日野鞠了一躬，准备离去。

"对了……您刚才说到研究，我想问一下爷爷从事哪方面的工作？"梨乃连忙问道，"既然是食品公司，那么爷爷是在做有关食品方面的研究吗？"

日野那深陷在皱纹里的眼睛眯成一条线，微笑着说道："也有与食品间接相关的时候，这并不是我们的研究目的，我们主要集中精力于花的开发。"

"花？"

"就是开发新品种的花。利用科学的力量培育出迄今为止不存在的花。"

"啊……蓝色的玫瑰之类的？"

梨乃说出一个她自己只是一知半解的词后，日野笑着点了点头。

"是的。几年前造酒公司开发了蓝色玫瑰这种自然界不存在的花。"

"嗯，我听人说过。"

"实际上秋山先生也曾尝试开发蓝色玫瑰。当时，我做过他的帮手。"

"是吗？"

"很遗憾，被其他公司抢先了一步。"日野凄凉地苦笑了一下，"那时候，大家都安慰秋山先生，说这些研究都没有白费，毕竟我们还是积累了很多知识。"

"听到您这样说，爷爷在另一个世界也会感到欣慰的。"

日野脸色一沉，肩膀缩了缩。

"真是令人扼腕啊。不知道是哪个混蛋干出这样丧尽天良的事……但愿能尽快抓到真凶。"

"谢谢您。"

"那我先告辞了。"说着日野转身离去了。望着他瘦小的身影，梨乃心里感到些许温暖。周治在公司也是受人尊敬的，而且工作之余，还那么关心作为游泳运动员的孙女。

但是她一直不知道周治曾做过有关花方面的研究……

她似乎能懂得爷爷为何那么热衷于养花了。当然，爷爷所说的"花不会撒谎"是其中一个原因。但是，也有继续实现做研究员时的梦想这个目的吧。

梨乃突然想起来那株花。周治强调不要上传到博客上去的那株黄色的花。不知道那株花现在怎么样了呢。

在火葬场目送了周治的棺材被放到炉内后，亲戚们在接待室相聚。大家表情凝重，谈话常常中断。虽然准备了一些简单的酒菜，但很少有人动筷子。

梨乃站在窗边，眺望外面。院子里有一个花坛，五彩缤纷的花朵沐浴着夏日的阳光。如果周治在的话，肯定能挨个儿地叫出这些花的名字。

距案发之日已经过去六天了。梨乃他们对于调查是否有进展一无所知。自从那天以后，警察就再没找过她。据正隆说，警察好像认为这是一起单纯的入室抢劫杀人案，凶手应该是与周治的生活毫不相干的陌生人。

据说周治的后脑勺有被击打的痕迹。身边放着的那个威士忌酒瓶，应该是凶器。但是这并不是致命的伤害，死因是窒息而死。凶手可能是把他击倒后，又用手将他勒死。

除此之外，梨乃他们还知道现金、钱包、笔记本电脑都被偷走了。因为这些都不见了。但是，还有其他东西也可能被偷了。本来他们就不知道有什么，所以难以确认究竟丢了哪些东西。

梨乃面前伸过来一只端着杯子的手，杯子里装的是橙汁。梨乃扭头一看，原来是知基。

"谢谢"，梨乃接过杯子，将里面的橙汁一饮而尽，然后深深地叹了口气。她似乎并没有觉察到自己渴了。

这次，梨乃还没有跟知基说过什么话。因为正隆主张尽量简化葬礼，所以他们的行程安排特别紧张。

"梨乃，你没事儿了吧？"知基问道。

"什么啊？"

"怎么说也是你先发现外公的尸体的。想必你受了很大的刺激吧。"

"嗯。"梨乃歪了歪头说道，"当时的确很受刺激，现在总有一种奇怪的感觉。总觉着这一切跟做梦似的。但是，现在举行着葬礼呢，当然不是什么梦。"

"梨乃最近还常去外公家呢。我后悔没能多见他老人家几次。虽然以前我经常和哥哥去外公家小住。"知基低头看着手中的杯子，"现在说这个已经晚了。外公和哥哥都不在了。"

听了知基的话，梨乃觉着悲剧是连锁发生的。对于知基而言，仅仅三个月内就失去了外公和大哥。

"尚人的自杀，从那以后有发现什么线索吗？"

梨乃本想问问尚人自杀的动机。知基却一副让人绝望的表情，摇了摇头。

"最近，在家都不谈论这些了。"

"哦……"

"说不定另一个世界的大哥自己也解释不清楚呢。有时候，我会忽然这样想。"知基脸上浮起一丝微笑，"提起这个，我想起前些日子我们家内部为大哥举行四十九日祭奠的时候，妈妈说了很奇怪的话。"

"说了什么？"

"临自杀前大哥喝了可乐。"

"可乐？"

"桌子上放着杯子，里面有剩下的可乐。妈妈哭着说大哥死之前可能最想喝的是可乐。说实在的，我觉着有些奇怪。但又不知道如何解释。雅哉哥也参加了，大家对此都百思不得其解。"

"可乐……嗯。"

梨乃突然想到自己死之前会想喝什么。

"对了。"知基像是想起什么似的抬起头，"他们找到电子琴乐手了。"

"欸？"

"雅哉哥跟我联系了。说为'钟摆'乐队找到大哥的代替人了，并且已经开始排练了。"

"哦，这样啊。"

"钟摆"是尚人生前所在的乐队的名字。

"雅哉哥说不知道以后会怎么样，总之还是要重新开始。还说最近要举行演唱会，让我们有空的话去听听。梨乃你去吗？"

"这个嘛……"

说实话，自己有些于心不安。以前是因为尚人在乐队，所以自己才去支持的。

"我和梨乃是同一种心情。"知基说，"说直白些，大哥不在的'钟摆'，对于我来说完全不是同一个乐队了。怎么样发展也都与我不相干。但是，一考虑到雅哉哥他们的心情，就觉着过意不去。如果我不去的话，他们肯定会介意的。他们也许会纠结于要不要把乐队坚持下去。"

"是吗……也许吧。"

"所以，我决定去听他们的演唱会。我有一种大哥在鼓励我这样做的感觉。"知基抬起脸，望着天空，以一种宣言似的口吻说道。

梨乃看着表弟那仍有一丝稚嫩的侧脸，惊叹不已。尚人自杀还不到三个月，他已经慢慢地摆脱悲痛了。不仅如此，他越发地成熟起来了。

"明白了，"梨乃回答说，"我也去，演唱会的日期定下来的话通知我一声。"

知基点了点头。

没过多久，工作人员走过来通知已经做好骨灰入坛的准备了。梨乃和知基同其他的亲戚一道向焚尸炉走去。

火葬的程序结束后，大家各自散去。梨乃先和父母回了横滨老家，换完衣服后再回高圆寺的公寓。妈妈抱怨说梨乃应该在家住一晚上，而梨乃坚持说有很多事情要做，毅然离家而去。

她并不是讨厌父母。她很感激他们一直以来对自己的支持。但是，正因为如此，她才难以面对他们。他们肯定对已经放弃游泳的女儿的前程充满担忧。梨乃难以消除他们的烦恼，她感到自己很没出息，很不中用。

此外，她选择今天回东京还有一个原因。她想去确认一件事情。

梨乃坐着电车，并没有在高圆寺站下车，而是直奔西荻洼站。从车站沿着六天前走过的路去爷爷家。现在想来，那天来爷爷家真是不幸中的万幸，如果自己不来的话，爷爷的遗体可能至今还没有被发现。

终于到了周治家。梨乃本以为门外会有站岗看守的警察，但是谁知道门前连个人影都没有。梨乃环视了周围，然后推开了门。

院子里的盆栽已经摆放得井井有条，但盆栽里的植物却一个个没精打采的。当然这是因为这些日子没人照料它们。虽然梨乃也想快点给它们浇些水，但在此之前，她有一件重要的事情要做。梨乃努力在记忆里搜寻自己最后一次看到整个庭院时的画面。

果然如此——她确信无疑。

盆栽不见了。那个栽着黄色花的花盆。

9

　　"那个真的不见了吗？还是你爷爷把它挪到某个地方了？"身穿制服的警察环视了庭院一周问道。他大概有三十出头的样子。

　　梨乃摇了摇头。

　　"我觉着不是爷爷收起来的。那是一个非常重要的盆栽。"

　　但是，眼前的这位警察一副犹豫不决的表情，似乎并不相信自己的话。梨乃有些生气。

　　又来了一位警察。他看起来已入中年，头发里夹杂着几根白发。

　　"您认为呢？"年轻的警察问他。

　　"我大体上巡视了这周围，并没有发现什么异常，依旧是案发后的模样。"

　　"我说过了是案发时被偷走的。"梨乃说。

　　中年警察皱了皱眉。"怎么可能呢，抢劫犯偷一个小盆栽？"

　　"可是……"

　　"话说回来，你当时怎么没有指出来这一点呢？"

　　"那时候我也没有注意到啊，今天才突然回想起来的。"

　　"今天啊。"

　　"那天，我总觉得有些不对劲。但是，也说不出哪儿不对劲。现在想想，问题就出在这个盆栽上。"

　　"你所说的我们都理解。也有可能是案发前被偷的。搁在院子里的盆栽，任何时候任何人都可以肆意拿走不是吗？"

"但是，我爷爷没有提起过它被偷了啊。"

"很有可能他只是没有提起罢了。"

"但是……"话到嘴边，梨乃又咽了回去。

发觉盆栽不见了，她立即向警察汇报。当然，她认为负责调查这件入室抢劫杀人案的刑警会亲自赶来。但是，警察好像并没有把她提供的线索当回事儿，赶到案发现场的也只是两个看起来并没有什么干劲儿的警察。

说了句"再有什么发现，随时联系我们"，两个警察便扬长而去。他们很有可能在内心里抱怨，别动不动就因为这些无趣的事儿叫他们出来呢。

梨乃满怀疑虑地回到了高圆寺的公寓。放下行李后，直接躺在了床上。

无论怎么想还是觉着奇怪。这一定不是某个人的恶作剧。可是，为什么那个盆栽好端端地就不见了呢？

令梨乃疑惑不解的还有那黄色的花。那到底是什么花呢？

梨乃回想起当时她说要把黄色花的照片上传到博客的时候，周治那慌张的神情，他连忙说千万不要。这跟整个案件是否有什么关系呢？

梨乃从床上跳起来，打开了桌子上的电脑。

周治拍摄的花的照片至今仍保存在梨乃的电脑里。那黄色花的照片也在，梨乃做好了准备，以便能随时将它们上传到博客上。

梨乃打开了"疑问之花"的照片。

细长的花瓣，呈现为鲜艳的黄色，像触角一样向四面八方伸展。人们看到这花，很可能会产生一种恐怖的感觉。

为什么周治当时会拒绝把这张照片上传到博客呢？不仅如此，爷爷当时还颇有些闪烁其词，故意不告诉自己这花的名称。

梨乃正思考这其中缘故的时候，忽然灵机一动。

把这张照片上传到博客会发生什么呢？虽然周治曾说过，若是将它暴露的话势必会引起轰动，但是现在爷爷已经去世了，即使引起什么轰动，也没有什么大不了的。况且，自己很好奇它将会引起什么轰动。

梨乃感觉这是个不错的主意。于是，她开始着手去做。

虽说是博客，但也没有登载什么文字性的东西。只是贴上照片，再附上一些培植笔记而已。培植笔记也无外乎是一些有关品种、栽培小贴士之类的无关痛痒的内容。

但是，这一次梨乃决定要写篇日志。左思右想之后，她写道：

"大家好。我是博主的孙女。感谢您常来光顾。事实上，我有个不幸的消息要告诉大家。我的爷爷前些日子去世了。所以，最近也没有更新博客。但是，我想让更多的人看到爷爷留下的照片，所以我决定再将博客维持一段时间。我把爷爷生前最后拍摄的照片贴于此处。由于爷爷已经离我而去，所以我对这张照片所拍摄的花的信息所知甚少。若有哪位熟悉这种花，敬请电邮联系，我将不胜感激。"

标题为"不知名字的黄色花"。

接下来会有怎么样的回应呢……

但也不能抱太大的希望。大概没有人看这门外汉所开设的有关养花的博客吧。

以前，梨乃也有查看过博客的访问量，实在是少得可怜。这更坚定了她的这一想法。

梨乃坐在电脑前发呆，手机响了。看了看来电显示，梨乃开始犹豫要不要接，是小关打过来的。

"喂，是我，小关。"

"嗯。好久不见。"连她自己都意识到自己的口气有多生硬了。

"你怎么样，还好吗？"

"很好。忙着学习和娱乐，无比地享受大学的生活。"梨乃边说着边感到心虚。

"是嘛，那就好。"

"教练您还好吗？"

"啊，我还是老样子。鞭策年迈之身，勉强努力着。我给你打电话也没有什么要事，就想问问你现在过得怎么样。"

"谢谢您。正如我说的那样，我很好，每天都很开心。"

"听你这样说我也就放心了。"说完后小关停顿了一下，又接着说道，"梨乃啊，你有空的话也来我这里坐坐。"声音有些低沉。

梨乃绷着嘴唇，不知该如何回答是好。

"虽然你不游泳了，但也不至于切断一切人际关系吧。大家都很关心你呢，都想见见你。并不是非要一起游泳，只是坐在一块儿聊聊天什么的。你放宽心来就是了。"

"……谢谢。"

"你也没有必要现在就过来。等你有心情的时候，啊。"

"好，我想想再说吧。"

"那我再联系你吧。保重身体，好好加油。"

"嗯，教练您也不要太劳累。"

挂断电话后，梨乃长长地舒了口气。等她反应过来的时候，发现自己腋下都出汗了。

小关是梨乃从小学时候起一直上的游泳培训班的教练。上初中、高中的时候，即使加入了学校的游泳部，也会一周去游泳培训班几次，请教练指导自己。她之所以能获得那么多的奖项，可以说跟小关的指导也是密不可分的。

　但是，她跟这个大恩人却有近一年没见过面了。不是，确切地说应该是自己没脸见他。要是小关能严厉地训自己几句，也能让自己心里舒服些，最受不了的是他总是那么温柔地安慰自己。

　一年后的自己会做些什么呢，梨乃不由地想道。

10

将照片上传到博客的第二天晚上，梨乃收到了来信。内容如下：

"恕我冒昧，给您写这封邮件。我是来自东京的蒲生。

"我拜读了您的博客，深切地感受到您对祖父的缅怀之情。我也发自内心地希望您的祖父能够在另一个世界安乐。

"我之所以给您发这封邮件，没有其他原因，正是关于您刚贴在博客里的那张照片。关于那朵花，我想跟您好好谈谈。

"这绝不是我冒失无礼，恳请您务必要跟我见上一面。您尽可依据您的情况来选择地点，我随时随地恭候。

"我绝对不是什么怪人。为此，我附上自己的邮箱地址、手机号码和住宅电话号码、详细住址。静候您的答复。

"不好意思，您祖父是因病去世的吗？如果是的话，是什么病？另外，我奉劝您尽快删掉这张'疑问黄色花'的照片。"

反复读了几遍后，梨乃陷入了茫然。

梨乃感觉这封邮件不像是恶作剧。邮件上明确地写着姓名，还有联系方式。关键是最好删掉照片的建议和周治所说的话如出一辙。

关于那张照片，梨乃万万没有想到会收到这样的回应。这朵花果然隐藏着什么秘密。

梨乃赶紧登录博客，总之先把照片删掉。紧接着，她有种不祥的预感。结果，梨乃索性连博客也关闭了。

而后，她又把这封邮件读了一遍。

　　对于这个叫蒲生的人对周治的死因表示关心这一点，梨乃疑惑不解。他似乎认为病死的可能性很高，但为什么又要问什么病呢？

　　苦思冥想到深夜，最终，梨乃决定回信给他。回信的内容主要围绕着要谈什么、那朵花有什么问题而展开。

　　过了没多久，他就回复了：事情非常复杂，邮件上写不清楚，即使写了，估计你也不会信的，因此不如直接见面说。并且末尾强调并不是要欺骗自己。

　　梨乃陷入了纠结之中。以自己是年轻女性这一点来看，他可能会有什么不轨企图。但是，梨乃又特别想听听他会说些什么。关于黄色花的盆栽的消失，或者是周治被杀事件，他可能会有什么线索呢。

　　梨乃决定还是和他见见面。选择一个人多嘈杂的地方，也不必担心会有什么危险。

　　她通过邮件传达了自己的意思后，对方很快回复了。从中可以看出，他好像很高兴，有种松了口气的感觉。对方大概是怕梨乃对他不放心而与他断绝联系吧。

　　他们约定在表参道的一家露天咖啡馆见面。为了能够确保顺利见面，梨乃告知了对方自己的手机号码。如果见面时发生什么不愉快的事情，她也做好了立即换手机号码的准备。但是，她并没有向他说出自己的真名。

　　第二天下午，梨乃前往了约定的地点。表参道的街道一如既往地拥挤不堪。来来往往的行人中既有年轻人也有老年人。有很多看起来像是在约会的情侣，还有旅游团，外国人也不少。整条街道行人络绎不绝，简直就像节庆会场。

　　梨乃来到这家咖啡馆，发现半数以上的座位都是满的。

　　几米开外的地方，一位身穿西装的男子迅速地起身，朝梨乃看过来。他的桌子上放着一个小巧的茶色纸袋。这是两个人提前说好的暗号。

梨乃走了过去，他彬彬有礼地鞠了一躬。"您是黄色花的那位吧？"

"对。您是……蒲生先生吧？"

"是的。让你大老远地过来，真是不好意思。"他很流畅地说着这样的客套话。估计他很习惯用这种讲话方式吧。"请坐。"

梨乃刚坐到椅子上，他便挥手招呼服务员。

"你点自己喜欢的东西吧，不用客气。"

即便他这样说，自己也不好意思点昂贵的东西。梨乃心里掂量了一下，点了一杯橙汁。

他从上衣内侧的兜里掏出一张名片，递给了梨乃。梨乃扫了一眼，"高端植物企业 代表 蒲生要介"。

"高端植物企业……"

梨乃头一次听说还有这样的企业。她只能不懂装懂地点了点头。

接着他又从钱包里拿出驾照，摆在她的面前。

驾照上的照片跟眼前的人是一致的，姓名也是蒲生要介。根据上面写的出生年月日，他今年应该是三十七岁了。

"你相信了吧？"

"嗯，我知道了。这不是假名。"

"总之，能证明这一点就太好了。"他一笑，露出一排洁白的牙齿，并将驾照放回了原处。

实际上，梨乃的直觉也告诉她，蒲生要介是值得相信的。精悍而干练的外表，姿态不凡，并且给人一种干净利落的感觉。他平日里可能是在做什么运动吧，体型看上去也不错。

"我也应该说一下自己的名字吧。"

蒲生要介摇了摇头。

"还不用，你觉着能够信任我的时候再说吧。先不说这些了，我仔细看了你爷爷所拍摄的花的照片。拍得实在是太好了，我十分佩服他。他能细心照料那些珍贵的花，真是了不起。你爷爷好像真的是特别喜欢花呢。"

"这是爷爷最大的乐趣。虽然他嘴上不说，但我看得出来他想让其他人都看看他精心栽培的花。所以，我才会开博客介绍这些花的。"

"原来如此。请问你爷爷的贵庚是……"

"爷爷今年七十二岁了。我也是在举办葬礼时才知道爷爷的确切年龄的。"

"这很正常。原来是七十二岁啊。恕我冒昧地问一句，你爷爷有没有说起过 MM 事件这个词？就是两个英文字母中的 M。"

"MM 事件？我没有听他说过。这是指什么啊？"

"没什么，没有听说过的话就算了。这都是题外话，你别放在心上。话说起来，真是遗憾啊，你的爷爷不幸去世……"

"就在前不久。"梨乃屈指数了数，"还不到一周的时间。"

"哦。是因为疾病还是其他的什么原因？"

"不是。"梨乃说着抬眼看了看对方的脸，"你为什么总是问我爷爷的死因呢？"

"没有，也不是特别想知道。我只是猜想他是不是因为疾病而去世。如果给你造成了任何不愉快，我向你郑重道歉。你也可以不用回答我的问题。"

梨乃能够感觉得到他在撒谎。他肯定不会就此罢休的。

服务员把橙汁端了上来。她拿起杯子，没用吸管，直接咕咚喝了一口。然后，她看着稍带疑惑神情的蒲生说道："爷爷不是病死的。"

"这样啊。那是出了什么事故？"

"不是。"梨乃摇头否定，两眼快速地巡视了周围，然后放低声音接着说，"爷爷是被人杀害的。"

蒲生脸上的表情立刻消失不见了。这跟惊讶的反应还有些不一样，梨乃感到很意外。一般情况下，听到这样的消息，应该面露愠色才是。

"是在家中吗？"蒲生的声音里多了一分冷静而透彻的感觉。

"是的。爷爷一直是独居。是在白天，被入室抢劫的强盗杀害了。直到现在还没有抓到凶手。"

"这样啊。真是太令人痛心了。你爷爷是住在东京吗？"

"是的，这有什么问题吗？"

"没什么，只是觉着东京的确是挺不安全的。"

"我也这样认为。当时，是我发现爷爷的尸体的，那个场景我一辈子都忘不了。真是难以相信世界上竟然有如此残忍的人。"

"是你发现……这样啊。"蒲生双眉皱成一团。

"蒲生先生，"梨乃直视着他的眼睛，"是你看了爷爷生前拍摄的黄色花的照片，跟我联系，然后把我叫出来的吧。你说关于那朵花想跟我谈一谈，具体要谈什么啊？"

蒲生一副出乎意料的表情，眨了眨眼睛。

"不好意思，"梨乃道歉，"我话题转换得太快了，你惊住了吧。但是，我还是要问这个问题。"

"这个，难道说……"蒲生的眼神变得敏锐起来，"你爷爷被杀事件跟那朵花可能有关联，你是这个意思吗？"

"我可什么都没说呢。"

蒲生往前探了探身子。"你能跟我讲讲具体的情况吗？"

"但是，"梨乃摇了摇头，"请蒲生先生先说吧。你不是为了这个才过来的吗？要我先说的话，有点奇怪不是？"

一瞬间，蒲生面露不悦，随即又点头接受了。

"你说的有道理。我明白你的意思了。不过，在此之前我想先问一个问题：你爷爷是从哪儿得到那花的种子的？"

"种子……吗？"

"栽花是需要种子的吧。或者是盆栽的话，又是从谁那儿得到的？"

"我觉着不是你说的那样。因为每一种花都是我爷爷自己培育出来的。"

"话虽这么说，但那种黄色花也应该是有种子的吧。"

"应该是吧。"梨乃捋了捋耳后的头发，"说实在的，我也不太清楚。我发觉那株花的时候，它已经长出来了。"

"原来如此。"

"请你告诉我，那到底是什么花啊？蒲生先生在邮件中劝我赶紧删掉那张照片，原因是什么？事实上，我爷爷也说过同样的话，说不让我把那花的照片上传到博客。所以，爷爷去世前我一直没有上传。"

"哦，你爷爷也说过同样的……"蒲生陷入了思考。

"究竟是怎么一回事儿啊？"

蒲生好像在留意周围有没有人偷听似的巡视了四周，接着慢悠悠地啜了一口咖啡。他好像在犹豫些什么。

"蒲生先生……"

"实际上，"他终于开口说话了，"那是一种特殊的花。是人工开发的，自然界中并不存在的花。"

"人工开发……"梨乃想起最近听过类似的话，"是一种生物科技吗？像蓝色玫瑰之类的。"

"正是。"蒲生深深地点了点头，"你知道的还不少呢。"

"听说爷爷以前做过这方面的研究。我也是最近才得知的。"

"你爷爷做过这方面的研究？原来是这样啊。"

"如此说来，是爷爷开发出那种花的吧，利用了什么生物科技。"

"不是，很可能不是这样的。那种花是某个研究机关去年开发出来的。其制作方法完全保密，还没有正式公开已经开发出来了这件事。"

"那爷爷为什么会有这种花呢？"

"问题就出在这里。为什么绝对保密的花会出现在研究机关以外的地方？想想只有一种可能性。"蒲生竖起了食指，"有人把这种花带了出去。"

梨乃不自觉地皱了皱眉："你是说，我爷爷的花是偷的？"

"不是，也不能这样说。但很有可能你爷爷和偷花的人之间有某种关联。"

"怎么……"

梨乃想说怎么可能有这种事情，但是想想，既然周治已经种了那花，怎么说也很难摆脱关系。

"我想你大概明白了为什么我会劝你尽快删掉那张照片了吧。所幸的是，那个有问题的研究机关并没有留意到你爷爷的博客。以后，你最好也不要让任何人看到。不，我奉劝你最好把照片彻底删掉。万一被发现的话，可能会有大麻烦。"

"那个研究机构究竟是个什么样的地方？是某个公司吗？"

"差不多是吧。"

"蒲生先生你和那个研究机构有什么关系吗？"

"有关这一点，恕我无可奉告。我只能回答你，我也正在调查这个问题。"

梨乃将紧紧握着的双手放在桌子上。

"我刚才也说过了，那花跟爷爷的死可能有关系。事实上，那花的盆栽不见了。我认为是杀害爷爷的凶手把盆栽偷走了。"

"盆栽不见了……是吗？"蒲生的表情又多了一分严肃。他眼睛直盯盯地看着一处，陷入了沉思之中。

梨乃拿过包来，从中取出一张纸片，上面写着她的姓名和联系方式。她将纸片搁到蒲生面前："这是我的名字。"

"秋山梨乃，好名字。"

"你有什么线索的话，请跟我联系。只要是看起来跟爷爷的死有关联的，无论是多么琐碎的事情，都可以。"

听了这话，他微微摇了摇头。

"你最好不要再跟那花有任何关联了。这件事交给我就行了。等我把一切都处理好了，我会跟你联系的。在此期间，为了你自身的安全，最好不要轻举妄动。"

"你觉着我能坐视不管吗？我做不到。"

"你能不能理解都无所谓。这可不是闹着玩儿的。"蒲生低沉的声音里有种让人不寒而栗的清冷感。梨乃不由得直了直腰。

"失礼了。"他道歉，"俗话说得好，办事还得靠行家。案子就交给刑警去查，花的事情就交给我来处理。门外汉插手的话，一切都将会万劫不复。"

"你如果这样说的话，我以后再也不跟你说任何事情。"梨乃一把抓起写着自己姓名和联系方式的纸片。

"没关系。不仅是跟我，你最好不要跟任何人再说起这一切了。但是，有一点请你一定要跟我保证，如果你发现了那花的种子，一定要第一时间通知我。好吧？"

梨乃抬起头，怒视着蒲生："我无法向你保证，你太自以为是了。"

"如果你不想和我联系的话，那就请你把种子都扔掉。我已经强调多次了，这是为了你自身的安全。"撂下这句话，蒲生拿起桌子上的账单，起身走了。

11

　　周六的傍晚，蒲生苍太抵达了东京站。跟预想的时间差不多，步行到大手町站的话，再坐一站地铁就到家了。

　　伴随着摇摇晃晃的电车，苍太回忆起了上一次回家时的情形。半夜接到志摩子的电话，说真嗣病危，赶紧回来。第二天，他坐最早的一班新干线回了东京。但真嗣的情况并没有好转，还没有清醒过来，就撒手人寰了。

　　苍太之前也听说爸爸的身体状况不是很理想。但是，他没有想到爸爸的病竟然是癌症。"不要告诉苍太，那家伙现在是关键时期。我不想因为这个原因耽误他的学习。"他后来才得知真嗣当时是这样说的。

　　但是，癌症的蔓延比想象中要快得多，病情不断地恶化。就在志摩子决定明天通知苍太的那天晚上，真嗣陷入了病危状态。

　　苍太心中五味杂陈。在爸爸生前没能跟他说上最后一次话，苍太也并不觉着有多么遗憾。相反，他倒有一种到头来与爸爸也就是这种缘分的感觉。所以，守夜也好，葬礼也好，他简直是以一种完全是局外人的冷漠感熬过来的。

　　我到底与那个人是一种什么样的关系呢……

　　苍太在小学三年级的时候才知道自己是爸爸与第二任妻子生的孩子。告诉自己的既不是爸爸也不是妈妈，而是自己家附近的一家鞋店的老板。而且不是在苍太去那家鞋店的时候，而是在苍太放学回家的路上，在鞋店前站着的老板看见他胸前贴着的胸卡，说了这样一句话："哦，原来是蒲生家的第二任夫人生的孩子啊，长大了不少啊。"

刚听到这句话的那一瞬间，苍太还以为他说的是"第二个儿子"。但是后来一回想，在这之前原来还有一个"夫人"。

回到家以后，他将这话跟妈妈说了。然后，志摩子陷入了沉思，回答道："现在我忙着呢，以后再告诉你。"

实际上告诉自己真相的是真嗣。"你冷静下来，好好听着。"真嗣以这样的开头对苍太说。志摩子是他的第二任妻子，第一任妻子生了要介后没过几年，就因为生病去世了。

"就是这么一回事，苍太你是蒲生家的儿子，这一事实是无可争辩的。你不要多想了。"真嗣自此以后没有再提起这件事。

听了爸爸的话后，苍太感觉弄不懂的事情太多了。比如长兄要介比自己大出十几岁，还有志摩子总是对要介敬畏三分。

从那以后，苍太看爸爸和大哥的目光发生了改变。他感觉到自己和志摩子很难融入到他们俩所形成的关系之中。带给苍太这种感觉的象征性情景至今历历在目，那就是入谷的牵牛花集市。他和志摩子总是跟在后面，望着真嗣和要介的后背走。走在前面的两个男人的眼中好像根本没有看到跟在后面的后妻和她的儿子。

真嗣是前年去世的。去年和今年这两年，苍太不清楚要介有没有再去牵牛花集市。他甚至不愿意想起有关牵牛花集市的任何事情。

在苍太的思绪飘忽之际，电车到站了。他拎起大大的包，起身下车。

苍太出生的町在古时候起就是住宅区，所以古老的日式房屋鳞次栉比。其中，蒲生家的宅子仍保存着浓厚的歇山屋顶[1]建筑特色，

1　和式建筑的屋顶，上部为山形（"人"字形），下部四角有栋柱。——译注

在整个町内也是特别引人注目的。

　　家门口停着一辆黑色出租车。司机正坐在驾驶席上看体育报纸。显示牌上不是"空车"，而是"等候"二字，看来是在等乘客。

　　苍太推开纯和式的门后，默不作声地打开了玄关的门。记得小时候，自己还会兴奋地喊一句"我回来啦"。他不记得从什么时候起，自己就变成这样默不作声地开门进来了。

　　苍太正脱鞋的时候，旁边房间的拉门打开了。这间房曾是真嗣的书房。探出身来的是要介，穿着白色衬衫，系着领带。

　　"哦，是苍太啊。"要介一副并没多么意外的表情。他手里提着一个鼓鼓的纸袋，里面装的像是书和文件。

　　"嗯，"苍太点了点头问道，"妈呢？"

　　"在客厅呢，正在和绫子姑姑商量明天的安排。"

　　"哦。"

　　苍太正想着门前的出租车是不是在等姑姑时，要介说道："我今晚要熬夜加班。暂时回不来，明天的事就拜托你了。"

　　听了这话，苍太瞪大了眼睛。"暂时？明天的三周年忌日呢？"

　　"回不来了。所以我刚才不是说了拜托你嘛。"要介连看都没看弟弟便开始穿鞋。

　　"连蒲生家的长子都不参加啊。"

　　"我不是说了嘛。"穿上鞋子的要介正对着苍太说道，"次子参加有什么问题吗？"

　　"你先等一下，我之前可是什么都没听说啊。"

　　"我刚才说过了，不就行了嘛。你也是大人了，应该成为妈妈的后盾了。"

　　"这也……"

　　苍太正想说"太没道理"的时候，身后传来一阵声响。走廊深处的门开了，志摩子探出头来。

"哎呀，是苍太回来了吗？"

"嗯……我回来了。"

"欢迎回家。……要介，你这么晚出发不耽误事儿吧？出租车还在外面等着呢。"志摩子的视线转向要介。

"我正准备出发呢。那明天的事情就拜托了。"

"嗯，我们会好好安排的，你放心就好了。"

要介点了点头后，瞥了苍太一眼，只说了句"拜托了"，便开门离去。原来那辆出租车是要介坐着过来的。

等要介走了之后，志摩子再次对苍太说了一句"欢迎回家"。

"怎么回事儿啊？大哥不参加三周年忌日吗？"

"他工作缠身，没办法啊。"

"这也太没道理了。我也是抽时间赶回来的啊。"

但志摩子却不作答，进屋去了。苍太噘着嘴，也跟着进去。

真嗣的亲妹妹矢口绫子正坐在客厅里喝红茶。"苍太，好久不见。"

"啊，您好，好久不见。"苍太急忙点头行礼。

"看来你一回家就满腹牢骚啊。"

"我哪有啊。"

"看你那表情，跟小时候一个样。你个子虽然长高了，但里头完全没变啊。"绫子大声说完后，哈哈大笑起来。她的头发颜色染得很夸张，衣着混搭，完全看不出来是个日本人。皮肤光彩照人，虽然她只比真嗣小七岁，但看起来却年轻很多。

见苍太陷入了沉默，她皱了皱眉。

"我对你还是很有信心的。没关系的，我理解苍太的感受。明天亲戚们都会过来，你要好好地表现啊。今天，我还给你带了份大礼呢。"

绫子带的礼物就是鳗鱼。她的夫家在日本桥经营一家老字号日式饭馆，丈夫也在掌勺。

"谢谢。"苍太的回答是一种完全不带感情的懒散回应。

苍太回到自己房间，刚搁下行李，就传来敲门的声音。"是姑姑，我能进来吗？"是绫子的声音。

苍太开了门："怎么啦？"

"嗯，回去之前我想跟你说几句话，可以吗？"

"当然。"

绫子在房间的正中央端坐，用充满怀念的目光环视八张半榻榻米大的房间。

"我以前就是住在这个房间，你知道吗？"

"头一次听说。"

"那时候可没这么漂亮的壁纸。"绫子说着脸上浮现一丝微笑，紧接着又变得一脸严肃，"苍太，你不想回家吗？"

"唉……"

"你不能总待在大学里吧？将来怎么打算？"

这真是个棘手的问题。苍太摸了摸自己的头发。

"我呢，觉着苍太无论做什么都无所谓，我关心的是你怎么看待要介。你不是不特别喜欢他吗？"

苍太大吃一惊，猛地抬起头。绫子嘴角舒缓了一下："果然如此啊。"

"不是，也不是这样……"

"没关系的，你用不着骗我。我也从志摩子嫂子那儿听说了。说不上是讨厌吧，就是不太喜欢对吧？是不擅长跟他打交道吧。"

一语中的。志摩子能够察觉到这一点并不奇怪。作为母亲，这也是很正常的。

　　苍太并没有回答这个问题，绫子缓缓地起身，走到窗边，拉开窗帘，开始眺望外面。

　　"从这儿望去，景色都没有变啊。无论过去多久，这里还是平民区。"

　　"姑姑……"

　　"我跟小苍太你是一样的。虽然我跟你爸爸也是血脉联系的兄妹，但也有时候觉着心灵难以相通。尽管不是一直如此，但总觉着两个人之间有点隔阂，总觉着自己被隐瞒了什么。"绫子背对着窗户，从正面看着苍太。"但是呢，苍太，这恰恰是不能触碰的地方。"

　　"欸？"他不解地看着绫子。

　　"这是我小时候的事儿了。那时候，院子里有一间小房子，爸爸不允许我进去，只有他和大哥可以进去。他们俩经常进去，不知道在里面做什么。有一次，我特别好奇他们在做什么，就偷偷地往里看，但被发现了，爸爸狠狠地批评了我。"她双眼茫然地看着远处说着，而后，视线又落在苍太身上。"在现在这个时代，跟你说这些你可能无法理解，但是传家这件事很复杂的。不仅仅是财产，还有义务啊，责任啊，也都要传递下去的。在这一点上，我和苍太你都是不用操心的，因为我们不用考虑这些事情。"

　　令苍太出乎意料的一席话。一直乐观开朗的姑姑第一次说出这样的话。然而，对于苍太而言，最出乎意料的莫过于跟自己有同样想法的人就在自己身边。

　　"可能你还不能理解我所说的一切。但是，我希望你能理解一点：志摩子嫂子是后妻这件事，我们这些亲戚们没有一个人介意，对于苍太你也是一样，我只是把你当作蒲生家的次子，所以你也不用处处自我贬低。"

　　不知道该如何回答是好，苍太索性一言不发。然后，弄不清楚苍太究竟是不是懂了，绫子莞尔一笑，拍了拍他的肩膀："赶紧回东京来吧，好让志摩子嫂子放心。"她说着站起身来："那明天见吧。"

　　苍太一边听着姑姑下楼的脚步声，一边猜想，应该是志摩子找她聊过这些事儿吧。

12

第二天的三周年忌日在蒲生家一直以来布施的寺院举行。旁边的墓地都是蒲生家历代祖先的墓。做完法事后开始上坟，然后大家一起在经常光顾的日式饭馆吃饭。这是一场只有不到二十位亲戚和熟人们聚集的小型法事。志摩子代表蒲生家，向前来参加的各位亲朋好友道谢，而苍太只是默默地坐在那里。

吃过饭后，志摩子要再去问候寺院里的僧人。于是，苍太一个人先回家了。西装裹得身上燥热，苍太脱掉上衣搭在肩上。不喜欢系领带的他一边走一边解下领带。

刚走到离家不远的地方，苍太看见一位年轻女性站在自己家门前。头发短短的，个子高挑，身材匀称。T恤外面套着轻薄的白色罩衫，牛仔裤很合体，双腿修长。

她好像在踌躇要不要按门柱上的对讲机。

"喂，"苍太在她身后打了声招呼，"你来我家有事吗？"

她像是吓了一跳，慌慌张张地回过头来。皮肤紧致，也就是二十岁左右的样子。

"啊，"她用手捂住了嘴，"不好意思。"

"没什么，你用不着道歉……你有什么事儿吗？"

"啊，是的，那个……"她用手示意了下门牌，"这里是蒲生要介先生的家吗？"

"要介是我大哥。"

"啊，原来是蒲生先生的弟弟……"

"你是？找我大哥有事吗？"

女子绷着嘴，一副很为难的样子。那一瞬间，苍太感觉似乎在哪里见过她，但是怎么都想不起来。

"请问，"她望了望房子，"蒲生先生的公司也在这里吗？"

"公司？"

"高端植物企业。"

她说得也没有那么快，但苍太还是没有听明白。"什么？"他又问了一遍。

她从包里面掏出一张名片。苍太看了一眼上面的内容，惊呆了。

"这是什么啊？什么是高端植物企业啊？"

"你不知道吗？"她惊讶地皱起眉头。

"不知道，我听都没听过。"

听了苍太的回答，她目光茫然。苍太看着她的表情，突然想起来了，"啊"的一声："你不会是姓秋山吧？"

她的表情忽然变得僵硬起来。这使苍太更加确信了自己的判断。

"果然如此啊，秋山小姐……秋山梨乃小姐。游泳运动员，对吧？"

她没有回答，而是将名片放回包里后快速转身，准备离开。苍太连忙抓住她的肩膀："等一下。"

"放开我！"她推开苍太的手，一脸严肃地瞪着他。

"啊，对不起。但是，我想弄清楚奥运会运动员找我哥有什么事。难道说跟奥运会有什么关系吗？"

"怎么可能。而且我不是什么奥运会运动员，也早就不游泳了。"

"啊……这样啊。那，为什么呢？"

她不悦地将脸扭向一边："我是来找蒲生要介先生的。"

"大哥不在家。一时半会儿也回不来。话说回来，刚才的那张名片是怎么回事儿啊？是我大哥给你的吗？"

"是的……为什么连你都不知道？"

"我还想问呢。我大哥可不是什么公司职员啊。"

"那他是做什么的？"

该不该回答她呢，苍太刹那间犹豫了。但是要是在这里隐瞒的话，从她那儿也就问不出什么了。

"蒲生要介是公务员，而且是在警察厅工作的公务员。"

他们来到苍太家附近的一家咖啡馆。苍太与秋山梨乃一起走了进去，两人面对面坐下来。

"真是一种奇妙的感觉。能跟网上的照片上的还有电视中的人坐在一起。"

梨乃喝了一口拿铁咖啡，嘴角弯了一下。

"你竟然能认出我来。一般情况下，没有人会记得我的。"

"是嘛。我们同学经常谈论你呢。奥运会候补女子游泳队员中有一个超级可爱的姑娘。啊，这可不是我恭维你的话哦。"

梨乃深深地叹了口气。

"听你这么说我可真是高兴不起来，既然是运动员，通常不是成绩啊，排名什么的更引人注目吗？"

"但是你成绩和排名都挺棒的啊，而且已经是奥运会候补运动员了。"

"那只是一时的，没有持续下去也就没有什么意义了。"梨乃鼻子上多了几道皱纹，抬起手在脸前摆了摆，"别讨论这个话题了。比起这个，我更想知道关于你哥哥的事情。这到底是怎么一回事啊？"

"在此之前，我先问你一个问题：你和我大哥是什么关系啊？

你们是在哪儿认识的？"

"你什么都没有听说吗？"

"我是昨天刚回来的。我和大哥已经两年没见面了，并且交往也不是特别多。我对那个人很不了解。"

"那个人……他是你亲哥哥吧？"

"这话说起来可就长了。总之你先说说你和我大哥的关系吧。"

"必须是我先说吗？"

"如果我不清楚这一点的话，我也不知道该说些什么好啊。"

梨乃皱着眉，陷入了思考。过了一会儿，她看着苍太说道："好吧。在这里跟你讨价还价也没有什么意义。总之我先把我和你大哥的对话告诉你。你呢，也不能对我有所隐瞒。能保证吗？"

"嗯，我保证。"

梨乃喝了一口咖啡，润了润嗓子，开始说了。她说的内容错综复杂，加之话题前后跳跃，苍太不得不多次打断，插话提问。她有些不耐烦，但还是坚持把一切都说完。

"以上就是我与蒲生要介先生之间的往来。你听明白了吧？"

"我算是知道个大概了。"

"我还是不太明白。他说什么最好不要跟那花有什么牵连。可我还是放不下。因为，它极有可能跟我爷爷的死有关。"

"你想再问一问我大哥，所以就到我家来了。"

"对。"她点了点头。

"原来如此。真是抱歉，但我只能这样。"苍太举起两只手。

"什么意思？"

"束手无策的意思。为什么我大哥会对那朵花感兴趣，为什么让你不要管那朵花，我完全搞不明白。对于他为什么用'高端植物企业'这样虚构的公司名，我也一无所知。完全摸不着头脑。"

梨乃双臂交叉在胸前，靠在椅子上："你不是在装糊涂吧？"

"你把我当什么了？我听了你的话，也是大吃一惊，脑子里满是问号。"

"那你直接帮我问问你大哥不就行了吗？问问他到底是怎么回事。"

她的建议并没有任何不妥之处。但是，这次是苍太靠在了椅子上："如果这样的话，就不用大费周章了。"

"欸？"

"他连假名片都做了，来隐藏自己的身份。看来大哥要是没有什么特殊情况的话，是绝对不会向别人透漏半分的。就算我问了也不会有什么结果的。而且我刚才说了，他一时半会儿回不来。"

"这算什么啊。那我跟你说了半天，一点儿意义都没有啊。"

"你别急着下结论啊。我也想借这个机会多了解了解那个人呢。据你所说，大哥是打着植物专家的名号？"

"准确地说，他是在收集情报。"

"哦。虽然那个什么高端植物企业是假的，但大哥的确对植物很感兴趣。准确来讲是他和我死去的爸爸都对植物感兴趣。"

"你爸爸是植物学者吗？"

"当然不是。我爸爸也是警官。但是，他有很多植物方面的资料。"

这么说着，苍太想起了要介从真嗣的书房里出来时手里提着的纸袋，里面装满了书和文件。那些可能是跟植物有关的资料吧。

"那朵花的照片，你现在还有吗？你爷爷生前拍的黄色花的照片。"

"我手机里有。"

"能给我看看吗？"

秋山梨乃拿过来身边放着的包，从中取出手机。用手指在上面划了几下，然后递到苍太面前："就是这个。"

苍太接过手机，看着手机屏幕。那是朵花瓣和叶子都奇特地细长的花。但是，这种独特的形状却唤起了他的记忆。

"怎么样？"梨乃问道。

苍太抿了抿嘴唇，开口说道："这说不定是……牵牛花。"

"牵牛花？这个？不会吧。牵牛花不是更圆一些吗？"

"大家习以为常的是圆的牵牛花。但是，牵牛花也有很多种类。有一种变异牵牛花很容易发生基因突变，不同的基因重组能产生不同形态的花。我以前在我家的一本书上看到过。我想也应该有这种形态的牵牛花吧。但我不记得具体的名称了。"

"哦，竟然还有这种牵牛花。"

"但是，"苍太接着说，"如果这真的是牵牛花的话，事情的确非同小可。人工开发植物就有可能是真的了。"

"为什么？"

苍太看着脸上充满不可思议的表情的梨乃说道："花和叶子的形状无论怎么变化，都没什么大不了的。关键是颜色。虽然我对牵牛花不是特别熟悉，但我清楚一点，那就是这个世界上根本没有黄色的牵牛花。"

13

下午刚过六点，早濑和柳川一起回到了调查本部。负责收集各方面情报的几个同事也都回来了，大家以调查一科的主任为中心围坐一圈儿。

"喂，"主任朝早濑他们招手，"辛苦了。"

他并没有问调查进展如何，大概知道没有什么进展吧。再说，如果有什么值得大书特书的事情的话，柳川早就意气昂扬地向他汇报了。

柳川朝早濑使了个眼色，意思是让早濑做这个毫无实质内容的汇报。早濑打开笔记本，向前走了一步。

"我们去见了卖主。三十二岁的公司职员，单身，现居于江东区清澄的公寓。他出售的笔记本电脑是三年前购买的，主要用于室内上网。但是，他最近又购买了台式电脑，说是台式机方便，所以将旧的笔记本电脑转卖。"

"内情呢？"

"他正在与一个女人交往，这位女性来过他家几次，所以应该记得那台笔记本电脑。并且，案发当日他一直在公司，直到下班时才外出。我们已经向公司人事部确认过了，所说属实。我们也打听了与他交往的那个女人的联系方式，再去探探底更好吧？"

身材彪壮的主任一脸严肃地摇了摇头，显然不满。

"显然没那个必要，辛苦了。那个……"主任转头看着直属部下柳川，"有个人想要见你们。你和早濑刑警一起去三层的小会议室吧。"

柳川疑惑地皱起了眉："谁啊？"

"去了不就知道了嘛。不用担心，也没有什么重要的事儿。"说完主任又接着跟其他部下商量起来。

早濑看了看柳川，但柳川作为局里的年轻刑警，对此更是不太清楚。早濑也是百思不得其解。

"算了，还是去看看吧。"早濑说。柳川满脸不情愿地点了点头。

因这个案件成立调查本部，早濑和柳川才首次搭档。因此，想见他们的人肯定也是为这个案子而来的。但是，早濑却想不出任何可能出现的人。距案发当日已经过去两周多了，但他们至今还未查到任何线索。

早濑他们现在正在追踪被害人秋山周治家被偷走的物品。因为如果是谋财的犯罪行为的话，凶手极有可能会将这些物品倒卖成现金。今天，他们就从收购了一台与被偷的笔记本电脑同样型号的电脑的店主那里收集情报，所以才去了住在江东区的一个公司职员家里。

早濑敲了一下小会议室的门，里面传来一声"请进"。早濑推开了门，坐在会议桌一边的男子正在起身。三十七八岁的样子，体格健壮，西服十分合体。看到他那敏锐的眼神，早濑立即猜想他是不是警察，但很快又否认了自己的这一猜想。因为经常跑案发现场的人是不可能有这种风度的。

"想必二位就是早濑巡查部长和柳川巡查了。"男子轮番地看了看他俩。先说出早濑的名字大概是因为他的等级较高吧。

"正是。"早濑答道。

"百忙之中打扰二位，真是抱歉。这是我的名片。"

看了一眼他递过来的名片，早濑立即有种要挺直身板的心情。因为首先映入眼帘的是"警察厅"这几个字。但是后面的头衔给人一种不搭调的感觉，"生活安全局"，然后是"犯罪控制对策室 室长 蒲生要介"。警察厅要干预调查活动的话，是能够直接越过刑事局的。

"不知您找我们有何贵干？"早濑拿着名片问道。

"总之，请二位先坐吧。"蒲生微笑着催促他们就座。

早濑和柳川互相看了一眼，慢吞吞地坐下了。刚坐下，就发现桌子上摊着似曾相识的某个文件。旁边放着一台正在运行的笔记本电脑。

"我请二位前来不为别的，就是想咨询一下调查本部正在调查的西荻洼独居老人抢劫杀人事件的进展情况。众所周知，随着我国高龄化的发展，独居老人与日俱增。与此同时，以他们为对象的犯罪事件也层出不穷。银行诈骗案件也是其中之一，类似这次的抢劫事件也不断增多。我们为了分析独居老人如何成为作案对象才特地前来咨询调查人员。真是不好意思，能不能占用二位一点儿时间？"蒲生口齿伶俐而又清晰地说道。

早濑对他的一番话感到很不解。要说是已经结案的事件的话，还可以理解，询问尚在调查中的事件进展情况，究竟是为了什么呢？

"不知道您想要问我们些什么？"柳川一言不发，早濑只好开口问道。

蒲生拿起桌子上的文件。

"根据调查资料来看，二位最初负责基础调查，对吧？"

"是这样的，这有什么问题吗？"

现在两个人又加入了物品调查小组。这次事件被害人的人际关系简单，也没有发现任何能够构成杀人动机的纠纷。并且，即使凶手是被害人的熟人，怨恨纠纷的可能性也很小，而很可能是为了钱财。所以，他们现在正围绕着现场遗留物品与可能被盗的物品展开调查。

"根据这篇报告，"蒲生的视线又落在文件上，"被害人退休后仍然作为特约研究员留在同一个食品公司工作。"

"是的。委托期限应该是六年。"

"被害人今年七十二岁，可以推断出他一直工作到六年前。所在单位名称为植物开发研究室，那他具体的工作内容是什么呢？"

听了蒲生的问题，早濑拿出自己的笔记本。而坐在旁边的柳川完全没有要回答的意思。

"据说是利用生物科技开发新的植物。"

"具体而言是开发什么花呢？"

"这个嘛，"早濑摇了摇头，"我们对此不太清楚。我那儿还留着相关资料，查一下就知道了。"

蒲生往电脑里输入了些什么。"他在职场的人缘怎么样？"

"好像还不错。说起来，对他赞不绝口的人真不少。"

"比如？"

"比如……经常照顾后辈啦，对工作热心啦。对他的技术评价也很高。所以退休后还被延聘了六年。"

"对吧？"早濑向柳川征求同意，看了看他，但他丝毫没有反应。他好像是要沉默到底了。大概是因为不知道这个从警察厅来的男人究竟有何目的吧。他或许认为万一有所差错，以后会惹上麻烦。

蒲生又敲着键盘："他没有什么仇人吗？"

"据我们至今的调查，还没有发现。"

"死者六年前离职后，跟同事们几乎没有见过面。他也没有什么特别亲近的人吗？"

"好像是没有。他可能本来就是那种在公司外不跟同事打交道的人吧。我们在报告书里面也提到了，邻居们也证实了很少有客人去探望他。"

"但也不是完全没有吧。所以遗体才能被及时发现。"

"也就是最近，死者的孙女好像经常去探望他。但是，也只有这点而已。"

"被害人之前用着电话。他的通话记录情况呢？"

"关于这一点，我们应该已经添加到调查资料里了。"

"我看过了。但我还以为会有什么新的发现。"

早濑摇了摇头。

"所有的资料都在这里了。被害人两年前注销了手机，只使用固定电话。但是固定电话也很少用，最后一次使用是在案发三天前，去电对象是天气预报查询。电话机是老式的，也没有来电显示服务，所以不知道来电情况。"

"明白了。"蒲生看了看文件，"关于被盗物品，除了这上面记载的，还有什么新的发现吗？"

"应该没有了。"

"上面写着被盗的钱包里装有信用卡，现在还没有发现什么不正常使用记录吧？"

"没有。有的话，我们会从这个点展开调查的。"

"但是，像这样的事件，凶手通常会在'被盗声明'被发出之前最大限度地使用，对吧？"

"凶手大概是推测事件被发现的时间会更晚，因为被害人是独居的老人。有时候几周，甚至说是几个月后才发现尸体也大有可能。凶手可能计划在此期间慢慢地消费，然后再倒卖换成现金。但是，令他意外的是尸体很快就被发现了，使用信用卡的机会也泡汤了。"

不知道是否听明白了，蒲生缓缓地点了点头。

"早濑刑警也认为这次的事件是偷盗加杀人的流窜作案吗？"

"与其说是我个人的判断，不如说是现在的主要调查趋向。"

"原来如此。"蒲生将视线转向柳川，"你认为呢？"

柳川一副刚缓过神来的表情，像是在调整状态似的深呼吸了一下。"我们只是听从上面的指示，仅此而已。"

蒲生面无表情地听他说完，然后嘴角泛起一丝微笑。"对我的帮助很大，感谢二位的配合。"

"我们可以走了吧？"柳川问道。

"嗯，请便。"

柳川动静稍大地起身，走出了会议室。早濑也紧跟着出去了。

回到会议室后，柳川问主任："到底是怎么回事儿啊？"

"他问了你们什么？"

"关于这个案子的调查情况，好像有些不满似的。"

"你们没多嘴吧？"

"当然。万一被记录下有什么地方不妥当，那可不就糟了。"

"那就好。警察厅的人也挺不容易的，他们必须弄出点实际成绩来以证明自己在工作。不必太在意。"

听着他们两人的谈话，早濑感觉很别扭。那个叫蒲生的人的锐利眼神令他印象深刻。

那绝非只是为了应付工作的人的眼神，而是怀有明确目的的男人的眼神。早濑暗自思忖，如果真是这样的话，他的目的究竟是什么呢……

14

　　苍太很快就找到了秋山梨乃指定的咖啡馆。那是一家面向表参道大街的露天咖啡馆。据她说，她跟要介也是在这家店见的面。环视店内一周，苍太不禁苦笑了一下。那么一本正经的要介在这种躁动的氛围下坐在年轻人之中，他当时是怎样一种表情啊，只要一想到这一点，苍太就觉得很搞笑。

　　苍太坐下后，喝了堪培利汽水，没过多久梨乃就到了。她看到苍太的饮料问道："这个好喝吗？"

　　"还可以吧。"

　　"那我也要一样的。"她跟服务员说完后坐下了，"你等很久了吗？"

　　"也没有，我刚来没多久。"

　　"说实话，我真没想到你会跟我联系。"

　　"为什么？上次告别的时候，不是说过再联系嘛。"

　　"话虽那么说，但我只当你是说说而已。因为我感觉你并没有把我对你说的事情太当回事儿。"

　　苍太耸了耸肩："你要是这样想，我也没办法。"

　　"主要是事情太复杂了。"

　　"就是这样。那以后，你那儿有什么新情况吗？"

　　"也没什么。警察也没有联系我。只是，之后我又想到一点。你哥哥曾问过我很奇怪的问题。"

"什么问题？"

"问我有没有听爷爷说起过MM事件。"

"MM？"

"就是英文字母的'M'。他又说只是闲谈，不要在意，之后我也没有搁心上，你听说过MM事件吗？"

"MM……没有听说过哎。"

"可能真的没有什么关系吧。"

不可能没关系的，苍太暗自想道。因为那么重要的事情而约出来见面，要介怎么可能闲扯一些无关紧要的话题呢。

服务员端过来堪培利汽水，梨乃喝了一口："嗯，的确一般。"然后又说道："那你那儿有什么收获？"

"说不上是什么大的收获。我只是在力所能及的范围内查了一些资料。"苍太从包里拿出平板电脑，"先从结论说起吧。我查了网上资料还有植物图鉴，以及其他一切相关资料，都没有找到那种黄色花的原型。"

"也就是说这果然是人工开发出来的花？"

"有可能吧。然后，我也朝着人工开发的方向查了一些资料。"苍太的目光又落到平板电脑上，资料都在那里面。"迄今为止，的确有几家研究机构在做利用生物科技使没有黄色品种的花开出黄色花的研究，开发出蓝色玫瑰的造酒公司也是其中之一。他们已经研发出了能够提取出黄色色素的酵素及产生这种酵素的基因，将这种基因注入植物里，能够使原本为红色和蓝色的花瓣变成黄色。使用这种技术，已经成功研发出了黄色蝴蝶草。"

"那黄色的牵牛花呢？"

"我反正没有查到黄色牵牛花已经开发出来的信息。"

"你哥哥说过已经完全保密地研发出来了，只是还没有公开。

你查不到也是必然的了。"

苍太摇了摇头。"所以说这点很奇怪。那么重要的信息,我大哥怎么会知道呢?我已经说了多次了,大哥并不是什么植物研究家。他是警察厅的公务员。"

"话虽这么说……"

"还有一种可能性。"

"什么?"

"刚才我也说过,虽然没有找到那种黄色花的原型,但这只是限于现存的植物当中。正如以前所说的那样,不存在黄色的牵牛花。可是在以前,这并不是什么稀奇的事儿。江户时代曾一度掀起栽培牵牛花的热潮,至今仍保存了一些著名的文献。其中就记载了黄色牵牛花。"苍太边看平板电脑边开始介绍。

研究牵牛花的代表性文献有《朝颜押华》[1]和《朝颜丛》。《朝颜押华》成书于 1818 年,正如名字一样是介绍植物标本的著作,它由伊势松坂贩卖沙丁鱼干的商人小津家的后裔保存下来。书中标题为"黄丸"的牵牛花的标本正是淡黄色的花瓣。考虑到褪色的缘故,可以推测它原来的颜色是更为鲜艳的黄色。《朝颜丛》1817 年刊行于江户,是一本牵牛花图谱,其中介绍的一种叫作"极黄采"的牵牛花呈现为深黄色。此外,在其他多种文献中也发现了黄色系的牵牛花。

"但是现在为什么会灭绝了呢?"

对于梨乃的提问,苍太摇了摇头。

"这个我也不太清楚。有的说法归因于明治维新的影响,也有说是因为第二次世界大战的混乱局面造成贵重品种的遗失。真相始

---

1 日文中"あさがほ"写作汉字为"朝颜",意为牵牛花。"押华"意为"植物标本",其中"华"通"花"。——译注

终是个谜团。"

"那就是说也有可能还未灭绝？"

"我正想说这一点。因为各种原因销声匿迹，但是现在有可能重现于世了。由此可以推断，你爷爷偶然获得了那种贵重的花种，然后培育出了黄色的牵牛花。"

"但是这样一来，岂不是在网上走漏了风声？"

"可能还没有到那个地步。总之，我明天先回大阪，这几天内再返回来。到时候我再跟你联系。"

"嗯，好的。"梨乃点了点头，然后双臂交叉于胸前。"种子啊，话说你哥哥也很在意花种呢。说什么如果发现花种就立即跟他联系，或者直接处理掉。"

"他说过这样的话……"

要介到底在想什么？苍太越发地觉着大哥离他很遥远了。

"喂，"梨乃摇晃着堪培利汽水的玻璃杯，杯子发出冰块碰撞的声音。"那之后，你还是没跟你哥哥联系？"

"那天，和你分别后，我立即给他打了电话。"

梨乃的手停下来，"怎么说的？"

苍太撇了撇嘴，叹了口气。"所谓的遭受冷遇而无可奈何就是指我这种处境了。"

要介接电话后，苍太先试探性地问"高端植物企业"是什么。果不出其然，听得出要介一瞬间惊慌失措，但是，很快他又故作镇定地用一种平淡的口吻说："你说什么呢？"

"别装傻了。一个叫秋山梨乃的人来过我们家了。你还做了假名片，到底想干什么啊？"

"你跟其他人说过这件事吗？"

"我可没说。即使想说，我也不知道从何说起啊。"

"那你就保持沉默。你也没有必要知道什么。"

"你这是什么意思？我该怎么跟秋山小姐解释？"

"你什么都不用解释。如果她再说什么的话，你就跟她说一切由我来解释，让她再等等。"

"等一下，你先跟我说说整件事情的来龙去脉不就行了吗？"

"没有必要。这跟你一辈子都扯不上关系。"

"一辈子？"

"抱歉，时间紧迫，我先挂了。关于这件事就到此为止吧。不要再给我打电话了。"

苍太正说"等等"的时候，电话就挂断了。

"……怎么回事？"

听了苍太的话，秋山梨乃黑色的眼珠子骨碌骨碌转个不停。

"你好像完全被排除在外了。"

"就是这样。从前就是这样。"

"还有这么奇怪的家庭。但是，听了你这番话我总算明白了。你这么上心地帮我调查黄色牵牛花的事，也是出于对你大哥的抵抗心理吧。"

"我倒没有跟他对抗的想法。只是想知道事情的真相。"苍太喝完了剩下的汽水。

走出店门，梨乃掏出手机看了一眼，然后看着苍太。

"你接下来有安排吗？有什么约会吗？"

"没，没有什么事情。你又想到什么关于牵牛花的事了吗？"

"跟牵牛花没有关系。是音乐。"

"音乐？"

"接下来我得去听一个朋友的演唱会，如果可以的话，我想请你陪我一起去。"

"啊，原来是这样啊。"苍太点了点头，"要我陪你去，行吗？"

"当然可以啦。我一个人去有些不安。因为乐队的成员换了，不知道会是什么感觉呢。"

"原来如此啊。我倒是没有什么问题。"

"谢谢你，帮了大忙了。"

梨乃说演唱会会场在新宿。他们坐地铁到涩谷，然后换乘山手线。

在地铁里，苍太听梨乃讲述了关于这个乐队的事情。她表哥以前是这个乐队的电子琴乐手，但是现在他退出了，所以换了新成员。听到退出的原因是因为自杀，苍太沉默了。

"不好意思。我一下子扯远了。"梨乃一脸歉意，有些难堪。

"没有，我并不是这个意思。我想说，嗯……节哀顺变。"

"今天是他们的首场演唱会，所以我要去给他们加油打气，让他们好好干，连我表哥那份劲儿都要使出来。"

"原来是这样啊。"

她真是善良啊，苍太想道。

他们到场时，演唱会已经开始了。一百多号听众挤在会场里。梨乃说过，虽然是业余乐队，但是他们很受欢迎，看来这话丝毫没有夸张。其中七成左右的听众都是女性。

主唱兼吉他手的是一位高高瘦瘦的青年。他化了妆，但可以想象素颜应该也是很俊秀的。他的眼睛和鼻子长得很匀称，最重要的是脸很小巧，但是整个面庞看上去又很有轮廓感。他音量十足，而且音程掌握得很好。虽然苍太对于音乐完全是外行，但是，他觉着他们的水平可以用专业来形容了。

此外还有贝斯、架子鼓、电子琴。贝斯手和架子鼓手都是男性，新加入的电子琴手是位女性。她头上戴着帽子，帽檐压得很低，所以看不太清长相。

接近尾声了，他们演奏了一曲令人印象深刻的曲子。好像是非洲原住民演奏的乐曲，给人一种野性的荒凉感，还有一种神圣的庄严感。但是，绝对不显单调，反而充满着像是在戏弄听众似的、令人意想不到的跌宕起伏。甚至可以说，他们是在用音乐编织悠长而古老的故事。

"真是一首好曲子。"苍太向身旁的梨乃耳语道。

她两眼闪烁着光芒，一个劲儿地点头。接着，她凑到苍太的耳边说道："是一首叫'催眠诱惑'的曲子。我也最喜欢这一首了，真的是特别棒的一首曲子。这是雅哉和尚人两个人合创的曲子。"

"他们俩是……"

"那个主唱就是雅哉哥。尚人是我死去的表哥。这个乐队所演奏的曲子都是他俩创作的。"

"哦。"

越听越觉着这是首了不起的曲子。让人有种精神与之同调的错觉。"催眠诱惑"——也可以翻译成催眠暗示吧，这个名字太贴切了。

曲终，刹那间会场响起了热烈的欢呼声。会场并没有多大，甚至让人担心地动山摇般的欢呼声会影响到外面。苍太看了看自己的周围，再一次震撼了。竟然有几位女性听众感动得泪流满面。

主唱雅哉手拿麦克风，向听众致谢。他每说一句台下紧跟着涌起一阵欢呼声。他又介绍了一遍乐队成员。

这是我们的新成员，他以这样的开头介绍了电子琴乐手。坐在乐器前的女子抬起脸，取下了帽子，然后微笑着朝观众挥手。这时，苍太的心跳加速。难道是，怎么可能……他盯着她看，开始怀疑这是不是错觉。

但是，她又戴上了帽子，低头看电子琴。苍太看不清她的脸了。

最后的曲子开始响起。作为一个业余乐队的原创曲子，它可以说是很不错的了。可是，跟"催眠诱惑"相比就稍显平庸了。这时，苍太已经很难集中精力听下去了，在此期间，他的目光一直紧紧地盯着那个电子琴手。

终于最后的演奏结束了，乐队成员们退回了后台。

"他们没有返场演唱哦。"梨乃说道，"听说自从正式出道演出之后，他们就从没返过场。"

即使再怎么被捧，他们好像也不会飘飘然。

"要不要去见见他们……乐队的成员们？去打个招呼。"苍太问道，毋庸置疑，是他想探个究竟。

"可以。即使我们不去看他们，他们也会过来打招呼的。"梨乃看着连续不断地离去的观众说道。突然她脸上闪现一丝惊喜。"是知基。"她大声叫道，"知基，这边！"

一位身材瘦小的年轻人微笑着向她走来。看起来像是高中生，但可能年纪要再大一些。

两个人很高兴地聊起天来，苍太站在墙边，茫然地看着周围。不知何时，乐队的成员们又回到了舞台上，他们在收拾乐器和器材。业余乐队什么都要自己动手去做。

但是，苍太并未看到那个女电子琴手。他正觉得奇怪，往旁边看了一眼，吓了一跳。她正在那儿呢，像是正在往一个大大的包里塞东西。个子高高的，头发很长。

苍太朝她走了过去。从正面看她的脸。虽然已经完全是一张成人的脸了，但自己是不会认错的，就是她。那天晚上在牵牛花集市发生的一切又鲜活地涌现在苍太的脑海里。

她像是察觉到什么似的，朝苍太这边看了过来。稍稍向上吊起的眼睛，让人联想到猫。

瞬间，她好像倒吸了一口凉气似的惊住了。但是，她立即转移了视线，装作没有看到苍太。

真奇怪，苍太想道。难道她记不起来自己了吗?

苍太坚定地迈出了一步。快到她身边的时候，他打了个招呼:"好久不见。"

她缓缓地扭过头来，面无表情，从她的眼神中看不到一丝的情感波动。

"您是哪位?"她口气冷淡地问道。

"是我啊，蒲生苍太。"

"蒲生……先生?"她微微地摇了摇头，充满疑问。

苍太不知所措:"你是孝美吧?"

她皱着眉头。"你认错人了。我不叫这个名字。"

"但是……"

为了阻止苍太说下去，她向舞台望去:"雅哉。"

站在舞台上的主唱的男子抬起头。

"抱歉。今天我先走一步可以吗?"

"欸? 为什么? 庆功宴呢?"

"我有点急事儿，必须得先回去了。下次再聚吧。"她双手合十表示歉意。

负责贝斯的年轻人抱怨道:"搞什么啊，我还很期待这次聚会呢。"

"没办法啊。"主唱说道，"好吧。那你自己小心。辛苦了。"

"大家辛苦了。"这个看起来绝对是伊庭孝美的女子低头向队友们道别，随后拿起行李快步向出口走去。她连看都没看苍太一眼。

苍太正呆若木鸡地目送她的背影的时候，梨乃走了过来。跟她一起的是知基。

"他就是蒲生。我们刚认识不久，是我让他陪我来的。"

"哦。你俩什么关系啊？"知基笑着问梨乃。

"该怎么说呢。堪培利汽水关系吧。"

"堪培利汽水？"

"我们来这儿之前一直在表参道的咖啡馆来着。"

"表参道？欸，那真感谢你俩特地过来。"知基做了一个敬礼的姿势。

"发生什么事了吗？"梨乃问苍太，因为他一直都没有说话。

"那个弹电子琴的女孩叫什么名字啊？"

知基脸上浮现困惑的表情："演唱会的时候，有人介绍她说是叫景子……"

"她的本名呢？"

知基跟舞台上的雅哉打了个招呼。

雅哉说她叫白石景子。

"她怎么了？"梨乃问苍太。

"没什么，她跟我认识的一个人长得很像……"

"那你去打声招呼问问不就得了。"

"我问了，她否认了……"

"原来是外表极其相似的两个人。你跟你认识的那个人最后一次见面是什么时候？"

苍太歪头思索了一会儿："应该是十年前吧。"

"十年前？那不还是小时候的事儿吗？女大十八变哦。"梨乃一笑了之。

15

　　"我去送吧。"地方警署的年轻刑警对早濑说，但早濑还是拎起纸袋出去了，他只是想换换心情。近期一直待在调查本部，每次跟那些板着脸的上司们一起待上五六个小时，早濑就觉着呼吸困难。

　　西荻洼独居老人入室抢劫杀人事件的调查完全没有任何进展。既没有有效的目击证词，也没有从遗留物品中获得任何线索，被盗窃的物品也是下落不明。在调查人员中间，开始飘荡起一股进入迷宫般的气氛。

　　早濑不得不承认自己也有种想要放弃的心情。回想起来，自己好像一开始就预料到了这样的结局。准确地说，是在警察署和遗属们见面的时候。他们对死者的生活几乎完全不了解。孙女说死者的谈话对象只有花。与世人没有往来的孤独老人在家中遇害，被抢劫了财物。在现在这个时代，没有比这更一目了然的犯罪事件了。但是，越是简单就越难抓到凶手，因为线索实在是太少了。

　　裕太的话至今仍回荡在早濑的耳畔：一定要抓住凶手，你要是我爸爸的话，你就替儿子报答这个恩情吧……

　　本来就难得跟儿子见上一面，这下可能会更加疏远了。早濑自嘲地苦笑起来。

　　换乘了几次电车，早濑在调布站下了车。从这里走十五分钟就到"久远食品研究开发中心"。早濑抬头看了看天，快要下雨的样子，于是迈步向出租车站点走去，但没走几步，又决定还是步行过去。

这不是出来查案，没有必要铺张浪费。

纸袋的带子勒得他手指生疼。里面装的是秋山周治工作单位的员工信息表，还有他以前写的报告书等文件。案发后，为了调查秋山的人际关系，他向"久远食品研究开发中心"借出了这些东西，这次来的目的就是把这些材料还回去。

久远食品研究开发中心的大楼映入眼帘。把墙壁粉刷得那么白，像是在特地传达一种清洁之感。进进出出的员工的工作服也是白色的。

早濑在保卫室说了自己的身份，拿到了一个访客用的徽章。办公楼里有前台，在那里要告知接待人员自己要见的人。上次来的时候他见的是室长福泽，今天只是来归还资料，所以见谁都无所谓。

早濑推开玄关的玻璃门，正要走向前台的时候，斜对面的走廊里突然出现了一个似曾相识的身影。早濑立刻藏到旁边的柱子后面。

对方好像并没有看到早濑，而是大跨步地走了出去，也没有什么陪同的人。

为什么那个男人会出现在这里呢……

前几天刚刚见过面，所以早濑还没忘记他的长相。他就是警察厅的蒲生。

这样说来，当时，蒲生的确问了很多有关秋山周治的工作单位情况的问题。难道早濑他们的回答出现了什么问题？他是不是想要指出他们调查的失误之处才来这儿确认的？

总之，早濑先去了前台，说明了自己的来意。年轻的前台小姐给某个人打了内线电话后，朝着早濑微笑着说道："'分子生物学研究室'的福泽马上过来，请您在这儿稍等一会儿。"

早濑按照她说的，刚坐在大厅的沙发上，福泽就走过来了。"让您久等了。"

"百忙之中，给您添麻烦了。"

"哪里，哪里。话说回来，您不用特地跑一趟，叫人送过来就可以了。"

"这哪行，还是我亲自送过来好，以防万一有什么闪失。真是太感谢您的协助了。"早濑说着将纸袋递了过去。

福泽接过纸袋后，坐在了对面的沙发上。

"调查进展如何？这些资料帮上忙了吗？"

"现在还没有什么大的进展，但以后这些资料肯定会发挥作用的。"早濑一边回答，一边感到自己的话语是那么的空虚。实际上，他没有从中发现任何线索，也看不到今后有什么用处。

但是，福泽好像并没有察觉到眼前这位刑警的心思，依旧问道："现在能大致估计到凶手的情况了吗？"

"还没有进展到那一步。我们正在逐步地接近目标。"早濑随口说道。

"这样啊。这个世界真的太恐怖了。我衷心希望你们能尽快抓到凶手。"

"当然，为此我们将竭尽全力。"早濑例行公事地回答道，"我能顺便问您一个不相干的问题吗？"

"什么啊？"

"今天，警察厅的人来过这里吗？"

"啊……"福泽的嘴只张了半便顿住了，一副不知道该如何回答的表情。

"果然如此啊。实际上，刚才我看到了一个面熟的人。"

"这样啊。"福泽僵硬的表情缓和了一些，"既然你都这样说了，我也没有办法隐瞒了。正如你所说，刚才警察厅的人的确来过。但是，他让我不要跟查案人员提起他来过这件事。"

"他来这儿有什么事吗？"

"他没有具体解释。好像是在作调查，而且问了很多与案子没有直接关系的问题。"

"调查？"

"他问起调查员都询问了什么问题，调查员的态度和言辞如何等等。当时我也愣神了，感觉他是在做什么监查工作。"

说不通啊，蒲生所在的部门绝对不是做这些事情的。

看到陷入沉思的早濑，福泽好像担心他会误会，慌忙挥了挥手。"您不用担心。我没有说什么对您不利的话。"

"你们还谈了些什么？"

"然后，他问了关于秋山先生的工作内容方面的事情。秋山主要从事什么植物的研究，而且他问得很仔细。我问他这跟警察厅的工作有什么关系吗，他笑着说没有，只是他个人的兴趣。"

这就是他的目的，早濑思忖道。所谓的调查不过是借口罢了。蒲生的真正目的恐怕是要弄清楚秋山周治曾从事的植物研究。

但是，令早濑百思不得其解的正是他的目的。蒲生究竟在策划什么？

"早濑先生，我刚才也说过了，他让我对调查员保密，所以请您千万不要说是从我这儿听来的……"

"嗯，我自有分寸，绝对不会对任何人说起的。感谢您百忙之中的协助。"

早濑向福泽低头致谢，然后向玄关走去。

16

接到那个电话的时候，梨乃正在街上走着。一看是完全陌生的号码，她想要忽略它，但电话响个不停，于是她接通了电话。令她感到意外的是，对方竟然是那个叫早濑的刑警。自从案发当天晚上见面以来，这是他第一次跟自己联系。回想起来，梨乃当时确实把自己的联系方式告诉了他。

早濑说有想要咨询的事情，能否见上一面，详细情况见面后再说。

梨乃毫不犹豫地答应了。她也有很多问题想要问他。关于调查进展状况，警察从来没有通知过她。

早濑还说越快越好，于是，他们约定半小时后在附近的家庭餐馆碰面。

梨乃一边走一边思考早濑所说的急事到底是什么。然后，她再依据事情的内容决定要不要告诉蒲生苍太。自从"钟摆乐队"的演唱会以来，他们就没有再见面。现在，他应该回到大阪的大学了。

梨乃断定蒲生苍太是值得信任的。不仅是外表看起来实在，他的内在也很诚实。并且，他见多识广，值得信赖。但是，令梨乃不解的是他跟他大哥之间的关系。听他的描述，感觉他们两人简直是一种敌对关系。梨乃觉着他俩像是同父异母的兄弟，并且这可能是造成二人敌对关系的原因。也不知道发生了什么事，但蒲生苍太自身并没有意识到这一点，真的很令人费解。

梨乃在书店闲逛了一会儿，然后前往约好的家庭餐馆，刚好准时到达。梨乃正在吧台点饮料的时候，身穿灰色西装的早濑走了进来。他立即认出了梨乃，然后带着一副稍显做作的笑脸点头致意了一下，走了过来。

他们选择了一个角落的桌子，相对而坐。服务员端了两杯水过来，早濑扫了一眼菜单，点了一杯冰镇可可。这跟他沉稳的中年外表形象有些不相符，于是梨乃问道："你喜欢甜的东西啊。"

"不是，只是想节省去取饮料的时间。"早濑说着露出了一丝微笑，但很快又变得一脸严肃。他低头表示歉意："今天这么突然地把你叫出来，真是抱歉。"

"没关系，反正我也没什么事儿。"

"是吗？我还以为你忙于练习。"

"练习？"

"这个。"早濑两手小幅度地做出游水的姿势，并且还是蛙泳的姿势。"你在游泳界相当有名气啊。真不好意思，我对这方面一窍不通。"

看来警方也调查了梨乃的情况，想想也是理所当然。

她微微地闭上眼睛，摇了摇头。"我已经退出了。"

"啊，是这样啊。"

"说正事儿吧，你要找我说什么事情？"可能是提到了游泳，梨乃的声音不自觉地提高了。

"不好意思，"早濑说着拿出了笔记本。

"案发六天后，你向警察汇报过秋山周治家的一个盆栽被偷走了。"

原来是这件事。"对。"梨乃点头承认。

"我想就此问一下详细情况。是什么时候被偷的呢？"

"我想应该是……"梨乃不禁皱起了眉头，到了这个时候该说些什么好呢，"案发时……爷爷被杀的时候。"

"案发当天？"这次轮到刑警皱眉了，"不是案发后被偷的，而是案发当天被偷的？"

"我认为是这样的。"

"但是，"早濑低头看了看自己的笔记本，"据收到通知赶过去的警察的记录，是案发后，解除现场保存之后，遭到了偷窃。"

"不是这样的。我都说了不是，可那个警察还是不相信我。"梨乃咬着嘴唇，脑海里回忆出当时那个警察令人生厌的表情。

冰镇可可端了上来，但早濑没伸手去拿杯子。

"如果是案发当天被盗，为什么你一开始没有提起这件事？"

"那时候我也没有发觉。虽然当时看着爷爷家的院子，总觉着有些不对劲，但又具体说不上来哪儿不对劲。而且，当时我的注意力也不在这些东西上面……但是，后来我才想起那个盆栽。然后，葬礼结束后我又到爷爷家里看了一遍，发现盆栽不见了……我之所以上报得那么晚，也是因为被这些情况耽搁了。尽管如此，赶过来的那个警察却根本不把我说的话当回事儿。"

"你为什么会特别在意那个盆栽呢？"

"那是因为，我案发后也说过，那株花是爷爷最后培育出来的。爷爷当时特别高兴。"

说这话时，梨乃开始困惑了。关于那神秘的黄色花，应该解释到何种程度才好？她跟蒲生苍太约好，当前先不跟任何人说那可能是虚幻的黄色牵牛花这事。因为他俩断定不能忽视蒲生要介所说的"最好别跟那花牵扯太多"这句话。

但是，为了帮助查案，应不应该把一切都告诉早濑呢？

"那是一种什么花啊？是什么特殊品种的花吗？"

"不清楚。"梨乃暂且先这样回答，"爷爷并没有告诉我。"

早濑的眼睛看上去闪闪发光。

"你清楚花的名字吗？"

"不清楚，一无所知。"

"你在其他地方见过一样的花吗？"

这就没有必要撒谎了，梨乃的确也没有见过，于是摇了摇头，"是从未见过的花。"

"你在图鉴或网上搜查过吗？"

"查过，但是没有结果。"

事实上是蒲生苍太而不是她自己查过，关于这一点，还是暂且隐瞒吧。

早濑点着头，端过杯子，一边出神地盯着一个地方一边喝起了冰镇可可，但脸上没有一丝在品尝的表情。

梨乃想，为什么这个时候他会问起这些事情呢。她上报时，赶过来的警察对她所说的一切置若罔闻，所以只有一种可能性，是蒲生要介把这个消息透露给调查人员的。因为他也是警察。

"请问，"她开口说道，"事到如今，为什么会突然问起那株花的事情来了呢？那花跟案子有关系吗？"

早濑反倒慢悠悠地将杯子放到桌子上。看起来他是在拖延时间，考虑该如何回答这个问题。

"跟案子有没有关系……这个现在还不好说。说实在的，调查进展举步维艰。所以，我才想着回到原点，重新梳理这一切。然后，我发现在盆栽失窃这一点上存有很多谜点，所以才特地前来向你咨询。"

早濑一直看着梨乃的眼睛，说完了这一番话。那种充满耐心的谆谆教导式的口吻令人不禁要提高警惕。

梨乃决定，今天暂且不提蒲生兄弟的事情。对方没有显示出任何诚意，自己又怎么能推心置腹？再说了，如果自己所持有的信息真的能有助于弄清真相的话，总会再有机会利用这些信息的。

"有关花的事儿，我所能说的只有这些了。如果没有其他问题的话，我可以先走了吗？过会儿我还要去见一个朋友。"

早濑用他那眼皮松弛的眼睛看着梨乃，一副不愿跟还没有自己年龄一半大的小姑娘讨价还价的表情。过了会儿，他的半边脸露出了笑容。"抱歉占用你的时间了。但是，我还有最后一个问题。这件事……也就是盆栽失窃这件事，你跟其他人说过吗？"

梨乃眼睛都不眨地摇了摇头："没有，跟谁都没说过。"

"跟你的家人也没有说过？"

"爷爷的葬礼结束后，我就没有跟他们见过面。"

"这样啊。"

看到他合上了笔记本，梨乃起身说道："我可以走了吗？"

"啊，对了。"早濑竖起食指，"有警察厅的人来找过你吗？"

"欸……"

"警察厅。我想会不会有人因为这个案子来找过你呢。"

梨乃大吃一惊，脑海里随即浮现了蒲生要介的脸庞。

梨乃并没有回答，早濑见状觉得很奇怪："没来过吗？真奇怪啊。是一个叫蒲生要介的人，他说跟你见过面。"

原来他认识蒲生啊。所以，他大概也是从蒲生那儿听到了关于黄色花的事情。为什么他又特地来问自己呢？梨乃充满疑惑。

"到底怎么回事儿？你跟警察厅的人见过面了吧？"

早濑仍问个不停。梨乃感到在这个问题上撒谎并非良策。

"我见过蒲生先生。但是，他当时并没有说自己是警察厅的人。"

"那他是怎么说的？"

"他说自己是植物研究专家……"

"哈哈哈。"早濑干巴巴地笑了一声。

"估计他觉着要是打出警察厅的旗号,你会害怕吧。这是他们常用的伎俩。"

"那个人也在调查我爷爷的案子吗?"

早濑的表情浮现出了犹豫和困惑的神色。他可能是在思索该如何回答吧。

"不,不是。"终于他开口了,"他完全是另有所图。警察厅是依据警察法设立的日本行政机关。这就意味着他是公务人员。因此,不会牵扯到查案的。"

"那蒲生先生的目的到底是什么?"

"这个嘛,"说着早濑的鼻子上多了几道皱纹,"我还不能轻易下定论。这样有可能会妨碍警察厅执行公务。"

总觉着有些奇怪。眼前这个男人真的认识蒲生吗?

"你跟蒲生都说了什么?"早濑问道。

这个问题让梨乃坚定了自己的猜测。这个刑警没有从蒲生那儿得到任何消息,但很有可能,他只是知道一些零碎的情况。

"这个请你去问蒲生先生吧。"梨乃回答说,"蒲生先生嘱咐说不要轻易跟别人提起这件事。"

刹那间,早濑脸上的表情全消失了,紧接着又堆满了显而易见的假笑。"嗯,好吧。今天真是抱歉,占用你这么长时间。"

"我可以走了吧?"

"可以。感谢你的协助。"早濑左手拿起桌子上的账单,右手从上衣内兜里掏出一张名片。"以后再有什么新的发现的话,请随时跟我联系。不要跟警察署或其他的刑警联系,直接跟我联系。为这件案子奔波的只有我一个人。"

梨乃接过来名片,电话号码是手写上去的。

在结账台跟早濑道别后，梨乃走出了这家餐馆。她讨厌被刑警追着，于是选择了一条近道，快步向公寓走去。

她的内心涌起一股莫名其妙的不安。早濑的目的究竟是什么？今天自己如此应对他到底是不是正确的？会不会造成无法挽回的错误？

她想尽快见到蒲生苍太，跟他商量一下，他肯定会给自己提出正确的建议。他什么时候回东京呢？

快走到公寓的时候，包里的手机响了，是知基打过来的。梨乃接通了电话。"现在方便吗？"知基问道，很认真的口吻。

"方便。怎么了？"

"嗯，我想问你一件事儿。是关于跟你一起来听演唱会的那个蒲生。"

梨乃停下了脚步，手不自觉地握紧了手机："他怎么了？"

"那个人之前说了很奇怪的话。他说他认识景子小姐。"

"景子小姐？"

"白石景子小姐。代替大哥担任'钟摆'乐队电子琴乐手的那个人。"

"啊啊。"梨乃点了点头。

"他的确说过这样的话。但是，他不是认错人了吗？只是长得像而已。"

"我正是不理解这一点……"

"欸，怎么回事儿？"

"实际上，"知基顿了一下，然后慢慢地说道，"刚才雅哉哥打过来电话，说景子小姐给他发了封邮件，要辞掉乐队的工作。"

"欸，为什么突然……"

"邮件中说是自己的原因，但没有具体说是什么情况。然后，

　　雅哉哥又给她回复说想要知道具体原因，但她没有再回复。给她打
电话也打不通了。那个弹电子琴的女孩就这样完全消失不见踪影了。"

17

苍太一说到自己妈妈的身体状况不好，想要请假回家一阵子，教授就爽快地答应了。

"你的论文也进展顺利，可以请假。还有，你跟家人商量自己今后的出路了吗？"

"没有。"苍太微微摇了摇头。

"上次回家，因为忙于准备爸爸的三周年忌日，所以没来得及说。"

"既然这样的话，这次你就好好跟家人商量商量。这可不是闹着玩儿的，关系到你的人生。"

"明白了。"说完，苍太离开了教授的房间。教授一直很关照他。劝他留在大学继续从事研究的也是教授。但是最近，他好像对此充满了歉意。

听说苍太要再回东京，藤村吃了一惊。"怎么回事啊？你之前那么讨厌回家。你妈妈的身体很不好吗？"

苍太并不想跟朋友撒谎。于是，苍太告诉他事实上妈妈的身体很好。

"家里有些事情，必须要处理一下。如果不解决这些问题，我没有办法考虑将来的事情。"

"这样啊。"藤村显然很想知道究竟有什么复杂的问题，但是他没有再继续问下去。"家家有本难念的经啊。我明白了，你回来后，咱们好好喝一杯。当然是你请客啦。"

"好，你先找个能够无限畅饮的酒馆。"

跟藤村道别后，苍太回到了自己的房间。先是给家里打电话，志摩子很快接了电话，苍太告诉她自己今晚回家。

"欸，为什么？在大阪有什么不顺心的事儿吗？"母亲充满担心地问道。也怪不得她担心，他前几天才刚刚回到大阪，现在又要回来。

"也没什么事儿。大学也放暑假了，研究也告一段落了，我想休息一段时间。三周年忌日的时候没有带替换的衣服回去，所以也没能待上几天。回自己家不需要什么理由吧。"

"话是这么说，你之前还一个劲儿地说忙……"显然，志摩子疑惑不解。

"情况有变了嘛。那我坐上新干线后再跟您联系。"

"好的。你自己小心。"

"嗯。"苍太挂断了电话，自言自语道，"小什么心啊。"对于妈妈而言，自己好像永远是个小孩子。

正在收拾行李的时候，收到了一条短信。是秋山梨乃发过来的。说有很多重要事情要跟自己商量，定下回东京的日期后就通知她。

苍太立即回复了她，内容如下：

"真巧。我现在正在准备出发回东京。预计晚上到家，到达后我再跟你联系。请关照。"

确认发送后，苍太放下了手机，回想起秋山梨乃那有些好强的表情。跟她相遇真的很幸运。如果没有遇见她的话，自己可能对要介的奇妙行动一无所知，一直就这样被蒙在鼓里。

现在激起苍太回家愿望的就是这种想要将哥哥的所作所为公之于众的想法。他坚信这一切肯定跟他与哥哥以及死去的父亲之间的深深隔阂有关。

他继续收拾行李，手机又响了。是秋山梨乃打过来的。

"喂，你好。"

"啊……是我，秋山。现在方便接电话吗？"

"方便，我在自己房间呢。你看到我的短信了吗？"

"看了。但是，我觉着在电话里说的话可能更快些，所以直接给你打了这个电话。"

"怎么了？你在短信里说有很多事情要商量，有急事儿吗？你找到了黄色花的新线索？"

"那个倒没有什么大的进展。但是很奇怪，刑警来找过我，问了很多关于盆栽失窃的事情。到现在这个时候，又跑来问我这个，你不觉着奇怪吗？"

"这个……的确很奇怪。"

"对吧。所以我没有告诉他关于蒲生君你的事情。无论怎么说，那个刑警都很奇怪。"

"你所说的奇怪，是怎样的一种奇怪？"

梨乃在电话的另一端"嗯"了一声。

"总觉着他隐瞒了些什么，或者说根本没有说实话……总之很可疑啦。在电话里我说不太清楚。"

"知道了。那我们尽快见面。明天可以吗？"

"明天啊……行倒是行。"

"有什么问题吗？"

"也没有什么……喂，你今晚几点到东京？"

"今晚？要是快的话……"苍太看了看表，现在已经是下午四点多了。"八点左右能到东京站。"

"那到了之后，你有什么安排吗？"

"没有，直接回家。欸，难道说今晚见面？有那么急吗？"

"事实上，还有一件重要的事儿。因为这个我才跟你打电话的。"

苍太重新握了握电话："出什么事儿了？黄色花有什么……不对，你说了那个没有什么进展。"

"不是指这个。想问问蒲生君有关那个女孩儿的事儿。"

"女孩儿？"

"弹电子琴的女孩儿。就是咱们在演唱会会场见到的那个，你说跟你认识的一个人很像的那个女孩儿。"

"啊啊……"一瞬间，苍太的内心深处开始燥热，"那个人怎么了？"

这次回家还有一个秘密的目的，那就是跟那个女孩再见一次面。苍太的直觉告诉他，她就是伊庭孝美。虽然十年没见面了，虽然女大十八变，虽然真的有可能像梨乃所说的那样只是极其相似而已，但是，他还是想见见她。所以，苍太计划着查探一下那个乐队的演出日期，然后偷偷地跑去看看。

但是，接下来梨乃所说的话，让苍太的头脑顿时变得空白。

"消失了？怎么可能。怎么一回事儿啊？"

"就是不见了。突然发了封邮件说不在乐队干了，然后就联系不上她了。"

"为什么？成员内部发生什么事情了吗？"

"他们说想不出任何理由。然后，大家便一起讨论了一番，而且说到了蒲生君你。说梨乃带过来的男人说景子跟他认识的一个人很像，她离开乐队是不是跟这个有关。所以，我表弟联系了我，问我能不能问问你。"

"原来是这么回事儿啊。不是，真没想到会发生这种事情啊。"

"蒲生君你怎么看呢？如果你觉着是认错人了的话，咱们就没必要急着见面了。"

"不，绝对没有认错。"苍太立即回答说，"我觉着我没有认错人。说实话，我这次回来也想确认一下这件事。但是我必须得承认我对她的了解也不是太多。我不知道她的联系方式，也不知道她现在在哪儿做什么。这样能帮得了你们吗？"

"就说说你知道的事情就可以了。总之，先说给我听听。那今天晚上怎么样？"

"好的。我现在赶紧收拾。你住在高圆寺对吧？那咱们在品川站碰面怎么样？"

"可以啊，明白。"

约好在品川站的检票口碰面后，他们就挂断了电话。

苍太边想着这奇怪的事情，边开始接着收拾行李。为什么她——这个跟伊庭孝美酷似的女孩儿会消失了呢？

是不是因为看到了自己才会这样呢？苍太很快就想到了这个原因。她果然是伊庭孝美，因为害怕身份暴露，所以选择消失。这样推想很合理。

但是，如果真是这样的话，她为什么要使用化名呢？这一新的谜团又浮现在苍太的脑子里。

苍太更想问问乐队的成员们。他思绪凌乱，连往包里塞行李的动作都变得不协调了。

收拾完毕后，他先去了附近的便利店用快递将行李托运回家，然后坐电车到了新大阪站。买了自由席的票后，他飞奔着上了即将要发车的"希望号"列车。此时是下午刚过五点。他给秋山梨乃发短信说了到达品川站的时间后，就向前面的自由席车厢走去。走到三号车厢时，有一个空着的双人座，苍太坐在了靠窗的座位上。

透过新干线的车窗眺望着外面的风景，苍太的心里一片凌乱。

他很在意伊庭孝美的事情，但是，最重要的还是那株黄色花。不找到新线索，就誓不回大阪。苍太感到这次回东京对自己而言是一次重要的转机，但是，他不知道是朝向好的方面还是坏的方面。虽然自己也有些畏惧，但绝对不能逃避。这是一个不得不跨越的门槛。

离开新大阪站约两个半小时的时候，"希望号"抵达了品川站。还不到八点，苍太斜挎着单肩包下了车。

刚出检票口，苍太就看到了秋山梨乃。印花的Ｔ恤衫搭配牛仔裤，虽衣着简单，但那如模特般细长的腿使她看上去十分出众。

她看到苍太说道："欢迎回来。"

"短短的几天内就发生了这么多事情啊。"

"对不起。这么急着叫你过来。"

"没有，我也想知道关于那个女孩儿的事情。"

出站后，二人去了附近一座大厦里面的咖啡厅。点完东西后，梨乃向前探了探身子，靠近苍太。随后，一股优雅的香味扑入苍太的鼻孔里。

"首先是关于黄色花的事儿，你怎么想的？"

"刑警找过你了对吧。他都问了你什么？"

"这个呢，"梨乃降低音量，开始零零散散地跟苍太说起情况。听完后，苍太感觉那个刑警的确很可疑。特别是，梨乃觉着那个叫早濑的刑警努力装作跟要介很熟这一点不容忽视。

"调查都没有什么进展，却突然对那花感兴趣，真奇怪。让人不得不认为这其中有什么猫腻。"

"同感。暂且先静观其变吧。如果黄色花真的是破案关键的话，我想他会以一种更为郑重的方式再来问话的。"

"也是啊。"梨乃的脸上浮现了安心的表情。

"关于那花，我想再深入地调查一下。要是认识一个对这方面比较熟悉的人就好了。有没有读农学部的熟人呢？"苍太想起了几个高中同学。

"对了，要不我去问问那个人吧？"梨乃的眸子往上转动了一下。

"你想到合适的人了？"

"我不是说过爷爷曾在食品公司开发新品种的花嘛，我有那时候跟他一起工作的人的名片。我在想，如果给那个人看看那朵花的照片的话，会不会有什么发现。"

苍太指着梨乃的胸口说："我看这个办法绝对可行。"

"是吧。好，我先记下来，免得忘掉。"梨乃开始在手机里做备忘。

他们点的啤酒和披萨端了上来。两个人毫无特殊意义地碰了碰杯。

"嗯，还有一件重要的事情。"把手机放回包里，梨乃看着苍太。"我在电话里说了，那个弹电子琴的女孩儿突然下落不明，乐队的成员们都很困惑。"

苍太将第一块披萨就着啤酒直接吞进了肚里。

"尽管现在完全联系不上她，但是，他们真的什么都不知道吗？比如她的住处和工作地点什么的。"

梨乃双眉紧锁地摇了摇头。

"说是不知道。好像是通过朋友介绍过来的，对于她的私事儿，大家都一无所知。就那么让她加入进来了。她在乐队里也只不过待了两个月零几天。他们跟她并没有深聊过。"

"话虽如此，他们不是经常一起排练吗？"

"作为队长的雅哉哥也想多了解了解她，从而增进彼此之间的关系。但是，考虑到她是乐队的第一位女性成员，所以各方面都很小心翼翼。"

"这么说的话，我多少能理解了。"

"雅哉哥说她离开乐队倒没有什么关系，但是，他接受不了就这样莫名其妙地离开了。他很想问问她本人，所以才想千方百计找出她的下落。"

"问问那个介绍她过来的人不就行了吗，他肯定了解些情况吧。"

"这个啊，"梨乃双手托腮，表情严肃地说道。

"那个人说对于她的个人情况也不是很了解，她只是经常光顾自己经营的爵士音乐厅。"

"这样啊……"

"所以在这种情况下，我们才会像抓住最后一根救命稻草似的想到蒲生君。"

苍太手握啤酒杯，深深地低下头："抱歉，遗憾的是我也帮不上什么忙。"

"你也说过你俩只是十年前见过面。"

"对，初二的时候，而且时间很短。"

"唉。"梨乃点了点头之后，突然放下了即将端到嘴边的啤酒杯。"你们既然相处的时间那么短，蒲生君为什么至今仍对她记忆深刻？难道她是你的初恋情人？"

苍太一时语塞。刚刚下咽的披萨也噎住了。梨乃瞪大眼睛，露出了惊异的神情。"不会吧？让我说中了？"

"只是昙花一现而已。"

苍太将初二那年夏天所发生的事情作了简短的叙述。梨乃一只手端着啤酒杯，两眼放光地倾听着。

"哦。父母反对……是吧。还有这样的事儿。"

"我也感到莫名其妙。"

"发生了这样的事情，难怪蒲生君至今还在纠结，放不下。"

"我也并不是放不下……"苍太说不下去了，胡乱地往嘴里塞了些炸薯条。

"但是，你刚才的一番话里也有几个线索。首先，伊庭孝美这个名字；其次，是她就读的中学，有名的公主学校，有初中部还有高中部。进入那所学校后，不可能会再转到别的地方，所以很有可能一直读完高中。这样的话，说不定能找到什么线索。"

"欸，真的？"苍太抬起头。

"那所学校的游泳队很强，我有几个熟人曾在那里就读过。我问问几个学长，说不定能找到跟蒲生君同一级的人呢。"

"可以拜托你吗？"

苍太说得委婉，梨乃看他的眼神却有些冷冰冰的。

"把话先说前面，我是为了我去世的表哥曾在的乐队才这样做的，可不是帮蒲生君寻找初恋情人。"

"嗯，嗯，我知道……"

梨乃扑哧地笑出声来："喂，我可以问你个问题吗？"

"什么？"

"你至今还喜欢伊庭孝美吗？"

一针见血、切入重点的一句话。梨乃不怀好意地偷笑着。

"不知道。"苍太回答，然后将杯子里剩下的啤酒一饮而尽。

18

　　第二天，苍太被手机的来电铃声吵醒了。是秋山梨乃打过来的。

　　"喂。"苍太用一种睡意蒙眬的声音接了电话。"你还睡着呢？"电话里传来充满责备语气的声音。苍太看了看枕边的闹钟，快十一点了。

　　"这么说，你已经起床了啊，真厉害。"

　　昨晚聊完后紧接着又去了新宿，他们一连换了好几家酒馆，喝得昏天暗地。苍太自认为酒量不差，可是看到秋山梨乃惊人的酒量后，他觉得自己真是小巫见大巫。不知道是在第几家店，他们还点了特奎拉酒。

　　结果，他们喝到了凌晨两点多。之后苍太打车回家了。他朦朦胧胧地记得进门时看到了志摩子，但又记不太清楚。

　　"这也不能怪你。我平常也是一觉睡到下午，但是，今天有要紧的事情要做，所以我提前定了闹钟。"

　　"什么？要紧的事情？"

　　苍太话音刚落，就听到梨乃颇为惊讶地"啊"了一声。

　　"你果然忘了。我们约好从今天开始彻底调查黄色牵牛花的。"

　　"牵牛花……"

　　"对呀。蒲生君你说那绝对是牵牛花,还说是什么划时期的发现。你连这也不记得了？真拿你没办法啊。"

　　"不好意思，我真是喝多了。但是我一直在思考那是不是虚幻的黄色牵牛花，所以才不小心说漏嘴的。"

"这个暂且不管了。那，我们该怎么办？刚才，我联系了和爷爷一起做过研究的那个人，我们约好了今天见面。"

苍太对梨乃的行动力惊叹不已。难道说一流运动员的酒精分解能力都很强？

"我当然要陪你去啦。在哪儿碰面？"

"嗯，那个研究所在调布……"

他们约好下午三点在新宿站碰面后，就挂了电话。

虽然头疼得厉害，但苍太还是决意起床。书桌上的笔记本电脑开着，这是他从初中到高中期间一直使用的电脑。昨晚，他一时兴起打开了它。其实是为了确认与伊庭孝美相关的信息。

与她通邮件是在初二的夏天。被禁止交往后，苍太便删除了所有的邮件。但是，他忘不了自己当时保存在另外一个文件夹里的文档。那个文件夹的名称是"TAKAMI"[1]。时隔十年，他再次打开了那个文件夹。

但是，那个文档里只有手机号码、邮箱地址以及伊庭孝美当时所读的学校名称，还有她的出生年月日。他十年前就确认过电话号码和邮箱地址已经停止使用了。

苍太想起，秋山梨乃说也许能通过游泳队查到一些消息。他意识到自己内心深处那种充满期待的心情，于是自嘲般地笑了笑。梨乃肯定觉着自己是一个没出息的痴情男人。

下楼后，苍太在洗手间洗了脸，然后走到客厅，看到志摩子正在玩手机。由于是第一次看到志摩子玩手机，他刚开始很惊讶，可想想现在这个时代有谁不用手机呢。但是，令苍太奇怪的是，妈妈看到自己后很慌张地将手机关上了。

1　"TAKAMI"是"孝美"的罗马音。——译注

"干什么呢？是在给谁发信息呢？"苍太问道。

"嗯，算是吧。"志摩子不自然地笑了笑，站了起来。

"难道说是给大哥发的？"

这只是自己乱猜测的，可是，没想到志摩子脸上的表情瞬间消失了。"不是啊。"说着她向厨房走去，但突然停下脚步，转身看着苍太。"你没有宿醉吗？昨晚喝到那么晚，酒气熏天的。"

"没事儿了。我不是打电话说过要很晚才能回来嘛。"

"你说是跟高中时代的朋友一起喝酒。谁啊？望月君？"

"你不认识的一个朋友。因为我们很久没见过面了，所以喝得很高兴。"

志摩子一副不解的表情进了厨房。"我今天还要出门。"苍太对着妈妈的后背说道。

妈妈转过身来："去哪儿？"

"还没决定去哪儿呢。要和另外一个朋友见面。"

"那个朋友不上班吗？"

"他留级过几年，现在还在读大学。暑假还挺闲的。"

"哦……对了，你为什么回来呀？"

苍太耸了耸肩："就是想喘口气，歇一歇。我不是说了很多次了嘛。"

志摩子将眼神从儿子身上移开，小声地说了句"马上开始做饭"，然后身影就消失在厨房里了。

其后，苍太吃了"早午饭"。还是妈妈做的饭好吃，他接连吃了三碗饭。"大哥呢？还没回来过？"

"嗯。"志摩子小声答道。苍太感觉她是在刻意避开这个话题。

"妈妈，你知道黄色牵牛花吗？"

志摩子的表情看起来很僵硬。"那是什么啊，突然问这个。"

"什么都可以，爸爸和大哥有没有说过关于黄色牵牛花的事情？"

"他们说过牵牛花没有黄色的……"

"这个我也知道。我是想问他们说过黄色牵牛花的确存在、还没有灭绝之类的话吗？"

志摩子脸上浮现出了担忧的神情，摇了摇头。

"我没听过那样的话。你为什么要问这个？发生什么事情了吗？"

"我才想知道究竟发生什么事情了呢。我们家到底变成什么样了？大哥现在哪儿，在做什么？"苍太的声音不由地提高了几个分贝。

"你说什么呢……他肯定是在工作啊。"

"什么工作？真的是警察厅的工作吗？"

刹那间，志摩子的表情凝固了，但紧接着，她像是在努力让自己冷静下来似的深呼吸了一下。"如果不是警察厅的工作的话，那你说是做什么？"

"妈妈，"苍太从正面直直地看着母亲的眼睛，"以前，我们为什么要去看牵牛花？年复一年，像是履行义务似的去牵牛花集市到底是为了什么？不，我不该用过去式。说不定你们今年也去了。到底是为什么？"

"因为是惯例……"

苍太缓缓地摇了摇头，站了起来。

"我认为没有那么简单。"

他正要走出客厅，"苍太。"志摩子叫住了他。

"我不知道你误解了什么，是怎么误解的，但是，你只要考虑自己的将来就可以了。你哥哥要介也希望你能这样做，还有你死去的父亲，都是这样想的。"

苍太没有再说什么，就那样走了出去。

下午三点，苍太和秋山梨乃在新宿站准时碰了面。她今天的装束是飘逸的衬衫搭配棉布短裤，脚上穿着高跟的凉拖，看上去跟身高一米七七的苍太差不多高了。

苍太看到她手上拎着一个蛋糕店的纸袋，好奇地问里面是什么，她回答说是华夫饼干。看来是给要去见的那个人买的礼物。

"你可真细心啊。我丝毫没有考虑见面礼的事情。"

"他来参加过爷爷的葬礼，我也不能太失礼了，所以才买了这个。但是我想起来，案发当天我去爷爷家的时候，买的也是华夫饼干。"梨乃的眼睛泛红了。

他们乘坐京王线快车，十多分钟就能到调布。车内有些拥挤，二人只能在电车门口附近站着。

"伊庭孝美的事儿，我已经在着手调查了。"梨乃说道，"我不是说过她就读学校的游泳队有我的朋友吗，刚才我发了个短信过去问。朋友给我回复了，说一有时间就帮我查查看。"

苍太重新审视了一下梨乃。"我今天早上还在想，你为什么总是行动那么快？"

"因为我是那种一遇到令我在意的事情，就必须立马弄清楚的人。"

"真厉害。但是，那个弹电子琴的女孩未必就是伊庭孝美。"

梨乃皱了皱眉："昨天你可不是这么说的，你说自己绝对没有认错。"

"我确实是这么想的，但也没有确凿的证据，所以想要调查一下。"

"那这样就好，无论怎么说都必须确认一下。而且，我也觉着你没有认错人。"

"为什么？"

"因为，"她接着说道，"那可是你的初恋啊。一般来说，我们都不可能会认错对自己来说如此重要的人。尤其是蒲生君你，更不可能认错。"

苍太苦笑了一下："你对我又不是那么了解。"

"你其他的方面我不知道，但是在这一点上，我还是有自信的。不管怎么说，昨天整个晚上你可是一直在滔滔不绝地谈论伊庭孝美的事情。"

苍太惊了一下："整个晚上？"

梨乃更是惊讶得往后一仰："你不记得了吗？我至少听你说了五遍啊。你们俩一起买冰淇淋的故事什么的。"

苍太用指尖按了按太阳穴，脸变得火辣辣的。

"所以我觉着你应该没有认错人，我相信你的判断。"

见梨乃大大的眼睛盯着自己看，苍太慌了神，好不容易憋出一句："要这样的话，我还是先说句谢谢你吧。"

到了调布站之后，梨乃给那个人打了电话。起初，她说话时眼睛漫无目地看着四周，过了会儿，她的脸上浮现了意会的表情，紧接着挂断了电话。"他已经在路上了，我们赶紧走吧。"

他们俩从北口出了车站。约定的地点是百货商场一层的一家咖啡厅。梨乃一边走一边告诉苍太对方的姓名。是一个叫日野的人。

咖啡厅内很空荡。两人进去后，里面坐着的一个瘦小的男人站起身来，看起来六十岁左右的样子。

梨乃先是过去打招呼。"那天，真是感谢您来参加爷爷的葬礼。而且，今天我们又在您百忙之中打扰您，真是抱歉。"

"哪里，哪里"，对方摆了摆手，"只要我能做到的事情，你尽管开口。反正我现在也是闲人一个。"

梨乃向日野介绍了苍太，怕他听到"蒲生"这个姓氏会产生怀疑，于是谎报苍太姓"山本"。因为她难以保证蒲生要介是否见过日野。

因为这家咖啡店是自助式的，苍太起身去前台买饮料。问梨乃，梨乃要一杯拿铁咖啡。桌子上已经放着一杯咖啡，显然日野已经买好自己的了。

苍太端着放有热咖啡和拿铁咖啡的托盘回来的时候，梨乃正在用手指滑着手机的液晶屏幕。

"这就是那朵花。"她把手机放在日野的面前。手机画面显示的正是苍太曾经见过的黄色花。

"让我仔细看看。"日野拿过手机。

端详了一会儿之后，他抬起头来说道："原来如此。这是秋山先生生前所培育的最后的一种花吗？真是有意思啊。"

"您怎么看？"梨乃紧接着问。

"这的确有可能是牵牛花。但是，我也不能断言。也有可能只是具有相同特征，但完全不是同一种植物。只有观察到实物，然后查一下它的遗传基因，才能下结论。"

"我曾经问过山本君，"梨乃的视线从苍太身上一晃而过，"如果这真的是牵牛花的话，那就不得了了。因为现在并不存在黄色的牵牛花。"

日野深深地点了点头。"正是如此。所以我也要慎重地发表自己的意见。"

"爷爷曾经从事开发新品种的花的研究，对吧？他做过关于黄色牵牛花方面的研究吗？"

对于梨乃的提问，日野缓和了一下表情。"我们做过牵牛花的研究，但是我们所关注的并不是黄色牵牛花，而是蓝色牵牛花。"

"蓝色？蓝色牵牛花不是很寻常吗？"

"对，是很寻常。但问题是为什么蓝色牵牛花就是寻常可见的呢？正如我在葬礼时跟你说过的那样，花的颜色是由植物本身所含有的色素决定的。从这个特征来讲，牵牛花和玫瑰花一样，从道理上说都不能开出蓝色的花。但是，正如你说的那样，蓝色牵牛花却很寻常。对于这一点，我们很感兴趣。总而言之，做这个研究也是为了开发蓝色玫瑰花。"

"但是，在开发蓝色玫瑰花的研究竞争中，你们还是输了。"

"对。"

"在那之后，有没有接着挑战开发并不存在的黄色牵牛花……"

日野凄凉地一笑，缓缓地摇了摇头。

"没有。公司将用在开发蓝色玫瑰上的投资当成巨大的损失。所以，秋山先生才离开了公司，研究部门也被撤销了。对于我们而言，没有'接着'这一词了。"

"原来是这样啊。"梨乃的表情凝重起来。

"对了，"苍太开口插话道，"您所说的开发新品种的花，具体要做什么事情？"

日野将遍布皱纹的脸转向苍太。"有很多事情。像单纯的人工授粉，基因重组之类的，我们都做。还做过细胞融合。但是，所有这些都只是我们工作的一部分而已。"

"怎么讲？"

"我们工作的大部分精力用在花的培育上面。进行基因重组之后，不可能在一个小时后，就能开出我们所要研发的花。所以说，我们主要的工作是培育它，直到它顺利地开出花朵为止。因为我们想要尽量缩短等待的时间，所以每天都要细心地调节温室温度和照明。这个工作很费工夫，因为对于不同品种的植物，我们操作开花期的机制也要相应地改变。"

梨乃叹了一口气。"爷爷在院子里养那么多花，也是对那个时期的某种怀恋吧。"

"也许吧。"日野点了点头。

苍太指着放在桌子上的梨乃的手机说："这朵花有没有可能是秋山先生开发出来的？"

日野微微地皱了皱眉，问梨乃："秋山先生以前就开始栽培牵牛花了吗？"

她摇了摇头。"据我所知，之前院子里并没有牵牛花。"

"这样的话，我只能说这种可能性很低了。"日野对苍太说，"培育种子的工作，没个十年的时间是完不成的。我有朋友培育过牵牛花，研究了好多年，还是无法培育出令人满意的花。短短几天内，是根本无法培育出这种并不存在的牵牛花的。这一点我还是可以肯定的。"

日野歪了歪脖子。"如果让我去开发黄色牵牛花的话，我首先要做的是人工授粉。要跟近缘种的黄色花进行交配。但是，这种工作早就已经有人做过了。不做交配的话，还有细胞融合这种方法，就是将牵牛花的细胞和其他黄色花的细胞进行融合。或者是进行基因重组，将产生黄色色素的酵素进行单离，再导入到牵牛花的遗传因子中去。以前，我用这种方法尝试过开发黄色苣苔[1]，但是失败了。这些方法都不行的话，还可以利用放射线进行强制性的基因突变。这差不多是我随意猜想的一些手段吧。但是，不管怎么样，这些都需要不断地尝试和修正，绝对没有一举成功的情况。所以，从这些条件考虑，秋山先生不可能秘密地在家里独自完成这样的研究。"

让人遗憾的是，日野的一番话很具有说服力。这样的话，只能再寻找其他的可能性了。

"那您听说过什么研究机关成功研发出黄色牵牛花的情况吗？"

---

1 非洲紫苣苔，苦苣苔科多年生草本植物。——译注

但是，对于这一点，这位娴熟的专业技术人员也摇了摇头。

"没有听说过。如果这种品种改良的研究成功的话，一定会向农林水产省提交报告的。但是，我们并没有听到过这样的事情。"

"这样啊……"苍太和梨乃互相看了看对方。她微微耸了耸肩。

"看来我怎么也给不了你们所期待的答案啊。我也希望秋山先生能研发出这种划时代的花。但是，不可能就是不可能啊。"日野很过意不去地说道，"但是，如果你们还是无法理解的话，不如去咨询一下这方面的专家。刚才我也提到过，我有个朋友是牵牛花育种专家。虽然他并没有把这个当成他的职业来做，但是他的相关经验和知识都很丰富。"

"您能把他介绍给我们认识吗？"

梨乃刚一问完，日野便表示没问题，并掏出了手机。

他告诉了梨乃一个叫田原的人的联系方式和住址。这个田原先生的职业是牙医。

"我会提前跟他打声招呼的。我想他肯定能给你们提供一些有用的信息。"日野表情和蔼地结束了这次谈话。

19

早濑刚在店门口站稳，一个身穿白色衬衫搭配黑色长裙的女人就走了过来。该叫她"女服务生"更合适吧。

"您是约了人吗？"女人笑容满面地问道。

"嗯，没错。"早濑巡视店内，"不过，我约的人好像还没来呢。"

"您几位呢？"

"加上我两位。"

"好的。您小心脚下，请这边走。"女人以优雅的动作引导着早濑。她的言谈举止都跟一般茶餐厅的服务员大有不同。

早濑被带到了里面的一张桌子前。一坐在有大大的扶手的沙发上，他的全身就自然地松弛了下来。

约定的地方之所以定在酒店的休息室，是为了避免让同事们看到。虽然刑警有可能遍布于东京的每个角落，但是他们一般不会出现在酒店的休息室。

约的人正是蒲生要介，是早濑主动约他出来的。这一次，早濑下了很大的赌注。万一这件事被上司知道了，他有可能要卷铺盖走人。不仅仅是面临被调到无关紧要的职位去的危险，还有可能要递交辞呈。但是，如果不赌这一把的话，自己又不甘心。早濑想起了裕太。自己虽然是一个一无是处、不值得尊敬的、徒有其名的父亲，但是，至少要实现儿子的这一个愿望。

自从在"久远食品研究开发中心"看到蒲生要介的身影后，早濑将至今所掌握的线索重新梳理了一遍。

蒲生的目的仍是一个谜团,但他很关心秋山周治原来所在的工作单位及其研究内容这一点是毋庸置疑的。早濑今天正是想要找到这一点的根据。

案发后,秋山周治的家被彻底地搜查了一遍。搜查人员将书信类、植物的培育笔记以及只记了几个字的笔记,事无巨细,都装进纸箱搬到了调查本部。对于这些线索,早濑他们都已经查看完毕。但是,他们仍然对整个案子没有一丝头绪。所以,大家最终还是把它归结为单纯的入室抢劫杀人事件。

但是,蒲生好像注意到了什么。不然的话,他就不会出现在"久远食品研究开发中心"了。

当早濑全神贯注地看材料的时候,一个同样身为刑警的同事揶揄他道:"事已至此,再从这垃圾箱里找线索也无济于事。"警署里的人似乎都抱着一种反正抓不到凶手,索性盼望这个案子快点成为无头谜案的想法。因为长期夹在调查一科的人中间,气氛令人感到很阴郁。要是在往常,早濑也会这么觉得。每次遇到需要成立特别调查本部的案子,都意味着地方警署成了旁观者。

但是,这一次是个例外。早濑暗自下决心,一定不能让这个案子成为无头谜案。

在早濑因找不到任何线索而几乎要放弃的时候,他发现了这个便条。在大量的资料档案中的一个角落,这张小小的纸条毫不起眼地附在里面。

"案发第六天遭窃 庭院里的盆栽不见了 黄色的花?"便条上面这么写着。

这是什么啊,早濑不解。到底是谁写下来的?

他询问了调查本部里每一个人,但没有一人知道这个纸条的由来。绝大多数人甚至不知道这个纸条的存在。

　　终于，消息来源被弄清楚了，这是在秋山周治家附近巡逻的警察记录下的。

　　案发第六天，探访受害人家宅的遗属报案说家里遭窃。正在附近巡逻的警察赶了过去，得知原来是曾在庭院里放着的一个盆栽不见了。

　　遗属说案发当天并没有发现盆栽失窃，而是在现场保存的警备被解除后，不知什么人潜入进来偷走了盆栽。因为门没有上锁，任何人都可以随意出入。听取遗属通报的警察只是轻描淡写地向调查本部报告说，那有可能只是单纯的恶作剧。

　　早濑联系了那个警察，得知那个遗属正是秋山周治的孙女。早濑想起在案发当天见过她。一位身材高挑，长相标致的姑娘。他的笔记本上还记着她的名字：秋山梨乃。

　　早濑并没有从警察那儿获得什么重要的线索。于是，他决定和秋山梨乃见上一面。他手里掌握着所有与事件相关的人的联络方式。

　　他们在秋山梨乃指定的家庭餐厅见了面。早濑一提到失窃的盆栽，她便显露出极大的兴趣。并且，她说出了一个让早濑震惊的观点。

　　她认为盆栽不是在案发后而是在案发之时失窃的。

　　如果真是这样的话，整个案子都要一百八十度大转弯了。如果真是入室抢劫案的话，凶手不可能只是为了偷一个小小的盆栽。这么说来，凶手的目的有可能就是那个盆栽。

　　依据秋山梨乃所说，盆栽里面种的是不知名字的黄色花。

　　问她有没有跟别人透漏过这件事时，秋山梨乃否认了。但是，她的眼神很特别。那是一种坚持"我没有说谎"的眼神。越是在这种情况下，干刑警这一行的人越是会往反方向考虑。

　　早濑试着套她的话。于是，他说出了蒲生要介这个名字，然后说你应该认识他。他的目的达到了，秋山梨乃肯定了她与蒲生有过接触。

追查到这一步，下面要做的只有一件事。早濑给蒲生要介打了电话，说关于这个案子有重要的事情要对他说。并且在最后追加了一句"换个说法，也可以说是关于黄色花的事情"。

果然不出所料，蒲生立刻指定了见面的时间和地点。

早濑正在喝着一千日元一杯、贵得毫无道理的咖啡，蒲生要介现身了，刚刚好是他们约定的时间。他身穿藏青色西装，手里拿着公文包。他看到早濑后，点头致意说了句"你好"，然后坐在了对面的椅子上。他的表情很从容，丝毫没有虚张声势的样子。

长裙女服务生走了过来，蒲生也点了一杯咖啡。

"突然把你叫出来，真是不好意思。"早濑说道，"你今天没有约吗？"

"有几个约见，我都取消了。入室抢劫案调查本部的刑警先生说有在电话里不方便说的重要事情，我怎么能推辞？"

早濑往前探了探身子，自下而上地窥探了一下蒲生的表情。"应该说是黄色花把你引出来的吧。"

但是，蒲生连眉毛都没动："这个嘛，怎么说呢。"

咖啡端了上来。蒲生不紧不慢地往里面加了牛奶，然后用勺子搅了搅。

"前几天，我看到过你。"早濑说道，"在久远食品研究开发中心。你到底是在做什么？"

早濑本以为对方会有些吃惊，可没有想到蒲生仍泰然若素。

"没什么，只是为了工作而已，警察厅的工作。"

"什么工作？"

蒲生像是在调侃他一样，耸了耸肩："这个有必要跟你汇报吗？"

"你不跟我说，那可不行。警察厅的工作人员擅自接触事件相关者，这讲不通啊。"

"你要是有什么不满的话，就走正当的程序对我提出抗议。我有我自己的目的，才会如此行动的。难道说，我耽误你查案了吗？"

早濑将两肘放在桌子上，眼睛向上瞪着蒲生。"我可以向上面的人汇报关于黄色花的事情吗？"

"你什么意思？"

"我虽然不知道蒲生先生具体是什么情况，但我知道你个人对这个案子很上心。究其原因，无非是为了秋山周治院子里被偷的那个盆栽吧。你和秋山的孙女到底是什么关系，我也不知道。但是，你从她那儿听说黄色花的事情，并且察觉到秋山对于植物的研究跟这个案子有关联。然后，你从基础调查刑警，也就是从我们这里套话，接着又去了秋山原先工作的单位去询问。怎么样？我的这些推理有什么不对的地方吗？"

蒲生仍然是面不改色，悠然自得地晃了晃咖啡杯。

"你这不是推理，而是凭空想象。你尽可以自由地想象，我没有什么好说的。"

"你可不能瞧不起想象。特别是刑警的想象。"

听早濑这么说，蒲生投过来犀利的眼神。早濑并没有回避，以同样的眼神看着蒲生。

"尽管秋山的孙女向警方通报了盆栽失窃一事，但这个并没有成为调查对象。都是因为那个傻蛋警察疏忽大意。但是，对于蒲生先生你来说，这恰恰是大好的机会。调查队伍没有注意到黄色花的重要性，甚至连它的存在都不知道。负责这个案子的刑警们竟然围绕着一些毫不相关的事情瞎转。而在这期间，你恰好可以钻这个空子，随意行动了。"

突然，蒲生的目光转向远处，举起了一只手。长裙女郎走了过来。

"再给他来一杯咖啡。"蒲生指了指早濑已经空空如也的咖啡杯。

"你请客吗？"

蒲生微微一笑："在酒店的休息室，咖啡是无限量供应的。"

"欸，真的吗？也有道理，因为本来就贵。"

"请接着说吧。"

早濑抿了抿嘴唇，接着说道。

"在久远食品研究开发中心被我碰了个正着，真是你的失误。如果不是这样的话，我估计也早就忘了你这个问过我们奇怪问题的人。但是，因为我在那儿看到了你，所以我重新审视了一下所有的调查资料，发现了盆栽失窃这一点。此时此刻，你虽然看上去悠然自得，但是内心应该别有一番滋味吧。你应该在绞尽脑汁地想该怎么搪塞这个知道真相而且喋喋不休的刑警吧。一直走精英路线的你正在动员你那精明头脑中的每一个脑细胞。我说得没错吧？"

一口气说完这么长一段话，早濑正要喘口气歇歇的时候，长裙女服务生将新的一杯咖啡适时地端了上来。早濑什么都没有加，边喝着黑咖啡边仔细窥探对方的反应。既然咖啡可以无限量地喝，就没有必要一点一点地啜饮了。以这种心情喝起来，咖啡变得更香了。

"我能问你一个问题吗？"蒲生慢慢地说。

"什么问题？"

"为什么你不把这些事情告诉你的上司呢？如果你真的确信失窃的盆栽跟案子有关的话，为了促进调查的开展，你应该跟上面的人汇报才是。但是，你并没有这样做，而是跟我联系。原因是什么？"

"终于要进入正题了。"早濑说，"我为什么不跟上司汇报，原因很简单。如果我这样做的话，只会自讨没趣，对我而言没有什么好处。调查一科的同事们会干劲十足地查案，如果真的顺着那个线索查下去，真相大白的话，也不是我一个人的功劳。所以呢，我想要寻找另外一条道路。"

"也就是说你想抢先立功，想从调查一科脱颖而出。"

"你说话真够露骨的啊。但是呢，你这也可以说是直截了当。如果不抓住这难得的机会，那可就浪费了。"

"哪有机会，什么机会，你真是莫名其妙啊。"蒲生喝完了杯子里的咖啡，然后看了看手表。"抱歉，我待会儿还有约，要先行一步……"

"能容我再说一个自己的想象吗？"

蒲生叹了口气："请你尽量简短些。"

"你的目的不是要揪出凶手。这只是次要的。所以，你才不向调查本部透露一丝关于黄色花的事情。你其实另有所图，并且这个目的跟警察厅无关，而是你个人的目的。这个想象怎么样？"

"我刚才也说过了，想象是自由的。"

"为了达到你的目的，何不考虑一下跟我合作？"

蒲生的表情一下子消失了："合作？"

"互相交换信息。我的目的是逮捕凶手，我不和你争。"

听到这儿，蒲生的嘴角轻微上扬，但是双眼里仍是冷静而透彻的光。他又低头看了看手表，然后拿起桌子上的账单站了起来。早濑抓住了他的手腕："我的话还没说完呢。"

蒲生目不转睛地低头看着他。

"如果你真的想和我做交易的话，就准备好相应的牌。"这是一种从腹部发出的低沉的声音。

"牌……"

"如果你想跟上司汇报黄色花的事情的话，那就悉听尊便。不过这样一来，你也甭想破案了。"

蒲生从早濑的手中抽出手腕，快速转身向出口走去。

20

苍太看了看手表，约定的时间已经过了五分钟。他站在东武伊势崎线东向岛站的检票口旁。电车似乎到站了，大量的乘客涌了出来。没过多久，他就看到了秋山梨乃的身影。她今天披了一件格子的外套，头上戴着红色的帽子。苍太总觉着她无论穿什么都像模特一样特别合身。

"抱歉。坐迟了一趟车！"

"没事儿，我也是刚到。"

"我们走着去吗？"

"是啊。我查了地图，不太远，马上就能到。"

两个人出了车站，向西走去。

"听电话，感觉那人怎么样？"苍太问道。

"还不错。一说是日野先生介绍的，马上变得很好说话。"

"你有没有说要咨询牵牛花方面的事情？"

"嗯，说了想请教他一些事。似乎经常有人问他有关牵牛花的事情，听起来他并不感到意外。"

"但是，他不是牙科医生吗？"

"嗯，先是有个女人接的电话，她说得清清楚楚这里是田原牙科医院。"

"为什么牙科医生会去种牵牛花啊……"

梨乃也疑惑地歪了歪脑袋，似乎在说"这个我也不知道啊"。

　　道路变得逐渐错综复杂起来，他们掏出手机打开地图，利用定位系统设定了目的地。

　　一排临着小路的房屋密集地排列着，房屋新旧参半、参差不齐。也许因为东京晴空塔[1]的缘故，附近的地价会稍稍涨一些吧。

　　田原牙科医院位于这片住宅地的一角。方方正正的灰色建筑，墙壁上有很多细小的裂缝，给人一种年代久远的感觉。

　　"虽然这样说可能不太礼貌，"梨乃看了看破旧的招牌，小声说道，"但要是我的话，我可不愿意在这儿看病。"

　　"不可能奢望在这儿得到最先进的治疗。"

　　梨乃推开玻璃门走了进去，苍太跟在后面。右侧是挂号的窗口，窗口前是等待室。等待室里一个患者都没有。

　　挂号室里有个中年女人，她有些惊讶地看着苍太和梨乃。

　　"您好，我是秋山，白天的时候给您打过电话。"梨乃说道。

　　"啊。"从女人的表情上看，似乎解除了戒备。

　　"二位在那边稍等一下，应该马上就结束了。"

　　等待室里摆了一张"L"形的长椅，两人并排坐下。

　　从治疗室中传来说话声和打磨牙齿的机械声。苍太不喜欢这声音，虽然心里想着自己不是来治疗的，牙龈还是一阵冷颤。苍太为了摆脱这种感觉，开始环顾室内。墙壁上张贴着印有"保护牙齿五条原则"的宣传报。似乎很有些年头了，泛黄得厉害。

　　"那个……"梨乃望着放有杂志的小书架，取出一本书，把封皮对着苍太。书的名字是《东京和牵牛花》，作者是田原昌邦。

　　"真没想到他居然出了一本书……"

　　苍太翻开书，看了看目录。书里记录了从江户的文化文政时代

1　东京晴空塔：位于日本东京都墨田区的电波塔。高度634米，是全世界最高的自立式电波塔。——译注。

的园艺潮流开始一直到现在的历史，还记录了当今的牵牛花迷们之间的交流。与其说是技术类的论著，不如说文化史的色彩更加浓厚。

在前言中田原写到，为了继承家业不得已当了牙医，实际上本人认为自己的本职工作是牵牛花育种。但看起来他似乎没有通过种牵牛花赚什么大钱。

治疗室的门开了，一个穿着工作服的男子从中走了出来。不知道他接受了什么样的治疗，满面愁容的脸上，嘴痛苦地抽搐着。

"最好不要抽烟，要不然情况会更糟糕。"声音从治疗室中传出来。穿工作装的男子没精打采地低声应了一句："好。"

男子付账离开后，治疗室的门又开了，走出来一位穿白大褂的男子。由于白发掺杂其中，他满头的长发看起来像是灰色的，束在脑后，连嘴边的胡子也是一样的颜色。

苍太和梨乃同时站了起来，男子交替地看了两人一眼。

"你们来是想问关于牵牛花的事？"

"是的，"两人的声音重叠在一起。

"您是田原医生吧。"梨乃问道，"在您百忙之中打扰了。"

"不要紧。而且，你们也看见了吧，我这儿不太忙。"田原在长椅上坐下，"你们也坐吧，站着不太好说话。"

两人异口同声说了句"好"，便坐了下来。

田原眯着眼打量着眼前这两个人，说道："真般配，俊男靓女啊。"

"啊，不是您想的那样……"苍太摆了摆手。

"不是啊，那真是不好意思。"田原低下灰色的脑袋。

"只是普通朋友。"梨乃解释完之后报上了自己的名字，也像上次一样将苍太介绍为"山本"。

"昨天晚上日野联系过我了，说是有张神秘的花的照片。"

"是的。"梨乃从包里拿出手机，找出那张照片递给田原。

　　田原从白大褂的口袋里拿出眼镜。似乎是老花镜，他戴上眼镜盯着手机的液晶屏，表情很认真。

　　"这花是……"

　　"是我爷爷种的，刚开花没多久。"

　　"噢"，田原看着梨乃，"你爷爷在做牵牛花方面的研究吗？"

　　"不，除了牵牛花，他还种了很多花。也不知道这是不是牵牛花，所以我就拿给了山本看，他说这有可能是牵牛花。"

　　田原的目光转向苍太："你为什么这么觉得？"

　　"为什么……"

　　"一般来说，人们听到牵牛花，都会想到大朵的牵牛花，红色或者紫色，开着圆圆的大朵的花。反过来说，不是那样大朵开花的，就不是牵牛花。这照片上的花完全不是那样的，为什么你认为是牵牛花？"

　　"那是因为我在书上看到过这个。"

　　"书上？"

　　"有关变异牵牛花的书。"

　　田原的眼镜片看起来像是在发光。"你对牵牛花感兴趣？"

　　"也不是这样，家里碰巧有那么一本书。"

　　"噢？"老牙医似乎没能消除疑惑。他又将目光落在画面上，"那么，这个有什么问题吗？"

　　"这是牵牛花吧？"梨乃问道。

　　田原抬起头，说道："南天，风车花。"

　　"什么？"梨乃又问道。

　　田原把刚才梨乃拿过的书从书架里取出，给两个人翻到有图解的一页。

　　"这上面应该写着呢。照片上的花，从叶子的特征上看，种类是南天竹，风车花是牵牛花中重瓣花的一种。"

"如此说来，这就是牵牛花了？"苍太询问道。

"看起来是这样的。"田原轻描淡写地说。

"啊，这样的话，"苍太指着梨乃的手机，"这花岂不是很稀奇？您看，这花的花瓣是黄色的，黄色的牵牛花现在根本不存在了啊。"

田原表情微微放松了一下，点了一下头。

"没错。过去的确是存在过，但据说现在是完全绝种了。所以，这张照片就有点儿意思了。"田原微笑了一下，将手机递还给梨乃。"真想看看实物啊，这花现在在哪里？"

"这个……现在已经没有了。"她回答道。

"没了？凋谢了吗？"

"是的，而且已经扔了。"

"这样啊，真是可惜了，那么稀有的品种。"

苍太觉得田原的反应有些过于平淡，他预想田原会更兴奋一些才对。"请问，您不认为这花很稀奇吗？"

从他的言语中，田原似乎觉察到了什么。

"原来如此啊，因为二位觉着这是特别稀奇的花，才特意来我这儿的啊。的确，它的颜色非常好。从照片上来看，达到及格线了。"

苍太和梨乃对视了一下，显然他们并不是很理解田原这番话的意思。

"二位跟我来一下。"田原站起来。

苍太和梨乃跟在老牙医身后。田原没有进入治疗室，而是打开了旁边的一扇门，再往里面似乎是他住的地方。

昏暗的走廊尽头又有一扇门，田原走了进去。"打扰了。"苍太说着，也跟着走了进去。里面大约是八叠[1]的和室。最先映入眼帘

1 叠：日本计算房屋面积的方式。1叠约等于1.62平方米。——译注。

的是贴满了一整面墙的花的图画和照片。他立刻意识到那全都是牵牛花。

梨乃在旁边不禁感叹道："好厉害啊。"

"真是壮观啊。"苍太说道，"这些全是田原医生您培育的吗？"

"大概有一半是吧。另外一半是全国各地的牵牛花爱好者送来的。这是他们用我送给他们的种子辛苦培育出来的成果。"

苍太迅速地扫了一眼。挂在墙上的图片大概有百余张，或许超过两百张。全都绽放着充满个性的花朵。对不懂花的人来说，其中有很多张根本辨认不出来是牵牛花。

苍太的目光停留在其中的一张照片上。上面标记着"常绿裂叶"。它的叶子拥有牵牛花特有的形状，花分成五瓣，也许因为这样才叫"裂叶"吧。但是，他在意的不是花的形状，而是花的颜色。浅浅的米色，也可以说是黄色。上面标记的时间是五年前。

"这是在屋顶培育的花，属于基因突变的牵牛花。"苍太的身后传来田原的声音，"这个物种本应该开白色花的，其中的一株开出了这样的花。这真是非常珍贵的照片。"

"这花之后有没有持续变异？"

"没有，那之后还是继续开白色的花。像这张照片一样的花再也没有出现。而且这株花也没有留下种子。"

"要是能把这株花保存下来不更好吗？"

"怎么保存？只要是花可都是要枯萎的啊。"

"所以说才要用克隆啊、生物工程学的技术之类的。"

田原"哈、哈"干笑了两声："你是学生吧？"

"算是学生吧，现在研究生院做能源相关的研究……"

"核能工程学"这几个字苍太没能说出口。

"那你可谓前程大好的年轻科学家啊。但是，山本你要知道科学无法解决一切问题。"田原将目光转向花的照片，"持续养很多年的牵牛花，隔上几年总会发生一次基因突变。但是，想要将这种变异持续下去是很难的。不过，就是因为这种昙花一现的奇迹，才让人感到很有趣。如果用生物工程的技术增加奇迹发生的次数的话，那就没有什么乐趣了。"

苍太也能体会那种心情，就像是用电脑来玩智力游戏的话，游戏本身也就变得无聊了。

"而且，"田原继续说道，"可能会让你失望，这可不是黄色的牵牛花。只是看着像黄色而已。仔细测验一下花瓣就知道了，花瓣表面有类似波动那样细微的起伏，光线巧妙地反射后，看起来就像是米色了。是这张照片照得太巧妙的缘故。"

田原浏览了这一面墙的照片。

"花的颜色是由色素决定的。牵牛花的颜色是由青、紫、暗红、鲜红这些颜色组合而成的，基本上黄色的色素是没有的。但是，色素本身不起作用的案例也有。正是因为这个缘故，与色素有关的基因发生缺陷，才产生了白色的牵牛花。我的这株'黄色牵牛花'即其中一例。"

"但是，这张照片上的花也不是白色啊，怎么看都像是黄色。"梨乃紧紧地握着手机。

"嗯、嗯"，田原点了两下头。

"什么事情都有例外。虽说牵牛花基本上没有黄色的色素，但也不尽然如此。也有的牵牛花含有叫作查尔酮、橙酮、黄酮醇的淡黄色的色素。偶尔能发现明显含有这种色素的，这张照片上的牵牛花就是这样。但是，就这张照片上的牵牛花的成色来看，很可能是市井上的好事之徒故意制造出来的。给我寄照片的人当中也有这样的人，说什么开了不得了的黄色花。我很惊讶，所以打电话过去问。

可是，对方不好意思地说，'哎呀，不是的，照片上看起来是那样的，看实物的话很令人失望的，绝对不是黄色'。这些色素归根结底是有限制的。"

"那需要什么样的色素呢？"苍太问道。

"为了显现出黄色，类叶红素一类的色素是不可或缺的。现如今的牵牛花中不存在这种色素。所以，黄色牵牛花真可谓梦幻之花啊。"

"但是如此说来，过去存在过的黄色的牵牛花是怎么回事呢？难道说那也只是人眼产生的错觉，看成黄色了吗？"

"不，我认为不是。根据当时的资料，无疑是存在过鲜黄色的牵牛花的。也就是说携带类叶红素之类的色素的基因在当时还是有的。"

"为什么黄色牵牛花会灭绝呢？"

"不知道，"田原慢悠悠地说，"可能是因为环境破坏，或者是战争。不管怎么说都不属于自然法则啊。"

"只有黄色的牵牛花自然而然地消失了吗？"

"消失的不只是黄色的牵牛花。花的形状也好，叶子的形状也好，在如今看来那些变异牵牛花仿佛传说一般，记载这些变异牵牛花的图画文献汗牛充栋，但也都消失殆尽了。"

"大家认为已经消失的物种有突然复活的可能性吗？比如说种子留存了下来，又开出了花。"

田原一边摸着胡子杂乱丛生的下巴，边听着苍太的话，交替地看了他们两人一眼，说道"过来一下"，便走出了房屋。

苍太和梨乃在他身后跟着，上了走廊中间的楼梯。

上去之后有一扇门，从那出去之后就是屋顶了。苍太睁大了眼睛。十坪[1]左右的大小，到处都摆着植物盆栽。看起来它们似乎是毫无规

---

1 坪：日本衡量面积的单位。1坪约等于3.306平方米。——译注。

律地摆放着，但毋庸置疑，它们一定遵循着某种的规律。而且田原对这个规律了如指掌。

"我每年都在这儿播种。我只种下神灵允许我种的种子。"

"神灵？"苍太看着老人的侧脸。

"变异牵牛花很有意思。就算是像我这样多少年都一直关心这些事的人，都无法完全地预测配种之后会开出什么样的花。这一点非常有趣。但是啊，这也算是一种把基因排列组合的游戏，很崇高，也很危险。所以只能在神灵允许的范围内享受其中之乐。"

"什么样的花是被神灵允许的呢？"梨乃好奇地问道。

田原向她投去温和的目光。

"我不知道。能够继续生存的话也许就是被允许了吧。我认为，该存在的就会存在。反过来说，该消失的终归会消失的。一个物种灭绝了，肯定是有其理由的。黄色牵牛花消失了，一定有它消失的理由。"

"田原医生，您有关于那个理由的推测吗？"苍太问道。

"我没有，但我听过一个很有趣的说法。"

"什么说法？"

"黄色牵牛花是禁花。"

"禁花……"苍太和梨乃对视了一下。

"我对牵牛花产生兴趣，是受我父亲的弟弟，也就是我叔叔的影响。我看着他培育了很多变异牵牛花之后，也想亲手试试。但有一次，叔叔对我说，培育什么样的牵牛花都好，但一定不要追求黄色牵牛花。我问他其中缘故，他说因为那是梦幻花。"

"梦幻花？"

"就是如梦般虚幻之花。硬要追寻的话，会招致自身毁灭的。叔叔当时是这么说的。"

听了田原用不紧不慢的语气说出的话，苍太后脊梁骨打了个寒战。他没有答话。

田原的表情突然变得缓和下来。

"这应该是迷信吧。总之，物种一旦灭绝，没有任何理由突然复活的事情是不存在的。我和众多牵牛花爱好者一直保持联络，从未听说过这种事。"

"那么，如果有那种会忤逆神灵的人的话，会怎么样呢？"

听苍太这么问，田原深深地皱了皱眉。"会怎么样呢……"

"即使是用生物工程的技术，也没有可能使黄色牵牛花复活吗？就像蓝色玫瑰那样。照片上的花也许就是这样做出来的。"

"高端植物企业"这个名字，还是暂时不要说为好。因为还不知道要介的想法。

田原撇了撇嘴，思考了一会儿，最后长长地叹了一口气。"刚才的照片能再给我看一下吗？"

梨乃拿出手机。田原接了过来，目不转睛地盯着画面看了一会儿，把手机还给了梨乃。

"我说过很多次，不看见实物的话，无法下任何结论的。而且我没有听说过黄色牵牛花研发成功的消息。"

"是不是在什么地方进行着秘密的研究？"

田原身体微微摇动，发出了轻微的鼻息声。

"我知道很多研究机构在做这方面的研究。我认为，那都是愚蠢的行为。"

"为什么？"

"这跟开发以前并不存在的蓝色玫瑰是不一样的。我也说过很多次，过去，黄色牵牛花是存在的。说让它复活也合情合理，但用生物工程的技术硬让牵牛花的颜色变成黄色的话，那也只是个伪造品而已。对我而言，那是没有任何魅力的怪东西。"田原的话语中回荡着一丝愤慨。

他们回到原来的房间，苍太向田原道了谢。也的确是学到了很多东西。

"如果还有什么不明白的，随时都可以过来。而且，我也想知道关于那花的情况。"

"我们弄清楚之后会来跟您汇报的。"

二人点头行礼之后正准备离去，田原却突然把他们叫住："啊，对了！"他打开书架的抽屉，拿出一本文件。"去年年末，在向岛百花园举办了一次关于变异牵牛花的演讲会。当时会上也稍微讲了一些关于黄色牵牛花的事，但不是使用生物工程技术，而是用西方的种子进行交配的尝试。他们似乎做了很多试验，但好像结果并不理想。"

苍太打开文件夹。里面归纳整理了几张照片，似乎是在演讲会上展出的牵牛花的照片。其中有一朵花稍显黄色。但是，就像田原说的那样，毕竟不是纯正的鲜黄色，只是浅浅的米黄色。

"果然很难啊。"这么说着的时候，他的目光转向下一张照片，随即，苍太惊讶地倒吸了一口凉气。

那不是一张花的特写，而是参加演讲会的人们围拢在花周围的一张合影。照片上有几个男女在看着盆栽，苍太牢牢地盯住了这群人中最靠边的一个女子，她一副很认真的表情观察着盆栽。

应该说是好久不见呢，还是应该说又见面了……

那个女子酷似伊庭孝美。

21

从田原牙科医院出来后，两人走进了附近的咖啡店。苍太没有心思喝什么东西，就点了一杯普通咖啡。

秋山梨乃认真地看了照片之后，将照片放到桌子上。那是从田原那儿借来的照片。

"的确很像那个键盘手女孩。"

"不是像，我觉得就是她。"

"但是哪有这么巧的事？前天夜里刚谈到寻找伊庭孝美的事情，今天去见研究牵牛花的博士跟这事儿毫不相干，可居然在那儿看到了伊庭孝美的照片。这未免也太夸张了吧。"

"话虽这么说，但实际上这种巧合真就发生了也没什么办法。这就叫同步吧。"

"同步……是什么意思？"

"同步是指要做某件事时，自己身边也碰巧出现相关事情的现象。这是心理学者荣格提出的概念。"

梨乃皱了皱眉："感觉你的话好复杂。"

"用科学去解释的话，就是这样的。现实生活中，这种巧合时常会发生的，问题只是在于我们能否意识到。我在前几天的演唱会上看到了她，确定了她长大后的样子。如果没有这件事，那么就算我今天看到了这张照片，也许也不会注意到她的存在。没注意到这种巧合等同于这种巧合没有发生。有人会相信托梦的说法，实际上我们会做无数的梦，尽管大多数梦都不符合现实，但人们只会记住偶尔出现的跟现实一致的梦，这只是因为人们因梦境成为现实而震惊得难以忘怀而已。这都是一样的道理。"

梨乃疑惑地歪了歪脑袋说："我觉得不是这样的。"

"那是怎样的？"

她用手指捏起照片。

"这只是单纯的长得像吧。根据拍摄角度不同，人的脸能呈现出完全不一样的模样，特别是女生。所以才会出现这张奇迹的照片。很遗憾，我觉得这张照片上的女生不是伊庭孝美。"她说着把照片放回桌子上。

对于田原而言，这个女子只是偶然间进入了他的镜头，他并不知道她到底是谁。

苍太又看了看照片，还是觉得那就是伊庭孝美。她盯着不完全是黄色的牵牛花，眼神是那么的认真。初中二年级时的伊庭孝美也曾经流露出这样的眼神。他曾无法直视她的双眼……

突然，他想到一件很重要的事。他惊讶于那么重要的事情自己居然忘了。

"不，"苍太嘟囔着，"就应该是她，就是伊庭孝美！"

"为什么？"

"我说过吧。我和她偶遇的地方是入谷的牵牛花集市。她说过，逛牵牛花集市是他们家的惯例。因为受到父母的影响，她对牵牛花抱有浓厚的兴趣。所以，她去听牵牛花演讲会的可能性很大。"

梨乃也许是觉得他说的比较有道理，勉强地点点头。

"你这么一说，的确有可能是这样……但或许这种程度的巧合并不少见呢。"

"不，先等一下，如果不是偶然的话，这一切又意味着什么呢？"

梨乃疑惑地歪着脑袋，"意味着什么？"

"嗯……"苍太用指尖按了按眼睛，这是他集中注意力思考时候的习惯性动作。"如果照片上的女生是伊庭孝美，她去听有关牵牛花的演讲会，收集着有关黄色牵牛花的消息。另一方面，假设乐队的键盘手也是她，她之前的键盘手的外祖父，也就是秋山周治先生，有可能培育出了黄色牵牛花……"

说到这儿，他把手从眼睛上挪开，抬起头来："有这么巧合的事吗？"

梨乃眨了几下眼睛。

"也就是说，伊庭孝美的目的是爷爷的黄色牵牛花，她是为了这个才进乐队的？"

"比起把它当作单纯的巧合，我觉得这种说法更讲得通。"

两人沉默着对视了一会儿。梨乃将视线移开，从身旁的包中取出手机。她熟练地操作着手机，放在了耳边。一会儿，电话通了，对方接了电话。

"知基吗？是我，梨乃……我有点事想问你，能见个面吗？……嗯，很重要的事。是有关那个消失了的女孩的事。"

两人到达横滨车站时，已经是晚上七点多了。从车站出来，梨乃没有丝毫犹豫，继续走着。

"知道我们要去的地方吗？"

听苍太这么问，她回答道："我去过很多次了。爵士乐音乐厅，就是她最开始出现的地方。那儿的经营者把她介绍给了乐队成员，之前我说过了吧。"

"啊……"的确，他记得梨乃说过。

走了十几分钟，他们来到一栋古旧的建筑。通往地下室的台阶入口处，站着两个年轻人。一个是梨乃的表弟。来这儿的路上，苍太听说了他的名字叫鸟井知基。另一个人是演唱会时的主唱，本名似乎是叫大杉雅哉。

"不好意思啊，突然叫你们出来。"梨乃向两个人道歉。

知基轻轻地摇了摇头。

"没事，那女孩的事情我也很在意，所以马上联系了雅哉哥。"

梨乃面对雅哉说道："那个女孩现在还是下落不明对吧。"

年轻人满面愁容地点了点头。

"还是那样，没有线索，也无从找起，所以一直在等你的消息呢。"

"有什么线索吗？"知基开口问道，交替看着梨乃和苍太。"前两天你在短信里说弄清了她的真名和她出身的高中是吧？"

"那个还在调查中。然后蒲生君问我能不能咨询一些更详细的事情，比如她是怎么进入乐队的。"

"的确，多了解一下可能会更好，反正光靠我们也得不到什么线索……"雅哉皱着眉，摇了摇头，耳朵上的银色耳环晃动了一下。

"她最开始出现的地方是这里？"苍太指着墙上的招牌。招牌上潦草地写着连笔的"工藤之家"。貌似是在地下一层。

"是，乐队的其他成员也在里面等着呢。"雅哉说着开始往下走，苍太一行人跟在后面。

进入店内，工作人员走上前来。雅哉颇为熟悉地跟对方交谈了几句，工作人员点了点头，把他们带到了靠墙的位子。

有两个年轻人已经在那里了。体格健硕的那个是鼓手一之，身材较小的是贝斯手哲也。看起来他们都不想报上自己的全名。

店员来点单，苍太点了啤酒和三明治。因为还没吃晚饭，肚子饿了。

苍太环顾店内，中央是马蹄形的舞台，配有桌子。当然，根据不同的需求，布局可以随时变化。

店内坐了七成的客人，情侣很多，还坐着一群公司职员模样的男人。苍太说："顾客比想象中的年龄要略高一点。"听了这话，小哲答道："因为今晚是工藤的演唱会。"

"工藤？"

"一个叫工藤明的音乐家，你不知道吗？"梨乃问道。

"工藤明"这几个字浮现在苍太的脑海中。

"小时候听说过。"

"对吧，这间店就是那个人经营的。"

"欸，原来是这样啊。"

"为了培养业余乐队，他开了这间店。"雅哉说道，"所以平时演出的基本上都是些像我们这样类似专业预备军的业余乐队，工藤先生自己也会登台演出。今天刚好碰上。"

"原来如此。"苍太会意地说道。

"她以前也是这儿的客人吗？"

"景子吗？"

"嗯。"

"是的，"雅哉点点头，"我最初见到她是在今年年初。但是，听工作人员说，去年年末的时候，也曾见过她几次。"

"哦。之前我听说，她自称白石景子。你见过她的身份证、驾照什么的吗？"

"没见过那些东西。"雅哉耸耸肩。

"你们两位也没见过吗？"苍太向一之和哲也询问道。

"不可能见到啊。"一之笑了一下，晃了晃肩膀。

"她既然自称白石景子，一般也不会怀疑那是不是真名。"哲也说，"让我看看身份证这种话，说不出口吧。"

"那倒也是。"

啤酒和三明治送上来了。苍太先伸手去拿火腿三明治。

"蒲生君，对吧？听说你认识那女孩？"雅哉问道。

苍太咽下嘴里的三明治，摇了摇头。"不能断定，因为都十年没见了。但是我自己挺确信就是她的。"

"她名叫什么？"

"伊庭孝美。"

"什么来历？"

"不知道。我们认识的时候她还只是个普通的初中生。但是，对于她现在的情况，我完全不知道。实际上，我也很想了解清楚。所以今天才过来问问情况的。"

"听说是蒲生君的初恋女友呢。"梨乃从旁边插嘴道。

正在喝啤酒的苍太差点把啤酒喷出来。"那个怎么能在这儿说呀？"

"哎呀，不说这件事的话，他们搞不清楚你为什么要找她呀。"梨乃这么说着，用别人看不见的那只眼睛对苍太眨了一下。

苍太立即领会到了梨乃的意思。来这里的路上，两人商定暂时不说他发现了那个女孩的意图以及有关黄色牵牛花的事情。如此一来，对于苍太为什么要打听那个女孩这件事，就必须有个合理的说明。

"哦？这样啊。"知基的眼神中流露出好奇。

"这样说来，她也是个很漂亮的女孩子呢。"哲也说道，"那冷艳的感觉，算是冰美人吧。"

"她频繁出入这家店吗？"苍太没有特意对着谁，就这么问了一句。

"可以说是常客。"雅哉答道，"她好像是工藤先生的粉丝，只要有工藤的演唱会，她几乎都不会缺席。演唱会结束之后，她好像还跟工藤先生和乐队的人一起喝过酒。"

"一个人？"

"我见到她的时候，她总是一个人。"

"雅哉跟她一直很熟吗？"梨乃问道。

"完全不熟，只是见过，连话都没说过。第一次说话也是接到她的电话的时候。"

"她突然给你打了电话？"

"不是，在那之前工藤联系过我。说是关于键盘手的事情，有位白石小姐会打来电话咨询。因为之前我们在这家店张贴了招募键盘手的广告，景子看见广告，向工藤询问来着。"

"所以接到她的电话之后，马上就见面了对吗？"

"嗯，我跟哲也和一之也联系了一下，跟她在平时排练的工作室见了面。在那儿也能借到电子键盘。"

"然后呢，听了她的演奏，合格了？"

"虽然没抱太大期望，但她的技术很娴熟。不只是钢琴，她弹电子琴的经验似乎也很丰富。虽然没有明显的演奏风格，但如果周围的人帮着衬托一下的话，也还可以。总之就决定先让她和我们一起演奏试试。上次演唱会的表现也还行，这样的话，乐队似乎也能继续下去……"

"真是没责任感。自己要求进乐队的，跟谁都没打招呼就一走了之，未免也太任性了吧。"一之发着牢骚，看了苍人一眼。"听我说初恋女友的坏话，你不会不高兴吧。"

"我理解你愤怒的心情。"苍太看着雅哉，"她辞去乐队的时候，说了什么理由？"

雅哉歪了歪嘴。

"她发了一封邮件，说是因为家里的事，没法在乐队继续待下去了，然后就不见踪影了。我给她发了封邮件，让她解释清楚，她也没有再回信，电话也打不通。简直像是遇到狐妖了。"

梨乃转向苍太："你是怎么想的？"

"好奇怪啊。"苍太说，"也许是因为看见了我的缘故吧。"

"眼看自己马上就要暴露真实身份，在那之前先玩消失？"

"这个想法应该是最讲得通的吧。"

对于苍太的回答，梨乃默念了一句："也是啊。"

这时，灯光突然变暗，坐着的人连彼此的脸都看不清了。舞台上打了一束追光，店内瞬间安静下来。过了一会儿，大家开始鼓掌。原来是表演者从后台走了出来，登上了舞台。

配乐乐队的演奏者们在各自的乐器旁边就位，最后，一个留着银色长发，戴着浅色太阳镜的男人登场。苍太花了很长时间才意识到那就是工藤明。比起从前出现在荧屏上的他，这个工藤明的脸圆了许多，肚子上也多了不少肉。

但是曲子一开始，这些就都不重要了。他的声音里充满年轻的张力，表现力十分纯熟。

工藤明在曲子间歇的时间里跟观众非常有技巧地聊天互动，总共唱了四首歌。苍太虽然不知道这些歌的歌名，但都是自己曾听过的歌，不知不觉中，苍太的身体已经跟着节奏在摆动了。

最后一首歌结束后，在听众的欢呼声和掌声中，工藤明退场了。喧闹声还残留着，灯光渐渐明亮起来。

"唱得真棒啊。"苍太发自内心地说，"我终于知道他为什么一直有那么多粉丝了。我还没这么感动过呢。"

"我们也是一样啊。"雅哉说，"自己开始做音乐时，听了很多曲子之后，将目光渐渐转向过去的音乐家身上。"

"老实说，我来这家店之前也不是很了解工藤明。我只是听过他的名字，但这样想来……"梨乃看着苍太，"那个女孩居然是工藤的粉丝，大家不觉得奇怪吗？那女孩应该很年轻呀。"

"如果是我认识的那个人的话，那就是跟我同年。"苍太说。

"音乐发烧友各种各样的都有，没什么好奇怪的。"雅哉说道，"相比起来，我觉得更奇怪的是，她为什么要加入我们乐队。既然那么轻易就离去了，最开始就不应该来报名。"

苍太与梨乃对视了一下。关于伊庭孝美为什么要进入乐队，他俩是有推论的。她的目标应该是接近秋山周治。但是，在这种场合下还不能说。

大家突然变得沉默了。为了不冷场，梨乃叫了服务生，点了红酒。

这时，光线突然变暗了。似乎有谁站在那里。大家抬头一看，原来是退了场的工藤明。他换上了朴素的衬衫，笑眯眯地看着雅哉他们，手里端着玻璃杯。

"你们带来了新客人啊。"他看着苍太他们说。

"啊，这是尚人的堂妹和她的朋友。"雅哉介绍着梨乃和苍太。

"啊，这样啊……我能坐这儿吗？"工藤把雅哉对面的椅子拉出来。

"当然，请坐。"雅哉似乎有些紧张，"您辛苦了。这两个人都觉得您的歌曲好棒啊。"

"是吗？都是些老歌，不觉得没意思吗？"

"当然不会。"苍太说道，"真的非常精彩。"

"那就好。可能是上年纪了，最近耐力也下降了。计划着趁自己还没出什么大错之前就引退。"工藤拿起手里的玻璃杯喝了一口，无色透明的液体里浮着柠檬片。"啊，对了，雅哉，那件事怎么样了？联系上景子了吗？"

似乎工藤也很挂念这件事。

　　见他这么问，雅哉把目前的状况作了一番说明。工藤脸上出现了担心的神色。

　　"到底是怎么回事啊？她还跟我说过，从很久以前就很憧憬参加乐队活动，是不是有什么不满意的地方啊？"

　　"不知道。但这事本来就很奇怪，白石景子也有可能是假名字。"

　　工藤正把杯子送往嘴边，手突然停住了："不会吧？"

　　"也许是他认识的人。"雅哉说着看了看苍太，"是叫什么来着？"

　　"如果是我认识的女孩的话，应该叫伊庭孝美。"

　　"叫伊庭啊，为什么要撒谎呢？"工藤扭了扭脑袋。

　　"她应该是从去年年末开始来这家店的，在那之前工藤先生没见过她吗？"

　　工藤听了苍太的疑问，点了点头。"没见过，好像是在哪家公司工作的白领，除此之外，她的私人信息我完全不知道。"

　　"这样啊……"

　　"抱歉啊，雅哉，还有一之和哲也。介绍她入乐队之前我要是确认一下她的身份就好了。"

　　"没事儿。"三人一起摇了摇头。

　　"是我们的错，以后我们会留意的。"雅哉像是代表发言一样说道。

　　"嗯。即使去留意，也想不到会有人使用假名字来接近我们吧。你们了解到了什么的话，告诉我啊。"

　　"好的。"

　　工藤一口喝完了杯里的酒，说了一声"你们慢用"，便起身走了。

　　"还有一件事我想问一下。"苍太面对着乐队的三个人，"她有没有说过有关植物的事情。"

　　"植物？"一之皱起眉头，"你说的植物，是指花么？"

"是，是花。她说了什么吗？"

三个人互相看看。"她说过么？""不知道啊……"讨论过后，雅哉问苍太："有关植物的？这又是怎么一回事儿？"

"没什么……因为她过去很喜欢植物。那乐队排练间歇的时候，她都跟你们聊些什么呢？"

三人再次开始七嘴八舌地讨论起来。"说什么来着？""好像没说什么重要的东西啊。""这样说来，她好像都没怎么说她自己的事……"

最后，哲也似乎突然想起了什么似的说："啊，对了！她经常问有关阿尚的事情。"

"阿尚？是过世了的……"

"我的表哥，知基的哥哥。"梨乃回答。乐队里的人管尚人叫阿尚。

"经常问什么事？"

"有很多，什么样的人啊，有什么兴趣爱好啊之类的。她似乎也很在意他自杀的理由。"

"啊，说起来，她也问过我这个。"一之说道，"我问她为什么对这些事情在意，她说希望能够了解她之前的键盘手，早一点融入这个乐队。"

"她没跟我这么说过。"雅哉歪着脑袋，似乎很不满。

"对雅哉她似乎有些介意。"哲也说，"她说过，听说尚人是雅哉最好的朋友，所以问雅哉尚人自杀的事情有些问不出口。我们也因为阿尚的自杀受到了很大的打击啊。"

"我跟她说过，阿尚为乐团考虑的比谁都多，他一直希望乐队全体成员都能幸福。"一之歪了歪嘴，"阿尚说过，如果能将音乐变成正式职业，大家就一起去高级的餐厅撮一顿。这个我也跟她说了。"

"高级餐厅？"苍太问道。

"我知道了，是日本桥的福万轩吧。"梨乃说。

"啊，对。他说是小时候在那儿品尝过的肉的味道难以忘怀。他总这样说，真是傻乎乎的。"

"我也听过好多遍。"哲也叹了一口气。

"那家店的肉真的很好吃，对吧？"知基说着，还去征求梨乃的同意。梨乃深深地点了点头。

苍太也知道福万轩这家店。那是一家有名的西餐店。

"这么说来，"一之面朝着知基说，"她还说过想跟你见面。"

"和我见面？为什么？"

"不知道。我跟她说，阿尚有个弟弟，她就说想见一面。我觉得演唱会的时候知基会过来，就跟她说那时候应该能见一下。"

"但是没能说上话。"

"那是因为那女的马上就溜了啊。"一之一脸厌恶的表情，"也没有参加庆功宴。"

那时的事情苍太也记得很清楚。她看见了苍太，就像逃跑似的消失了。

"怎么样，有参考价值吗？"雅哉问道。

"还没什么结论。她是不是我认识的女孩，这还没办法确定。"

"要有什么线索的话，告诉我啊，不过也不用着急。我也不指望她能回来了，只是有点介怀。"

"我明白你的心情，有什么线索的话一定会联系你的。"

苍太看了看手表。刚过九点。乐队的三个人说还要待一会儿，苍太他们便起身离席。

账单由苍太和梨乃来付。梨乃过去付账，苍太在门旁等她。

墙壁上贴着很多照片。有演唱会的现场照片，也有在室外照的大家的全家福。

照片里也出现了工藤明的身影。照片的背景是田野风光，共有五个人。他们身后是胭脂色的民宅，地面上草木茂盛。

"那是工藤先生的集训基地。"苍太身后传来知基的声音。

"集训基地？"

"是个别墅。我从哥哥那儿听说的，在千叶县一个叫胜浦的地方。几年前工藤先生把它买了下来，改装成了乐队集训的地方。那房子周围什么都没有，所以就算是半夜也不用在意会吵到别人。"

"原来如此啊。"

因为工藤直到现在还有那么多忠实粉丝，过去挣的钱估计不是小数目。买一所半旧的住宅对他来说或许根本不算什么。

梨乃付完了账，三人从店里走了出来。

"那个女的究竟有什么目的？用假名字混进乐队，肯定有所企图。她只是想体验一次乐队现场吗？"朝横滨车站走去的路上，知基说道。

"不会吧，怎么可能只是为了那么一个目的呢？"

"是啊。她还刨根问底地问哥哥的事情，这个也有问题。"

"嗯，我也这么觉得。"

苍太沉默地听着两个人的对话。他的脑海中浮现了一个推论，但他觉得还不能跟知基说。

苍太和梨乃在横滨站与知基分开，登上了去东京的列车。车里有点挤，他们在门口附近并排站着。两人互相对视了一眼，不约而同地苦笑了一声，然后叹了口气。

"这一天真是几经波折啊。"苍太说。

"是啊。本来应该只是去问问牙科医生牵牛花的事，没想到发展到这一步。"

"但是听了乐队的人的一番话之后，我似乎有点明白了。果然不是什么同步。伊庭孝美的目标绝对是黄色牵牛花。"

"而且我觉得她加入乐队也是为了接近我祖父。"

"这样想应该是最合理的了。因为她说了她想跟知基见见面。她的计划是先跟知基搞好关系，然后下一步就是去接触秋山先生了。"

"的确，这样考虑合乎情理。但是……"梨乃摇了摇头。

"有什么不对的吗？"

"有点不对劲儿吧，为了接近一个人，会有人用这么迂回的方式吗？我先说清楚哦，我爷爷就是一个普通人，也不是什么知名人士，更不是什么VIP。如果想见的话，谁都能见啊。他虽然不擅交际，但如果有人正儿八经地去拜访的话，我觉得应该不会吃闭门羹的。"

"那是一般的时候。如果是跟黄色牵牛花相关呢，他跟谁说过吗？"

"啊，那个好像……没跟谁说过。"

"对吧。虽然我们不知道伊庭孝美想用黄色牵牛花干什么，但是她首先需要做的就是得到秋山先生的信赖。为了这个目的，她觉得与秋山先生的孙辈搞好关系是最好的办法吧。"

"原来如此啊……"梨乃一边露出恍然大悟的表情，一边点点头。

"但是为什么是尚人？孙辈里面，又不是只有他。知基也是，我也是啊。"

"伊庭孝美出现在工藤明店里的时间是去年年末。那时候，知基正紧张地准备升学考试。而且，如果要接近的话，找年龄相近的比较好。你的话就免谈了，因为做了奥运会候补运动员，一天到晚练习，她估计觉得没有接近的机会吧。"

"但那个时候我已经不游泳了啊。"

"一般的人哪儿知道那种事。对于伊庭孝美而言，就只有尚人

一个人了。为了接近他，她开始在他频繁出入的地方走动。她预料
见了几次面之后，就能有熟识的机会了。但是，却发生了意想不到
的事情。"

"尚人自杀了。"

"对。所以她把目标转向了知基。"

梨乃"呼"地吐了一口气，然后目不转睛地盯着苍太的脸。

"蒲生的脑袋果然好使。"

"什么啊，突然这么说。"

"我真的是这么觉得。听了这么有自信、有条理的分析之后，
我都觉得不可能有别的解释了。"

"只不过是单纯的推理，还没有证据呢。"

"所以我觉得你厉害啊。如果有证据的话，谁都能分析了啊。"

似乎梨乃是真心地在夸赞。苍太不知道应该摆出什么表情，便
望向窗外。

"喂，"梨乃说，"如果那个推理正确的话，你觉得她跟爷爷
被杀的事情有什么关系呢？"

"这个……"苍太用力握了握吊环，"还不能下什么结论。但是，
应该是有一定关系吧。"

"是啊。"梨乃轻声回答。

22

从涩谷广场走出来，一边走一边用手机查邮件的时候，梨乃感觉到有人悄悄走到了自己旁边。因为之前也碰到过很多次，她马上意识到是星探。

"请问现在有时间吗？"不出所料，那个人上来搭话。

梨乃停住脚步，看了看对方。是一个把短发染成褐色，脸细长细长的男人。T恤外面套着一件衬衫。

"我马上要去一个地方。"她暂时先这么说，实际上没有特定要去的地方。

"那，边走边聊一下吧。请问你是学生吗？"

"嗯，算是。"

"现在进了哪家事务所了吗？"

"没有进事务所。"梨乃生硬地回答着，但也没有露出厌恶的表情。

"啊，这样啊。"男人的声音变得爽朗起来，"你在打工吗？"

"嗯，就那样吧。"

"其实，我这儿有一份很好的工作，有兴趣吗？"

"工作？"梨乃转动了一下眼珠，"什么样的工作？"

"最近我们有家精品店要在新宿开，所以，非常想请你来帮忙。我们在找既漂亮又有魅力的女生呢。"

"啊？"梨乃停下脚步，盯着他，"难道是接待客人的生意？"

"嗯。但是，这家店给人的感觉非常好。"男人把手伸进口袋，似乎要拿名片。

"不用了。"梨乃把手往男人面前一横，大步流星地走了。如果那男的追上来，她准备大发雷霆，但似乎他并没有要追上来的意思。

转过街角，梨乃放慢脚步。深深叹了一口气的同时，心情稍稍稳定下来。做接客生意的人过来搭讪，这还真是头一次。

她一边走着，一边把目光转向橱窗。看见自己板着的脸映在上面。

仔细想想，最后一次被星探搭讪至少是两年前了，那还是十几岁的时候。如今再跟那时一样自我感觉良好的话，或许有点厚脸皮。

工作啊……

专心致志地游泳的时候，她没怎么考虑过工作的事情，认为游泳就是自己的工作。公司是自己的赞助方，只要提供资金援助，在哪儿都无所谓——那时候，她这么傲慢地想着。

她的心情突然变得很糟糕。要说自己放弃游泳之后能做的事，也许只有接待客人了。不，就算是接待客人也不一定能做好。现实世界无疑是残酷的。

低着头走路时，手机来了短信。梨乃站定翻看短信，吓了一跳。来信的是早濑刑警。

早濑脸上露着笑容，走出检票口，向梨乃走过来。深蓝色的长裤配着白色的翻领半袖衬衣。他夹着很薄的文件夹，空着的那只手拿着一把扇子。

"抱歉，突然把你叫出来。"

"没关系。有什么事吗？要检查我爷爷的家吗？"

"就是这个意思。想让你跟我一起去现场看一看。事件发生之后，你还没有去看过吧？"

"那还不是因为您说不让我随便进入。"

"所以今天请你慢慢地看一看。咱们走吧，时间可不等人。"

早濑一边用扇子扇着，一边迈开步伐。

梨乃与他并排走着，想着他的问题。上次他因为盆栽被盗的事情来找自己问话，在那之后不知道有没有什么进展。

不管怎么样，梨乃决定不说有关蒲生苍太的事情。如果借用警方的力量，应该能轻易找到伊庭孝美，但是她不想让警察掌握主导权。

到周治家一看，庭院的花全都落了，因为没有人浇水。梨乃想着，从明天开始要找时间来照看这些花。

早濑拿出钥匙，打开玄关的锁。一进去，闷热的空气扑面而来，而且还笼罩着一股异臭。得到早濑的允许后，梨乃把四面的窗户打开了。

看起来屋子的样子似乎与她发现周治遗体时没有什么变化。地板、榻榻米上依旧散乱地放着各种各样的东西，壁橱的拉门也还是那样开着。

但是，也有跟那时明显不一样的地方。比如，记忆中矮脚桌上似乎放着什么东西的，现在却什么都没有了。也许是警察们拿走了吧。

"怎么样？"早濑问道，"重新看了屋内，注意到什么了吗？"

梨乃长出一口气，微微地摇摇头。"没什么特别的，但是，只是觉得发生了很可怕的事情。为什么爷爷会被盯上呢……"

"黄色花的事，那之后跟谁说起过吗？"

"没有说过。你们了解到什么了吗？"

早濑顿了一下，回答道："没有，我甚至还不知道这跟案子有没有关系。"

他在说谎，梨乃这么觉得。这个刑警应该知道了什么，也许在那之后他跟蒲生要介见了面。但是，就算问他，他也不会老实告诉我吧。

她慢慢蹲下身，正坐在榻榻米上。这时，她想起了一件事，环顾四周。

"有什么不对劲的吗？"

"没，不是什么大问题，只是觉得为什么没有坐垫呢。"

"坐垫？"

"案发当天，这里是有坐垫的。"梨乃指着矮脚桌的旁边，"那个坐垫是湿的，我踩到了它，脚都沾湿了。"

早濑打开文件夹，抽出一份文件。"是这个吧。"他说着打开一页让她看。那里面整理着几张照片，其中有一张照的是矮脚桌周围，也能看到坐垫。

"湿的。有一部分颜色变暗了对吧，那就是湿了的部分。"

早濑点点头。

"这件事我也知道。鉴定科的人似乎也很在意这件事，所以他们作了调查。虽然矮脚桌上放着装有茶的塑料瓶和茶杯，但是打湿坐垫的不是茶水，就只是普通的水而已。把水弄洒了的是秋山先生还是犯人，水是干什么用的，这些都还不太清楚。"

梨乃歪着脑袋，说："我也不知道。我来的时候，坐垫已经打湿了。"

"真是不可思议啊。"

"是啊……"梨乃的目光再次落在照片上。被打湿的坐垫旁边扔着一个白色的盒子，那是她那天买来的，她小声嘟囔了一句："要是我没去买什么华夫饼就好了。"

"什么？"

"华夫饼。如果那天我没买那东西，早一点过来的话，没准儿就不会发生这种事了。"

"不是，不是那样的。"早濑立刻否定，"事件发生在你与被害者通电话后一个半小时之内。那时候你应该正在大学上课呢。"

"这样啊……"

"华夫饼是你自己想到要买的吗？"

"是。我问爷爷买点什么好，爷爷说买点西式点心吧。"

"啊，西式点心，"早濑把手臂抱在胸前，"秋山先生年龄已过七十了吧。这种年龄要求买西式点心，还真少见啊。"

"是啊。可能是因为爷爷非常喜欢咖啡，虽然他喝的是速溶咖啡。"

"原来如此。"

早濑点点头，走进旁边的厨房。生活上一丝不苟的周治也把厨房整理得很干净。洗碗台的上方晾着一块白色的擦碗布。

梨乃用目光追随着早濑，发现炉子上放着一个烧水壶。

"爷爷就是用这个烧水壶烧开水来冲泡速溶咖啡的。"

"这样啊。"早濑拿起水壶，打开壶盖看了看里面。然后看了看四周，把碗橱的门开开关关的。

"发现什么了吗？"梨乃问道。

"没有，可能也不是什么大不了的事情，"早濑挠挠头回来，"之前就注意到了，为什么是茶杯呢。"

"什么？"

"矮脚桌上放着一瓶茶饮料和茶杯，我总觉得不太对劲。一般喝瓶装茶的话，应该用玻璃杯吧。"

"啊，"梨乃又看了看照片，"这么说来的确有点不对劲。"

"而且现在是夏天，瓶装茶应该是放在冰箱里吧。喝冰镇茶的时候，视觉上来讲应该是会想用玻璃杯吧。但秋山先生用的却是茶杯。本来以为或许是因为没有玻璃杯，但碗橱里面是有的啊。到底是怎么回事呢？"

"这个……"梨乃也说不出什么，"这种事情是看心情的吧。"

"也有这种可能。"早濑点了点头，但似乎并没有消除疑惑。

之后，早濑又问了梨乃一些很细小的事情，大多事情听起来似乎跟案子毫无关联。他好像也不是出于什么具体的根据和特定的目的来问这些事的。

两人从周治家中走出的时候，周围已经变暗了。早濑把门窗关好后，向梨乃深深地鞠了一躬。

"今天真是辛苦了。由衷感谢你大力支持我们的调查工作。"

梨乃盯着警官的脸。

"麻烦您老实告诉我吧，是不是发现了什么新的线索？虽然我没有看出来什么线索。"

早濑轻微地皱了皱眉，也直直地看着她的眼睛。

"我也跟你老实交代吧。就算你问我是否找到了什么线索，我也只能回答说很抱歉。或许害你白跑一趟了。但是，"他继续说道，"为了解决案件，就必须回到原点。这话我只对你说，调查陷入了僵局，举步维艰。物证的调查、社交关系的调查、到处探听等等，没有查出任何结果。你知道这是为什么吗？"

梨乃不可能知道为什么，她沉默地摇摇头。

"因为调查出错了。"早濑说道，"从一开始，调查本部的调查方向就错了，所以什么都调查不出来。但是注意到这一点的只有我。"

"那您告诉您上面的人不就好了吗？"

早濑咧嘴一笑。

"组织上也有很多难办的事。而且我自己也有特殊情况，具体的我没办法告诉你。"

对于官方的这个措辞，梨乃感到有点恼火。

"对于我来说，只要能抓住杀害我爷爷的凶手就好，谁立下头功并不重要。"

"我一定会抓住犯人的。"早濑恢复认真的表情，"这一点我可以把话说在前头。"

听到这从心底发出的低沉的声音，梨乃不禁向后退了一步。眼看梨乃没有回话，早濑又换上了笑脸："那么，我就此告辞。"他点头示意了一下，朝与车站相反的方向走去。

梨乃目送他的背影许久，然后走向车站。她依旧搞不清楚早濑的想法。但是，比起上一次见面，梨乃这次对他的印象要好很多，也许是最后他说的那句话起了作用。

到了车站，手机里来了一条短信。看到发信人的姓名后，梨乃不由地停住了脚步。那是高中时代通过游泳结识的朋友，她跟伊庭孝美出身于同一所学校。

23

接到秋山梨乃的短信时，苍太正在用平板电脑上网查资料。他检索了伊庭孝美的名字，什么信息也没有。以"伊庭 医师"为关键词试着搜索了一下——孝美曾经说他们家是医生世家——便蹦出来很多条记录，但好像都是些不相关的消息。

就在这时，梨乃的邮件来了：

"拜托了很多人，总算把那个女孩的毕业相册弄到手了。应该没错了，你再确认看看。"

邮件添加了附件。打开一看，突然看见伊庭孝美的脸，苍太不禁吓了一跳。比苍太记忆中初中二年级的她要成熟了一些，但比起前几天演唱会上的她还是年龄很小的样子。那是一张类似证件照的照片，下面还印着铅字"伊庭孝美"。

苍太马上给梨乃打了电话。

"怎么样？"她问道。

"你还真找出来了。"

"这种事小菜一碟啦。不要小看女生的交际圈哟。"

"还知道什么别的事情吗？"

"很多哦。她是三年级A班，班主任是位长着山羊脸的男老师。她参加过流行音乐社和篮球社。还有她当时的住址。"

"住址？哪里？"

"台东区东上野。详细情况我过会儿给你发短信吧。"

"台东区啊……"离牵牛花集市的入谷不远。

"那么，接下来怎么办？"梨乃问道。

"我去看看吧。虽然不知道能不能见到她，但没准儿能得到什么线索。"

"没错。我陪你去？"

"不，先我一个人去吧。我得到消息了立刻联系你。"

"好，拜托了。"

电话挂断后大概过了一分钟，短信来了。里面记录着伊庭孝美的地址。

第二天下午，苍太走在去往东上野的路上，掏出手机打开地图，边走边确认自己的位置。

窄窄的单行道旁，密密麻麻地排列着矮小的建筑，大抵都是既做生意又当住宅的二层建筑，而且很陈旧，大多数的店铺都紧闭大门。偶尔能看到几座新建的高楼，大概都是建成单身公寓的样子。

在这条住宅街中有家"伊庭医院"。灰色的方形建筑，从外观来看有三层。面对街道的墙壁上开着几扇"田"字形的窗户。入口的门是木质的，门把手看起来像是黄铜的。保守估计，这栋建筑至少有五十年了。挂着的写有"内科"的招牌也变了色，让人觉得很有些年头了。

突然想起来十年前伊庭孝美说过的话："我们家世代行医。"——现在看来果然如此。

苍太走近那栋房子，窗帘紧闭着。虽然入口处的门上有玻璃窗，但里面黑漆漆一片。窗户内侧贴着有关注射疫苗的宣传纸，日期是三年前。

苍太离开那栋房子，边走边观察四周。走了一会儿，看见了一家很老的咖啡店。看了看咖啡店前放着的招牌，似乎在营业中。苍太推开店门，头上的铃铛"当啷、当啷"地响着。

店里面只有两张桌子，没有一个客人。在前台最旁边有位看报纸的老人，看起来像是店主，他抬起头说了声"欢迎光临"。

苍太在桌子旁坐下，老人端上白水，苍太点了一杯咖啡。

店内的墙壁上贴着一张老电影的海报。也许这是老人的兴趣吧。

阵阵咖啡的香味飘了过来。老人在柜台内低头做着咖啡。

"您这家店开了多少年了啊？"苍太问道。

老人没有抬头，思索着"嗯"了一声。

"中途因为生病暂停营业了一阵，差不多四十年了吧。"

"真是有年头了啊。"

"可不是时间越长就越好啊。现在就当作一种消遣了。"

"这样啊。"

"你看看就知道啦。现如今，这种店做不成什么买卖的。现在大家都去 Doutor Coffee[1] 呀，星巴克什么的。"

老人把咖啡端上来。是和式的陶瓷杯子。在自助的咖啡厅里可看不到这种杯子了。苍太搅拌了一下，喝了一口，恰到好处的苦涩里飘散着淡淡的甜味。

"您就住在这附近吧？"

"是。我生在上野，长在上野。年轻的时候因为工作去过大阪。"

"前面有家伊庭医院，您知道吗？"

老人点点头。

"伊庭医生那儿，当然知道啊。现在那楼还留在那里呢。"

听老人这么说，苍太觉察到伊庭已经不做医生这个行当了。

"现在，那楼里没有人在住吗？"

"我觉得是这样的。院长病倒了，所以只能关门了吧。过去得

1　Doutor Coffee:1962 年成立，日本有名的咖啡连锁店。——译注。

个感冒什么的病，经常去那儿看呢。那家医院没有了，真是不方便。"

"您知道他们搬到哪里去了吗？"

老人苦笑了一下，摇了摇头。

"好像从谁那儿听说过，不记得了。已经是三年前的事了。那家医院怎么啦？"

"不是医院，而是伊庭先生的家人里有我认识的人。他们家是不是有个跟我同岁的女儿啊？"

"和你认识？"老人看着苍太动了动脑袋，"好像是吧。"

"您不知道吗？"

"我去伊庭先生那儿也就是为了看看感冒什么的，不知道他家里都有什么人啊。如果你想知道详细的情况，去问问绿屋吧。"

"绿屋？"

"是家和式点心店。从前面的路向北走，第一个路口右转，就在那个地方。那家的老板娘和伊庭先生很熟。"

"知道了，那我一会儿过去看看。"

花了点时间品尝了美味的咖啡之后，苍太走出咖啡店。按老人说的，的确找到了那家点心店。一栋开店兼居住的二层建筑，门口撑着红色的塑料棚，下面的布帘上写着"绿屋"。

苍太低头穿过布帘进到屋里，店里摆放着玻璃柜台，里面摆着和式点心。本以为没有人在里面，玻璃柜台对面突然出现了一个人，似乎刚才一直坐在那儿。是一位带着白色头巾的阿姨。她笑着说"欢迎光临"，脸上的皱纹顿时变深了。

如果不买点什么的话，也不好开口问人家问题。苍太将目光转向玻璃柜台，日式馒头、鹿子饼、熬炼点心，无论哪个看起来都很甜。

"买些点心吗？"店里的阿姨问道。

"嗯，是啊。想要点不太甜的。"

"这样的话，水羊羹怎么样？还有，葛粉饼也不那么甜。"

"哦，那么各来一个吧。"

"一个？如果跟别人一起吃的话，各来两个吧。"

"啊，那就各来两个吧。"

"这就对了，难得来一次呢。"阿姨从玻璃罩中取出点心，开始包装，"好久没有年轻人来买点心啦。最近，大家都比较喜欢蛋糕吧。"

实际上苍太也是这样的，但他没说出口。

"请问，您知道伊庭医院吗？"

阿姨停下手里的活计，脸转向苍太。

"知道啊，就在过了这个拐角的地方。但是，医院已经不正常营业了。"

"嗯，我听说了。搬到什么地方了呢……"

"与其说是搬家，不如说是随着主人移走了吧。那儿的主人只身一人去名古屋工作了，不过他本来就是名古屋人。"

"啊？您说的主人，是院长吗？"

阿姨皱了皱眉，摆摆手。

"您在说什么啊。院长怎么可能一个人去工作？是院长女儿的丈夫啊。"

苍太吃了一惊。

"啊？院长的女儿是叫伊庭孝美吗？"

"孝美是外孙女啊。我说的院长女儿是澄子。"

终于弄明白一点了。怪不得刚才在咖啡店里，说院长的女儿跟自己同龄时，店主露出很惊讶的表情。

"您所说的院长是伊庭孝美的外公啊？"

"是啊，你认识孝美吗？"

"嗯，中学的时候……"

"哦……啊？可是她是在女子学校上的学啊。"

果然这个阿姨对伊庭家的事情很了解。

"学校虽然不一样，但夏季的补习班是一起上的。"

"啊，是这样啊。这么说来，你们看上去的确是年龄相仿呢。"
阿姨一下子就相信了。

"我听说院长病倒了，然后医院就关门了，是这样吗？"

阿姨皱了皱眉头。

"如果只是病倒了还好，最后就那样去世了。说是蛛网膜下出血。
活过了八十，不过，能坚持到那个岁数也不错了呢。"

"没有人继承家业吗？儿子之类的。"

"他们家只有一个孩子，就是澄子，所以招了一个养子。但是
对方不是医生。"

那应该就是只身一人去名古屋工作的丈夫了。

"那位澄子女士不是医生吗？"

"她在医院帮忙，但不是医生，是药剂师。按她父亲的意思，
她进了药学部，好像是庆明大学。"

私立名校。伊庭孝美的妈妈看来学业很优秀。

"包好了。"阿姨说着把装有点心的盒子放在玻璃罩上。

"关于伊庭医院您知道的真多啊。"

"那是因为啊，澄子经常来我们这儿。她喜欢茶道，特别喜欢
吃和式点心。"

"那她的孩子怎么办呢，妈妈搬到名古屋去之后。"

"孩子们好像住在其他的地方。据说两个人都进了东京的大学。"

两个人？苍太听了之后想起了什么。孝美说过，她或者她弟弟
得有一个人继承家业。

“您听说他们进了哪所大学吗？”

“没听说呀。那时候小儿子还是高中生，但应该是进入医学部了吧。好像记得听她说过让女儿进入跟自己一样的药学部，不好意思啊，我不太确定。你跟孝美一起上过补习班，问问那时候的朋友吧。”

虽然这阿姨知道得挺多，但似乎现在与伊庭家也没什么来往了。

“嗯，我会的。非常感谢。”

苍太付了账，拿着装有点心的盒子走出店门。意想不到地花了些钱，但得到了比这点钱更有价值的信息。

回到家，玄关的门锁着。志摩子出门了，可能是去买做晚饭的菜了。苍太把装有点心的盒子放在客厅的桌子上，就钻进了自己屋子。他取出平板电脑，开始写邮件。内容如下：

“好久不见，我是蒲生。给你发邮件是因为急需了解一些信息。你在庆明大学药学部有认识的人吗？我想找一个人。如果能问问那儿的毕业生或在校生就太好了。寻找对象是女生。”

标题是“急求信息”。收件人是上高中和大学预备校时候的朋友们。他们中虽然有去庆明大学的，但遗憾的是没有进入药学部的。但是，他依然期待着有谁能够通过某种方式接触到药学部的人。

他还不知道伊庭孝美是否进了庆明大学。但如果她走跟母亲一样的路的话，大学也应该以同一所为目标吧。应该有一半以上的可能性吧，苍太这么估计着。

到了晚上，用晚餐的时候，志摩子问道：“那个点心是怎么回事啊？”

“买回来的礼物。妈妈不是喜欢吃和式点心吗。”

“这是吹的什么风啊。你之前从来没做过这种事啊。”

“没什么特别的，就是一时兴起。”

但是，志摩子还是觉得奇怪："你去东上野干什么去了？"

"啊？"苍太不由得抬起头来。

"盒子的封口上写着店铺地址呢，东上野。"

"啊，这样啊。"苍太收回视线，准备继续吃饭。

"喂，你到底去哪儿了？去东上野干什么去了？"

苍太露出不耐烦的表情，故意把筷子一摔。

"我没去干什么。跟朋友去看东京晴空塔，回来的时候就近散了散步，仅此而已。如果您这么不喜欢我买来的点心，别吃就好。"

"我没在说点心的事情……不是点心……"志摩子投过来充满不安的目光，"你呀，每天到底都在干什么啊。也不去上学，到底准备干什么啊？"

"我说过了吧，我在考虑将来的事情。我也和高中的老师聊了聊。合适的话，想再去别的大学读书。"

苍太无意中说出来的也不完全是谎话。这个想法最近经常浮现在他大脑中的某个角落。

志摩子第一次听他这么说，惊讶地瞪大了眼睛。

"再去上别的大学？"

"还没决定，只是一种选择。"

"真的是这样吗？只是在考虑将来出路的问题吗？"

"是啊，真啰唆。"苍太站起身，完全失去了食欲。

他回到房间，坐到平板电脑面前，心里还有些不舒服。为什么志摩子对苍太去上野的事情这么在意呢？

但是，在查邮件的一瞬间，苍太的思维完全转移到了别的事情上。高中时代的一个叫园村的同级生回信了。信中这样写道：

"你好，我是园村。难得收到你的邮件，还拜托我办这么奇怪的事情，一时间让我有点摸不着头脑。我也算是庆明大学的，但不是药学部，而是工学部，抱歉呐。但是，社团里后辈当中有师弟是药学部的，随时能联系到。但是，女生的信息嘛……那家伙不是什么特别机灵的人，所以没办法保证。对了，蒲生，听说你还在大阪的大学，是真的吗？我好不容易找到了个工作。学校牌子不硬就是不太灵啊。不过，总算是解决了。总之，再联络了。园村。"

邮件读了两遍，苍太露出了笑容。园村头脑很灵光，搞笑的笑话总是说个不停，而且待人很亲切，是可以信赖的人。

苍太马上回信。考虑了一下，写下了深思熟虑过的内容。

"谢谢你的回信。没有忽略我，我就放心了。这件事我希望你别告诉别人。我要找的女生叫伊庭孝美，但是并不确定她是否在庆明的药学部，只能说可能性很大。所以能先向你那个师弟确认一下有没有这个人吗？她年龄跟我们一般大，如果没有复读过，现在应该已经毕业了。然后，如果确定有这个人的话，我希望不要让她知道我在找她。这其中有很多原因。托你办这么麻烦的事，真是不好意思，那就拜托啦。蒲生苍太"

大约一小时后，回信来了。园村似乎立马就行动起来了。

打开邮件的瞬间，苍太全身发热。

"伊庭孝美：庆明大学药学部生理学研究室毕业。恭喜哈，命中了。"

24

听了苍太的话，秋山梨乃睁大了双眼。

"好厉害！居然一下子就调查清楚了！"

"虽然查到了，之后该怎么做我还不知道，好苦恼啊。"

"哎，为什么？你朋友的师弟不是在药学部吗？拜托他，让他帮我们多调查一下呀。"

"但是不能那么做。那个师弟跟伊庭孝美的专业不一样，似乎也没有见过她。而且也不能让人家不求回报地帮我们这么多。"

"嗯……那倒也是。"梨乃用吸管一圈圈地搅着柠檬汁。

两人待在第一次见面的表参道的咖啡店里。因为知道了伊庭孝美毕业的母校，苍太联系梨乃把这件事告诉了她。

"这种时候，要是警察的话就好了。直接闯进学校，跟有关的人问话就行了。亮出警察证的话，没有人会不配合吧。"

梨乃停下手中的动作，看着他："咱们这么干也行吧？"

"什么？"

"就是闯入庆明大学。我们看起来比较像学生，也不会被谁拦下吧。大学里本来就有很多外面的人进进出出的呀。你们大学不是这样吗？"

"嗯，除了警戒特别严的地方，应该还好。"

"对吧。所以没必要是警察。堂堂正正地去药学部的教学楼，找到伊庭孝美待过的研究室，然后进去了就行了。那里肯定有人在，抓住一个人问个清楚。"

"怎么问清楚?"

"那个嘛,肯定有办法的。"梨乃大口地吸着柠檬汁。

"等等,准备现在就过去吗?"

"是啊,有什么问题吗?"

"没问题。"苍太摇摇头,把剩下的冰咖啡一口喝干了。

过了几十分钟之后,两人穿过了庆明大学别具风格的正门。虽然暑假到了,但校园里还有很多学生。体育社团成员们的身影特别引人注目。

"我还以为这里全都是学霸呢,其实也没有啦。"一个穿着嘻哈风的年轻人走过梨乃身边的时候,梨乃这么说道。

"那是当然,不管是哪儿的大学,什么样的人都有。而且,人不可貌相嘛。"

"的确是,但是伊庭孝美就是她看起来的那个样子,对吧?"

"也许吧。"

"我觉得是。她看起来是聪明的美女。你觉得她聪明吗?"

对于梨乃的意见,苍太有着同感。初二的时候,她就已经相当成熟了。

过了一会儿,他们来到药学部的教学楼。生理学研究室在三楼。两人上了楼梯,在走廊里走着。外面的喧闹基本上听不见了。有几个人从身边走过,但都没有理会他们。

苍太来到一扇门前,上面挂着写有"生理学研究室"的牌子。他考虑着接下来该怎么做。

但是梨乃毫不犹豫地推开了门,对着门里面鞠躬说了声"打扰了"就进了房间。苍太慌忙跟在后面。

房间里有个穿着白色大褂的年轻男子,看起来年龄跟苍太差不多大，戴着眼镜，头发理得很短。他面对着桌子坐着，回头看着苍太他们，脸上并没有太吃惊的表情。也许经常会有生人来访吧。

"我们有点事情想问一下，您现在有空吗？"梨乃说道。

"可以倒是可以，什么事情啊？"

"您这儿曾经有个叫作伊庭的人，对吧。伊庭孝美小姐。"

"嗯。"男子点了点头，"有过。"

"她现在怎么样了，您知道吗？在哪儿工作了吗？"

"没，她请了假，预定明年春天回来。"

"请假……是怎么回事？"

"原计划她会留在这个研究室。但是因为家里的事，她延期了一年。"男子说完后，一脸狐疑，"你们是？"

终于被怀疑了。但是，梨乃淡然若素，说出来的话让旁边的苍太吓了一跳。

"我们是电视台的人。"

男子似乎也感到很意外，又问了一遍："电视台？"

"希望您能帮我们保密，有位男士对伊庭小姐一见钟情，想尽办法想把她找到，然后跟她求婚。我们作了很多调查之后终于查清楚她在这里。"

苍太在旁边听得一身冷汗。她究竟是什么时候编出这么一段话的啊。

但是，那个男子听完之后似乎相信了，不由得笑了一下。

"啊，好像有挺多这种节目的。"

"让您见笑了。"梨乃微微欠身。

"是哪家电视台啊？新节目？"

"啊，实际上还在构思中，会怎么继续下去我们也不知道。所以希望您能帮我们保密。"

"哦，这样啊。"男子露出失望的神情。

"所以，如果您能告诉我们在哪儿能碰见伊庭小姐，我们感激不尽！"

男子摇了摇头。

"不知道啊。我和她不是很熟。"

"那么您知道她的联系方式吗？"

"联系方式我查一下应该能知道，但没办法随意给二位查看，因为有私人信息保护法嘛。如果你能留下一张名片，下次她来的时候我跟她说。"

"啊，那样的话有点不太好。因为我们想暗中进行，不想让她知道。"

"哦，也是啊。"男子耸了耸肩，"总之我只能回答这么多了，不好意思，你去别的地方查查吧。"

"这儿的研究室里也有其他人吧。大家今天都不来吗？"

"这个……应该不来吧。"

"有没有跟伊庭小姐关系很好的人呢？"梨乃接着问道。对于她那份执着，苍太惊叹不已。

男子明显地变得不耐烦了。

"我都说了这种事我不太清楚。我跟她的研究方向也不一样，我们的指导教授也不是同一个人。既然那么想知道她的情况，不如你们翻翻她的桌子好了。"

"桌子？"

"在那儿。"他用下巴指了指窗边的桌子，"反正她还要回来，所以桌子就没动。"

"我们能随意看吗？"

男子撇撇嘴，鼻子哼了一声。

"我觉得不会放什么不能让别人知道的东西吧。实际上，也经常有人打开抽屉随便使用那些办公用品。"

"那我们就不客气了。"梨乃说着走近桌子。"但是，"男子叮嘱道，"不要在我眼前看。一会儿我会空出足够的时间让你们看，我回来之前希望你们把一切恢复原样。这样不管被谁看见，都不是我的责任。"

"啊，好的，我们明白了。"梨乃耸着肩。

男子站起来脱掉了白大褂，把它往椅子的后背上一搭，就快步走出房间。

梨乃快速打开桌子的抽屉。苍太也走了过来。

"好幸运，幸好碰上好人了。"梨乃说道。

"先不说那个，我真被你的演技吓到了。如果你准备那么说的话，就事先告诉我啊。"

"因为那是突然想到的嘛。"

"突然想到……"

"我们没有时间闲聊了。快点看看有没有什么线索。"

两个人看了抽屉里面。可是，就像那个男子说的那样，里面没放什么重要的东西。有几本文件夹，里面放着总结好的实验数据。关于伊庭孝美的个人资料没有任何补充。倒是有一个写着计划行程的台历，但是是去年的。

"果然没戏啊……"

苍太叹气的时候，梨乃把台历递了过来，说："来，你看看这个。去年十月份的。"

"什么呀？"

"这里啦。"她指了指十月九日的那一栏，那一天记录着"胜浦"。然后从那一天开始画了一个箭头指向周末那天。

"胜浦……好像在哪儿听过。"苍太刚说完就突然想起来了，"啊！在工藤之家……"

"没错，墙上贴着的工藤明先生别墅的照片。知基说过，地点是千叶的胜浦。"

就在二人相互对视的时候，一声干咳传了过来。他们惊讶地回头一看，刚才的男子在瞪着他们。

"我应该说过在我回来之前恢复原样吧。"

但是梨乃好像没听见这句话似的，拿着台历就向他走去。

"这个是怎么回事啊？去年十月，伊庭小姐去胜浦了吗？"

面对她这架势，男子往后退了退。

"啊，这个啊。是啊，她说是因为研究告一段落，所以出去旅游……我还以为是出国旅游呢，没想到去那么近的地方，还觉得有点儿扫兴。"

"为什么去的是胜浦呢？"

"不知道，那种事谁知道。具体的我也没问。"

"非常感谢。"梨乃说着就向门口走去，台历就那么拿在手里，但男子似乎也没有追究的样子，可能是有点无语了。趁着这空当，苍太也走出房间。

大学的食堂开着，他们坐在角落里。

梨乃问道："你怎么想的？"

"应该不是毫无关系吧。"苍太回答，"伊庭孝美开始出入工藤之家是在去年年末，如果是偶然的话也太巧了。"

"她因为黄色牵牛花想要接近我爷爷，于是进了'钟摆'乐队，这是我们到目前为止的推测……"

"在那之前，她大概想到首先应该跟工藤明先生搞好关系。她从网上知道工藤先生在胜浦有别墅，然后就直接过去了。但是可能没有想象中的顺利吧。"

"所以，她就频繁出入工藤之家，对吧？"

"虽然目前还不能下定论。"

他们聊着聊着，越来越觉得除此之外没有别的可能性了。苍太和梨乃相互看着对方，不约而同地点点头。

"看来必须得去一趟了。"苍太先开口，"去胜浦。"

"我看也是。"梨乃同意。

25

早濑合上文件夹，里面哪页里有哪张照片他已经记得清清楚楚了。他靠在椅子背上，眼睛涩涩地发疼，脖子僵硬无比。他把双臂使劲向上伸一伸，打了个哈欠。

他的斜对面坐着一位叫石野的年轻警察，两人目光相遇时，身材高大的年轻警察苦笑了一下。

"您看起来很累啊。今天早点回去吧。"

早濑看了看手表，刚过晚上八点。

"是啊，也不是说在这儿加着班就有线索自己送上门来。"

石野望望四周，确认旁边没有人在之后，站起身来。

"最近，一科的人好像都没在值夜班。"

早濑"呼"地从鼻子里呼出一口气："大概是吧。"

"会怎么发展呢，这个案子？"

"谁知道啊……"早濑扭扭脑袋。

连着好几天，他们一直在开破案会议，但是报告上来的内容一天比一天贫乏。

现在，调查的重点放在了今年春天在世田谷区发生的抢劫案件与这个案子的关系上。抢劫发生在独居老人的住宅，案发时间、乱糟糟的作案现场等等都存在着共同的地方。本来应该与早濑搭档的柳川也全身投入到那个案子去了，一个人到处查来查去的，跟早濑连招呼都没打一声。但这对早濑而言也不算什么坏事。

他觉得这个案子跟世田谷的那个案子没有任何关系。那个只是单纯的抢劫，没有杀人。而且更重要的是，没有黄色花被盗的现象。

但是，也不能去责备这次案件的负责人。他们不知道盆栽被盗这回事儿。或许他们也接到过汇报，不过他们肯定认为跟案件没什么关系吧。只要早濑不说，他们就不会把案子跟盆栽被盗联系在一起。

也许黄色花是解决案件的最关键一步。要想解决在自己管辖区内发生的这个案子，就要牢牢把握这个关键线索。

如果想做交易的话，就准备好该准备的牌吧——蒲生要介的话一直在他脑海中回响。那个人一定知道些什么。或许他已经发现了案子的真相。如果是那样的话，找他问清楚或许就是破案的捷径。

什么样的王牌才能击败蒲生要介的防线呢？

早濑一边思考一边重新审视了一遍整个案子。联系秋山梨乃去现场检查也是其中的一环。

但是至今为止没有抓到什么线索也是事实。好不容易掌握到了黄色花这个关键之处，但之后却一步都没有向前迈进。

早濑把放在桌下的文件包拿起来，把文件往里一塞，跟石野说了声"先走了"，便站起身。

"啊，辛苦了。"

石野对着电脑，似乎在写报告书。他现在也在追查秋山周治的人际交往。早濑从后面看了一眼，停住了脚步，因为石野写的内容吸引了他的注意力。

"在大学里出现过？被害者吗？"

"是的。"石野转过身来面对着早濑。

"大概一个半月之前吧。被害者去了母校的研究室，跟与他同期的教授见了面。"

"被害者的大学是……"

"帝都大学，农学部生物学科。现在名称改了。"

"他是为了什么事情去的？"

"不是什么大事，好像是做什么检查。"

"什么样的检查？"

"嗯……"石野将目光落在手边的记录上，"DNA 检验。他带了植物的叶子去，说是想做种类的识别。因为不是什么特别复杂的事，所以对方就接受了。"

"是不是什么特殊的植物啊？"

"不是，据说只是牵牛花的一个种类而已。"

"牵牛花……"

"不是普通的牵牛花，是会多发变异的一个种类。那个教授说，一眼看上去或许都认不出是什么花，大概就是因为这样，秋山才会去拜托他做检查。"

"那之后呢？"

"秋山去取报告书的那天是他最后一次出现在大学。据说从那之后，他连电话都没再打过了。"说完之后，石野好奇地抬头望着早濑。

"您对这件事很感兴趣吗？好像跟案子没有什么关系吧。"

"啊，没有。"早濑轻轻一摆手，"因为在开会的时候没听到过嘛。"

"可能是因为没有重要到要在会议上说吧。我们股长说，在会议上说这个是浪费时间。"石野耸耸肩。

"噢……打扰啦。那就明天见啦。"早濑轻轻拍了一下石野的肩，便离开了。

他一边走一边思索石野的话。秋山周治送去做 DNA 检验的植物应该就是那朵黄色的花。那个原来是牵牛花啊。早濑一直以为是什么特殊的花，所以感到很意外。

但是，秋山周治本人也在不知道那是什么种类的花的情况下培

206 \ 梦幻花　むげんばな

育出那种花。这种事不能不弄清楚。秋山周治为什么要做那种事？
还有，种花是需要种子的，他的种子是从哪里来的呢？

　　他本来计划彻查秋山先生的人际关系，但目前还是有很多不知
道的事。早濑深深地感到自己一点都没有把握到被害者的情况。

　　早濑在站台等车的时候，电话响了。他看了一眼屏幕，一时间
忘记了呼吸。是裕太打来的。从某种意义上来说，他是早濑现在最
不想说话的人。不过他还是按了接通键，说了一声："喂。"

　　"是我，裕太。"

　　"嗯，我知道。"

　　"打扰了，现在说话方便吗？"

　　"方便，怎么了？"

　　稍稍顿了一下之后，"关于案件，"儿子说，"现在是什么状况？"

　　"嗯……"撒谎也没什么用，"遇到瓶颈了，老实说。"

　　"果然是这样。"

　　"什么，什么果然。"

　　"因为上网看了看，完全没有什么追踪报道。"

　　儿子似乎一直都对案件很挂心。

　　"并不是没好好查。"

　　"我知道。但是没抓住犯人就没意义。"

　　成了中学生之后，裕太说话也变得不管不顾了。但因为早濑没
法反驳，儿子的话更让他光火。

　　电车到了，车门打开。但是早濑继续跟儿子打着电话。

　　"我会抓到的。"

　　"是吗？"

　　"嗯，是的。爸爸一定抓到。"

　　他听见儿子"呼"地吐了一口气。

"那个无所谓。爸爸能抓到的话当然最好，但谁抓到都无所谓。我希望案子不要陷入僵局就好。"

对于父亲能在管辖区内的工作中立功，儿子似乎已经放弃了。肩上的重担也应该有所放下才对，但早濑觉得内心的负担更重了。

"我知道。我一定能抓到。"

"嗯，拜托了。"

"打电话就为这件事吗？"

"就这事儿。那，加油吧。"

早濑回答了一句"知道了"便挂了电话。他感到自己的口中有种苦涩的味道在蔓延。也许对于案件没有进展这件事，裕太已经麻木了，所以才打电话过来。无法回应儿子的期待，让他感到很烦躁。

下了电车，他在车站旁边的便利店里买了便当之后便往回走。突然他想，自己过这种生活要到什么时候啊。回到没有人等待自己的房子里，也没人给自己做饭，没人跟自己说话，只能把自己疲劳的身体扔在狭窄的床上。

即使是这样，现在也还好。醒着的时候即使是一个人，也还有单位可去。但是，退休之后会怎么样呢？在那间单身公寓里，做什么来度过一整天呢？

一想到这些事，秋山周治就浮现在他的脑海里。那个老人以前是怎么度过一天天的？据秋山梨乃说，陪伴秋山老人说话的只有那些花，光有那些花真的能满足吗？

早濑想，如果能在他活着的时候多听他说说话就好了，现在后悔，就是因为自己并不是没有这种机会。他曾经帮助过儿子，至少应该正式地登门拜访一次才对。而且裕太好像还写了感谢信……

早濑停住了脚步，因为他突然想到了一件事。他从衣服里面的口袋中取出手机，按了几个按键。

"喂。"他听到了裕太的声音。

"是爸爸。我有点事拜托你，能听我说说吗？"

"什么事？"

"你给秋山先生写了感谢信对吧。他给你回信了吗？"

"回了啊，怎么了？"

"那个回信能给我看看吗？还是说已经扔了呀？"

"没扔。但是为什么要看那个呢？那个对案件有帮助么？"

"还不知道。只是，想多知道一些秋山先生的事情。"

"啊，这样啊……"

"行吗？不想给我的话不勉强。"

"不是不想给。那这样的话，其他的信也要看看吗？"

"还有其他的信？"

"有一两封。还有贺年卡之类的。我们每年都互相寄贺年卡。"

这是早濑完全不知道的事情。他再一次深感自己是个不合格的父亲。

"我一定要看看。"

"知道了。我送到哪儿给你？"

裕太的声音听起来有些开心。也许是因为自己能够对破案有帮助，所以兴奋起来了吧。

"今天的话太晚了。而且，你妈妈不会有好脸色吧。"

"那怎么办呢？"

"你能把那些信、明信片拍成照片吗？然后用邮件发给我就行了。"

"啊，对。明白了，我试试看。邮箱地址没变吧？"

"没变。"

"那么，一小时之内就发。"

"嗯，拜托了。"

他一边挂断电话一边迈出步子。裕太倒是情绪高涨，但是他并没有期待读了秋山的信件之后，能得到什么线索。他只不过是为了满足自己才想看一看，为了自己今后的人生。

回到住处，早濑正胡乱吃着从便利店买来的便当，放在桌子上的手机震动了一下。好像是裕太的邮件到了。

他放下筷子，开始查阅邮件。裕太给邮件加的标题是"来自秋山先生的信"。在正文的部分写着："如果看不清的话给我发短信，我再发一遍。拜托了。裕太"

打开附件，出现的第一张图片里，信纸充满整个画面。像素很高，所以扩大之后能看得很清楚。只是需要移动画面来看。

这张好像是给裕太的感谢信的回信，正常的客套话之后，秋山这样写道："前几日接到你彬彬有礼的感谢信，谢谢了。"然后下面继续写道："我听说最近的年轻人都不用纸笔写信了，所以读了你认真的亲笔信之后，特别感动，而且非常感谢。这应该是你父母教育的成果吧。"

早濑读着秋山的信，感到很羞愧。先不说孩子母亲，做父亲的自己对孩子基本没有任何教导。如果非要说有什么，也只能算是反面教材。

之后，信里面写道，裕太可能会因为遭到了不公正的待遇，开始不信任别人，但世间还是有很多好人的，所以绝对不能悲观，要对未来抱有希望地生活。读过之后，早濑的心底涌上一股暖流。他觉得本来应该是由自己来跟儿子讲这番话的，对于秋山的感谢之情到现在才自心底涌出。

早濑还看了其他的附件。就像裕太说的，他们每年都互赠贺年卡。秋山周治并不写那些泛泛的新年问候，而是写一些对十几岁的年轻人有用的、有深意的话。"觉得很痛苦的时候，你就想着，因为这痛苦而成长了一步。这样的话，就又能迎来美好的一年了吧。"——真是让人很想拿来用在其他地方的好句子。

还有一张书信的照片。开头是"谢谢你前几日的来信"，看起来像是对裕太来信的回信。

接下来，信中这样写道：

"对于你父母分居的事情，我能想象你很苦恼。就像你说的，这种'生离'是跟'死别'不同的痛苦。你虽然没有详述，但是我能够猜到大概的情况。"

早濑有点不知所措。裕太似乎把父母不和的事情告诉了秋山老人。虽然觉得家丑不可外扬，但他意识到对裕太而言，秋山已经是无话不谈的对象了。

"但是，作为你的父母，他们绝非不懂得你的心情。虽然只有一面之缘，但是我能够很清楚地感受到他们对你的那种发自内心的关怀。也许他们也经常烦恼是否应该为了你而像过去那样三个人继续生活。但我认为，他们之所以没有这样做，是因为他们并不确信这个选择是正确的。"

读着信件，早濑觉得像吞了铅块一样，心情变得很沉重。裕太当然知道父亲会读到这封信。或许他希望父亲读了这封信之后，能稍稍有一点觉醒吧。

"我明白你痛恨父亲的心情。可是要我说的话，世界上大多数的男人作为家庭的一员来讲都是不合格的，总会在失去了之后才意识到那是对自己来说最重要的东西。我也是这样。以前的我完全没有照顾到家庭，一心扑在自己的研究上面，没有意识到妻子的身体一日不如一日，而当她病倒在床的时候已经晚了。就算是这样，妻子一句抱怨也没有。为了我能得出研究成果她一直在悄悄地戒茶，而这件事是她去世之后我才知道的。

"我认为你的父亲现在已经意识到了自己的过错,应该感到万分自责了。而且既然他已经作出了选择,我们难道不应该去尊重他的抉择吗?

"也许你不太能理解,但是我希望你能明白,在一生中,人都是会犯错的。"

读到文章的结尾,早濑心情很复杂。秋山周治巧妙地为早濑的内心作了辩护,令他感动。但是另一方面,他觉得自己的苦恼只不过是一些平凡的小事,一种无力感猛地向他袭来。

本以为这封信就这样结束了,但是后面还有一张照片。上面写着附言:

"又及,妻子死后我也戒茶了。至少当作赎罪罢。"

早濑随意地浏览着文字,突然注意到"戒茶"这个词。他拿起手机查了查这个词。

戒茶——在向神佛祈愿时,为表诚心,在一段时间内把茶戒掉。

咦?秋山周治在戒茶啊。

秋山梨乃说过,爷爷喜欢喝速溶咖啡,所以才让她买西式点心的。

不是这样的。他是不能喝日本茶,取而代之才喝咖啡的。

但是现场留下的茶杯里面有茶,茶杯上只有秋山周治的指纹。为什么会这样呢?秋山周治已经又开始喝茶了吗?

早濑抓过手机站起身。从便利店买来的便当还剩一大半,但他已经完全没有胃口了。

26

　　上午十点，苍太与梨乃面对面地坐在去往胜浦的车上。已经到了暑假，他们本以为会有大量的游客，但车上却几乎没看到什么乘客。也许是因为不是周末，或者也有可能要等到盂兰盆节假期的时候，人们才会全家一起出行。

　　苍太在手机中调出谷歌地图，是千叶县胜浦市的地图。上面有一个地方作了一个标记。

　　"工藤明的别墅就在这里。交通非常不便，我们租车去吧。"

　　"你把他的住处调查得挺清楚嘛。"

　　"稍微费了点工夫，不过不算太困难，因为有这个。"

　　苍太从包里取出一张照片。上面是工藤明的别墅。是梨乃去店里，翻拍了"工藤之家"墙壁上贴着的那张照片。苍太让她把照片发过来，然后他把照片存到电脑里，打印了出来。

　　梨乃在翻拍的时候跟店员说，最近她有去胜浦的计划，如果有时间的话想绕道去看看，所以拜托店员告诉她具体的地址。但是如她所料没能打探到地址。虽然工藤明已经不是人气最鼎盛的时候了，但还是有很多粉丝的，肯定不会把地址随便告诉别人。

　　梨乃看到照片，偷偷笑了一下。"我总觉得，他们有点像什么奇怪的团伙。"

　　她这样说也是有道理的。照片上的人把眼睛都涂黑了。

　　"这也是没办法的事。这得给好多人看呢呀。工藤明照了这张照片之后，那些人肯定会被东问西问的。"

"好多人？"

"房地产公司。更准确的说法应该是郊区物业管理公司吧。"

"郊区物业……东京有这种公司吗？"

"有啊，实际上，"苍太指着这张照片说，"这所房子很旧，这是工藤几年前买的，你觉得他为什么要特意选这种旧房子呢？"

"大概是因为位置好吧。"

"这也是个原因，不过不是最主要的原因。其实，我上网找到了工藤明的官方网站。里面有一个'田间报告'板块，是专门记录他在别墅生活的博客，虽然没有建筑物本身的照片，但是上传了建筑物周围景色的照片，还有他们排练时的照片什么的。读了那些文字之后，就能清楚地知道工藤购买别墅的经过。据这些资料来看，工藤似乎从以前开始就很憧憬田间的生活，而且他一直很想在旧民宅里住一住。"

"哦？特意想住旧民宅？好奇特。"

"这种人不少呢。你搜索一下'旧民宅'，就能看见网上有好多相关的物业信息。憧憬田间生活的人们似乎都在寻找过去的那种日式房屋。"

"这么说工藤也是其中之一。"

"你说对了。根据博客上说的，他似乎一直在寻找那种被自然包围，不用在意周边的人，能痛快地玩音乐，而且最好附近还有高尔夫球场的房子。"

"胜浦的别墅完全符合条件。"

"就是这样。但是博客上只说他们终于找到了合适的房子，没说是怎么找到的。但是找房产这种事应该是拜托房屋专营公司吧，所以这栋房子以前肯定也作为出售房产公开过。我调查了一下，在东京没有几家房屋专营公司。第一家说除了现在出售的房屋信息之外，其他的一概不知，拒绝了我。但是第二家的店员耐心地为我调查了过去卖出的房屋的情况。因为知道胜浦这个地名，所以寻找这个房子没花多长时间。"

"原来如此啊。"梨乃佩服地晃动着脑袋，"蒲生君果然很聪明。"

"什么呀，突然这么说。"

"我之前就这么想的。从什么时候来着，好像是去找牙科医生的那一次。你在大学里研究跟科学有关的东西，跟我可不是同一种人。"

苍太"呵呵"地嘴角微微一弯，似乎想挤出一丝自嘲的笑容。

"我把时间都浪费在没用的事情上了，没有任何用处的研究。"

"是吗？什么研究？啊，就算问了我也不懂吧。"

"啊，不是的。要是知道了我在做什么研究，你肯定也会觉得是在浪费时间的。"

"什么呀，到底是什么研究？别卖关子了，告诉我吧。"

"我没想卖关子。我研究的就是臭名昭著的核能。"

"啊……"梨乃发出了一声听不出起伏的感叹，"核能啊，那的确很敏感。"

"别人问我是研究什么的，我总难以启齿。一个只会搪塞敷衍的研究者，这就是我们这群人。不过，自作自受吧，因为没有先见之明。"他听见自己在徒劳感叹，不禁觉得很悲惨。

"你说你把时间浪费在了没有用的研究上对吧，那你要放弃研究吗？"

"有关核能的部分可能不能再做了。不过这不是什么能随便改行的专业，至于今后该怎么办，我还正在思考中。目前就是个无业游民。"

"就算是优秀的人才，搞错了方向也真够窝心的。"

"所以我不是什么优秀的人才。"苍太皱了皱眉，"你说人种不一样什么的，也许是这样的吧。要让我说的话，以奥运会为奋斗目标的人才真是无敌的宇宙人呢。"

梨乃大幅度地撇了撇嘴："我现在没有再为那个奋斗了。"

"但是你曾经为它奋斗过是事实啊。真的很了不起。"

"没什么了不起的，只是对自己的能力产生了错觉而已。被周围鼓动，觉得自己很不错而已。我才是那个浪费时间的人。"

"不是啊。那段经历肯定对你今后的人生……"

"你好啰唆啊。"梨乃露出不友善的目光，发泄似地说着，"我的事情你什么都不知道，还说些自以为是的话。我已经得出结论，彻底了结这件事了，不用你给我什么意见。"

"啊，我其实也不是给什么意见……"

但是梨乃一副完全不想听他继续讲话的样子，把脸扭到一旁，看着窗外。愤怒和不愉快从她的侧脸中流露出来。

"对不起……"苍太道歉道，"就像你说的那样，我对你的事情几乎什么都不知道，还自认为相当了解你曾经活跃在游泳界，其实那不过是表面现象吧。我刚才说多了，对不起。"

但是梨乃没有反应，就像没有听见似的，继续凝望着窗外。苍太叹了口气，拿出手机查看预约了的租车公司的地址。

梨乃小声说了些什么。"嗯？"苍太看着她，"你说什么？"

"你会游泳吗？"她慢慢地把脸转过来，"蒲生君，你游泳游得好吗？"

"平常水平吧……"他转着脑袋说道。

"一百米大概用几秒？"

"啊？没测过一百米。高中的时候倒是测过五十米。"

"多少秒？"

"多少来着……"苍太将双臂抱在胸前，"好像是接近一分钟吧。"

梨乃说："我一百米一分钟之内能轻松完成。"

苍太睁大眼睛："这么厉害！"

"但是我最后留下的记录是一分十秒。那是在正式的比赛中。"

"……当时发生什么事情了吗？"

梨乃大大地叹了一口气，伸出右手五根手指。

"离终点还有五十米的时候，我确信自己能拿第一名，甚至觉得会突破自己的记录。但是突然，意外的事情发生了。整个世界开始天旋地转。"

"整个世界？"

"我突然找不到自己前进的方向了。而且，水中的我突然忘记了自己该做的动作。我陷入了恐慌之中，手脚乱动，在旁边看着的人们以为我抽筋了。我总算勉强到达了终点，成绩就是刚才说的那样。之后我立刻被送到了医务室。那是很糟糕的一次比赛。"

"原因是什么？"

"医生说也许是心理原因造成的眩晕，但是归根结底原因不明。比赛结束之后我就恢复了原状，那时候的情形我记得也不是很清楚了。"

"之后呢，还有过那种症状吗？"

"在水外面没有过那种症状。"

对于这个回答，苍太吸了一口凉气。

"在水中，也曾有一段时间没发生过这种状况。我和以前一样能游泳，计时结果也不错。我以为自己完全没问题了，但是在一次教小朋友游泳的志愿者活动中，我给大家做示范。我自如地从游泳池的一端游向另一端，因为不计时，所以也没有压力。但是突然，那种感觉又出现了。"

梨乃说"那种感觉"的时候，加强了语气。

"大脑中快速旋转的感觉。我本来应该表演自由泳的，感觉不知什么时候起变成了仰泳。我想，糟糕了！我立刻停止了游泳。幸运的是，谁也没有注意到，还有小朋友给我鼓掌。我向他们招手，却难以掩饰自己表情的僵硬。内心空空的感觉。后来又发生过几次相同的情况，游到一半时什么事也没有，一接近终点就开始眩晕。渐渐地，我开始害怕下水。"

"没去医院吗？跟教练聊过吗？"

梨乃烦躁地摇摇头。

"精神科、心理治疗内科、神经内科、耳鼻喉科……看了好多地方。但都未果而终，他们都说是心理方面的原因，可是谁也没办法解决。教练也是这样，给了我很多精神方面的建议，对我而言没有任何效果。所以我决定按照大多数医生说的那样，暂时先不下水，不去想游泳的事情。作为治疗来说，这么做的确是正确的，因为自从那以后，一次都没有再眩晕过。"

苍太听着听着低下头去，不知道该说些什么。

"但是你不要同情我。不再游泳了之后，要说我最讨厌的，应该就是大家总在照顾我的心情。我无法接受大家那么小心翼翼、提心吊胆地对待我。"

"嗯，我懂。"苍太依旧低着头说着。

"残酷的是我这一抉择剥夺了很多人的梦想，特别是我父母。他们一直很想让我走这条路来着。他们听说我放弃游泳了之后，那副失落的样子，真是让人受不了。周围的人都同情他们，安慰他们。因为我就是个不孝女。"

"你想得太多了。孩子不是为实现父母的梦想而生的。"

"但是，父母把梦想寄托在孩子身上也是正常的啊。梦想实现不了，他们感到失望，也不能怪他们。"梨乃说着，"呼"地叹了口气，表情变得很落寞，"话虽这么说，还是很难过的。不能游泳了之后，家也不怎么回了，也不愿意跟朋友见面，因为我的大部分朋友都是通过游泳认识的。放弃游泳之后才发现，把游泳从我生命中拿走之后，我什么都不剩了。没有要去见的人，没有要去的地方。好惨哪。"

听着这些话，苍太突然想起一件事。

"难道是因为这样你才去找你爷爷的？"

她无力地点点头。

"小的时候，爷爷比谁都更支持我。只要有比赛，就算是有些远的地方，他也会赶过去看的。但是爷爷一次都没有说过奥运会的事情，只说喜欢看我游泳的样子。我放弃游泳之后，他一次也没问过我为什么要放弃。他一定比谁都难过。我觉得也许爷爷能明白我那时候的心情。他觉察到了那种我不知如何面对今后的生活、且不能跟任何人说的痛苦困境。"

梨乃从包里拿出手帕，擦拭着眼睛。

"就算是为了你爷爷，也一定要解开黄色牵牛花之谜。"苍太说着。

"嗯。"梨乃回答着，用充满血丝的眼睛望着他。

"我们似乎挺相像的。在自己坚信的道路上拼命地努力，不知什么时候却迷路了。"

"完全一样啊。"苍太回答道。

27

从车站出来，走几分钟就到了租车公司。他们预约的是省油、好开的小型车。苍太和梨乃一同钻进车里，苍太在车载导航仪上输入目的地，小心翼翼地把车开了出来。真是好久不开车了。

在两旁小商店林立的站前大路上直开了一会儿，他们来到了一个十字路口。看地图标志，从这儿左转之后，沿着前面的路要走十二公里。路上交通并不拥挤，苍太开得轻松起来。

"刚才不是说起工藤的官网吗，我看了之后得到了一些信息。"苍太认真地看着前方，开口说道。

"比如说？"

"首先，胜浦对于工藤而言并不是什么特殊的地方，只是符合他要求的房子刚好在胜浦而已。而且，在博客上，他们没有明说胜浦这个地名。我查找了一下，在网上根本找不到工藤在胜浦有别墅的相关信息。"

"你的意思是？"

"在最根本的地方出现了疑问。如果伊庭孝美是为了接近工藤而去别墅，她是怎么知道别墅在胜浦的呢？她在'工藤之家'现身也是在去胜浦之后。那她去胜浦之前也不可能看到那张照片啊。"

"不知道。或许她的朋友里有工藤明的铁杆粉丝吧。铁杆粉丝可是什么都知道。"

"但是，就算她从哪儿弄到了别墅的地址，为了亲近工藤明而突然造访也太不自然了。因为地址没有公开，所以也没有设警卫。比起那里，'工藤之家'却是实实在在的社交场合，去那儿不是更好吗。事实上，她最终也就是在店里见到工藤的。"

"那么，怎么回事呢？"

"嗯……"虽然还只是假设，没有整理清楚，但苍太还是把自己的想法说了出来，"你有没有想过，情况是反过来的。"

"反过来的？"

"能不能这么想，伊庭孝美去胜浦的目的不在于工藤，但由于某些事情，她不得不去接近工藤。"

梨乃沉默了，或许在思考苍太这种假设的可能性。

"比如，"他说，"如果她是以那栋旧民居为目的的话，会怎么样呢？"

"旧民居，工藤的别墅所在地？"

"是。刚才我也说过，工藤跟胜浦这个地方的交集也只有这栋别墅。去胜浦的伊庭孝美如果是以此为契机，去接近工藤的话，那就一定和别墅有某种关联。或许她对那间旧民居也有兴趣。"

"你的意思是，她也想买那栋房子？"

"也许吧。比如因为某种原因，她需要得到那栋房子。但是去实地看了一下，发现房子已经是别人的了，因此她开始调查房子的主人，接近他——这样想来，她的行动也算是能解释了。虽然这里面还有很多疑点。"

"她使用假名字的事情呢？如果她想要那栋房子，直接跟工藤交涉不就行了吗？而且还有一点，如果是那样的话，就没办法说明她为什么要进入'钟摆'乐队了。她的目的不是为了爷爷的黄色牵牛花吗？她不是为了这个目的才先接近工藤的吗？"

对于这一连串的问题，苍太不禁念叨着："很遗憾，这些问题我现在一个都回答不上来。或许事情比我们想象中的更加复杂，彼此交错在一起。但是我只能说一点，伊庭孝美想做的是不能公之于众的事情，所以她一看见我就消失了。"

"总感觉她没在做什么好事，虽然我不想说你初恋女友的坏话。"

"没关系，我也是这么想的。如果她在做正当的事情，就没必要用假名字了。她莫名消失也很奇怪。"

"……是啊。"梨乃有所顾忌地答道。

走着走着，驾轻就熟的驾驶感觉回来了。苍太一边操作着方向盘，一边思考着各种各样的情况。怎么才能知道伊庭孝美的目的呢？假设跟工藤明的别墅有关，到了那里，如果只是从房子外面看一看的话，是什么问题都解决不了的。

根据伊庭孝美的台历上的记录，她有一周的时间一直待在胜浦。她为什么要在那儿待上那么长时间呢？

他跟梨乃说了这些问题之后，梨乃也表示同意："这么说来的确是啊，如果只是因为想买旧民居而事先去看房子的话，一般不会花那么长时间吧。"

"是啊。"

梨乃的意见突然给苍太提供了一点线索。如果要买旧民宅的话，至少应该提前来转一转。

"没错！"苍太不经意地脱口说道。

"你想到了什么吗？"

"无论如何，我们先打探一下别墅的周边。也许有人见过伊庭孝美。"

"哇，好像警匪片一样。"

"我先提前说了啊，你千万不要再给我上演什么奇怪的戏码了，可别跟在庆明大学的时候那样。"

"为什么呀？那会儿我做得不是很好吗？"

"那只是运气好。如果被怀疑了，告到警察那里，那事情就大了。"

梨乃大声咋咋舌头，一脸扫兴地回答："知道了。"

沿着同一条路走了将近三十分钟，车载导航仪终于提示要右拐了。这是一个没有红绿灯的路口，前方是非常窄的路。苍太一边感到不安，一边转着方向盘。小路的左边有一条河，右侧压着一座山，眼前是一望无际的田地。没有看到前面有民居的迹象。

"哇，居然是这种地方，什么都没有啊。"

"在这儿的话，就算弄出很大声音也不会给周围的人添麻烦。"

车载导航仪报告他们已经到了目的地周边。之后需要自己找了。

"这个导航仪真不靠谱，开什么玩笑，竟然把我们放在这种地方。"

"光看照片的话，感觉那房子应该在相当偏僻的地方。"

"就算是那样，现在已经没有路了啊。"

看看前方，铺好的柏油路马上就要到头了。再往前也有路，但那是杂草横生的野道，而且更窄。若再往深处走，车子开不回来的话就糟糕了。

"啊！是那个吧！"梨乃大声说。

苍太踩住刹车，向她指的方向看去。

满是杂草的平地前方有一片小树林，被小树林包围着的是一座平房。仔细看看，有一条杂草被清理得很干净的小路，那条路向房子延伸过去。看样子车子也能开过去。

"过去看看吧。"苍太把车子停下来。

几分钟以后，两人来到这座平房面前。苍太比对着照片，点点头。

"没错，就是这家。"

胭脂红的房顶，用木头复杂地组合而成的墙壁，格子窗，完全跟照片里一样。要说有什么不一样的，就是周围的树木颜色不大一样而已。

房子前面留出了适当的空间，普通轿车的话可以轻松地停放五辆。但是分不清究竟到哪里是住宅用地。也许从铺好的路的尽头开始一直到房子周围的平地全都是私家用地，如果是这样的话，至少有四百坪了。

玄关处安着大门，旁边装着一个跟这个房子不太协调的新对讲机。苍太试着按下了对讲键。能听见屋里的铃声。但是等了许久也没有人出来应答。

两人转到房子的背面看了看，有一个用混凝土和砖头搭成的台子，也许是用来烧烤的。旁边放着一个装有二十个空啤酒瓶的箱子。能够想象工藤他们一边吃肉，一边喝酒，一边谈论音乐时的热闹场景。

苍太又看了看整个房子。虽然从外面看像是乡村的古旧民宅，但屋子内部被翻新布置得便捷舒适。

"有这么个东西。"梨乃捡来一本旧杂志，是音乐杂志。

"这肯定就是工藤的别墅了。"苍太看看四周，"虽然说要在这附近打听打听，但连个可以打听的人都没有呀。"

"回到国道看看吗？"

"看来只能这样了。"

他们上了车，慢慢地沿着来时的路往回开。

"那房子是怎么回事啊，"苍太一边开车一边说道，"为什么那么突兀地孤零零只盖一栋？"

"过去也许是有村子的吧，但是由于人口越来越稀少，就变成那样了吧。"

"就算是这样，为什么只有那一栋房子留下来了？"

"也许是以前住在那儿的人家不愿意离开吧。"

"也许吧。我觉得那真是个很不方便的地方。"

"各有所好嘛。"

回到国道上，两人想寻找能够问问情况的商店。如果有那种从很久以前一直经营到现在的老商店的话，就最理想了，但他们来来回回无论怎么找都找不到，没办法，只能进了眼前的这家便利店。店员是年轻的男子，店里没有客人。

买了口香糖之后，他们把房子的照片给店员看，问道："您知道这个房子吗？前面小路入口处的那一栋。"

"这个……"店员歪着脑袋，"我是从旁边的小镇来打工的，没有去过那个地方……"

"这样啊。"苍太和梨乃无奈。那种地方渺无人烟，自然也没有理由去。

梨乃在卖饮料的角落里摆出一副发愁的表情，苍太问她怎么了。她回答说："刚才有点渴了，所以想买点啤酒什么的，但这家店似乎没有卖酒精类饮料。"

苍太往后退了退："啤酒？我还开着车呢，你这样不太好吧。"

"啊，也是呢。"梨乃吐了吐舌头，"不好意思。"

看起来不是有意的，苍太苦笑着看着架子上的饮料。就在这时，他想到了一件事。

"房子后面放着啤酒箱，那些应该是他们自己运过去的吧。"

"哎，真的吗？难道不是让卖啤酒的配送上门吗？"说完，梨乃"啊"地张大了嘴。

苍太立刻走到柜台前，问道："这附近有卖酒的地方吗？"

店员依旧很疑惑，回答道："我只知道一家，从前面的路开车五分钟能到。"

"别的呢？"

"别的我就不知道了。"店员摇摇头，"有时候会有人来问，我一直告诉他们的就是那一家。"

"是吗，谢谢。"苍太向梨乃递了个眼色，走出便利店。

他们上了停在便利店停车场上的车，向着店员说的方向开去。但是开了好一会儿，别说卖酒的了，连一间房子都没有。正在想到底是怎么回事，他们发现了几家商店。其中的一间就是卖酒的小店，似乎也经营果汁、点心和干货。

看店的是一位身材瘦小的老人，苍太买了薯片和乌龙茶。如果什么都不买的话有些说不过去。

付过钱之后，苍太给老人看了工藤那栋别墅的照片。老人戴上老花镜看了照片，然后"嗯嗯"地点着头。

"我知道。我儿子应该去送过几次货。那人的名字好像是，是……"

"工藤先生吧！"苍太说完，老人"啪"地拍了一下大腿。

"对对！就是这个名字。他来买东西的时候，我一听那地方吓了一跳。我还以为那房子一直都空着呢。"

"那个房子您之前就知道吗？"

"也不是知道，只是恰巧路过而已。"

"那房子空着之前，您知道有谁住过那里吗？"

"这个呀，不知道。大约十年前，记得见过一个老奶奶的身影，不知道是不是住在那里的人。"

"有关那个房子，您要是知道什么能告诉我们吗？什么都行。"

"您虽这么问，但其他的我真的什么都不知道了。那个房子发生什么事了吗？"

"我们正在调查一些情况……"

"这样的话，问问现在住在那里的人怎么样，估计应该知道些什么吧。"

就是因为不能问才这么大费周折的，但又不能在这儿说明具体情况。苍太含糊地点点头，说："嗯，是啊。"

"请问，"梨乃开口，"您刚才说恰巧路过对吧。您去过那附近吗？"

"去过啊。接受了订单的话，无论是在哪儿，都得过去送货。"老人笑了笑，门牙已经脱落了。

"但是那附近没有什么人家啊。"苍太说道。

"有啊，除了你们刚才说的那家之外，在更里面的地方还有小村子。都是老爷爷老奶奶住在那边。啊，对了。你们可以问问住在那儿的人，他们肯定会告诉你们些情况的。"

是那条路啊，苍太想起来了。铺好的柏油路尽头还有小路，那条小路前面似乎是有村子的。

他们道了谢，离开卖酒的小店，坐上车再度驶向别墅。

回到别墅，他们把车停到了院子里。虽然擅自使用居民用地有些过意不去，但也没法把车停在那么窄的小路上。

他们步行走在野路上，因为被树丛包围，看不太清楚前方。他们开始担心是否真的有村子。

但是走了一会儿，道路变宽了，隐隐约约出现了木制的房屋，都是很旧的民宅。其中一所四坡屋顶[1]的住宅很显眼。屋子背后就是树林，很引人注目。

两人走近房子，寻找玄关的时候，传来一声"是哪位啊"，随即有位驼背的老奶奶从旁边的仓库里走出来，"你们随便这么进来，真让人为难啊。"

1　四坡屋顶：屋脊大梁的两端伸向死角的结构。——译注。

"啊，对不起！"苍太道歉。他们好像不小心闯进了私人住宅用地。

"我看你们刚才上下打量我家，来我家有什么事吗？"

"啊，那个……"苍太突然灵光一闪，"我们觉得这真是一栋古老而气派的大宅子。我们在研究日本的住宅。"

"啊，这样啊。是啊，房子的确很老了，是在战前建的呢。"

"啊，历史真够悠久的了！"他们没有演戏，而是真的感到很惊讶。

"要看看里面吗？"

"嗯，给您添麻烦了！"

老奶奶弯着腰迈开步子。苍太他们跟在她身后。

玄关在巨大的房檐之下，有四扇很大的格子门，老奶奶从格子门进到屋子里。"打扰了。"苍太说着也走了进去。换鞋的地方铺着石头。

老奶奶一边指着房梁、柱子和栏杆之类的，一边介绍这个房子盖得是如何坚固而精致。她说她那已过世的丈夫性格一丝不苟，什么东西都要品质最好的。

老奶奶还想让他们看看房子更里面的地方，但他们以时间不允许为借口婉言谢绝了。

"是吗，那么，下次有空的时候再来吧。我会让你们慢慢地看的。"

"非常感谢。对了，我们来这里的路上也看到了一栋旧民居，那是空房子吗？"

"嗯？哪里的房子啊？"

"柏油路旁边的那个。"

老奶奶"啊啊"地说着，上下点着头。

"那家啊，那家最近好像被人买了。我见过男人的身影在那儿出没，但是不知道那人从哪里来的，是谁。"

"在那之前，谁住在那里啊？"

"那儿啊……"老奶奶说着降低了音调，"很久以前是一对夫妇在住，和我一样，丈夫死去后，妻子一个人住。他们家姓田中。"

"您跟她有过交往吗？"

老奶奶听了之后"嗯"地思考了一会儿。

"在路上碰到了就会打招呼，但也只到那种程度啦。对方看起来好像不大与人交往。"

"为什么呢？"

听苍太这么一问，老奶奶浮现出迷惑的神色。"唉，也不用隐瞒了吧。"老奶奶自言自语了一句之后，继续说道，"她的儿子在东京出了事。"

"出事？什么事啊？"

"那可真是很严重。在街区里行凶伤人，杀了好几个人呢。"

苍太一下子挺直了腰板，和梨乃对视了一眼，忍不住继续问道："大约什么时候的事情？"

"嗯……什么时候来着，大概五十年之前吧。"

"五十年……"实在是太久远了，一下子想不到什么关联，"他肯定被抓起来了吧？"

"那是肯定的。报纸上也有很多报道。一时流言纷纷，当我知道那是田中太太的儿子的时候，吓了一跳呢。"

苍太听着，觉得越来越糊涂了。那么久远的事情跟现在自己在调查的事情有什么关联吗？

"那个人为什么要做那种事啊？"梨乃问道。

"听说是突然变得神经错乱了，狂热地喜爱一个国外的女演员，女演员去世后，他就开始自暴自弃，真是荒唐啊。"

"是哪个女演员啊？"

"名字什么的我不知道。好像是很有名的女演员。"

这确实是很怪异的事情。但是无论怎么想都觉得跟伊庭孝美没有什么关系，那是她出生之前很久远的事情了。

苍太从怀里拿出一张照片给老奶奶看。那是从田原医生那里借来的照片，上面的女子酷似伊庭孝美。"这个女孩儿来过吗？"

老奶奶眯着眼睛盯着照片看了看，摇了摇头："没有印象啊。"

"关于那家的事情，您还知道什么吗？多琐碎的事情都可以，比如去世的丈夫的职业什么的。"

老奶奶皱着眉头想了想，最后大大地叹了一口气。

"不好意思啊，别的就想不起来了。我刚才也说了，我们之间没什么交往。抱歉呐。"

"啊，没关系，我们才应该说抱歉。"苍太鞠了一躬。

他们回到车上。坐在驾驶座上，苍太再次看着工藤的别墅。"结果还是没有线索呀。"他小声念叨。

"跟那起杀人案没有关系吧。"

"是东京发生的，又不是在这个房子里发生的。"

"啊，是啊……"

苍太启动车子引擎。看了看手表，已经过了下午两点。想起来还没有吃午饭，他突然感到肚子饿了。

把车还回租车公司之后，他们走进了站前的小饭馆。生鱼片套餐的价格非常便宜，令他们感到很惊讶。

梨乃一边吃饭一边看着手机。

"你在干吗？"苍太问道。

"查女演员，拥有罪犯粉丝的女星之类的。"

"你还在纠结那件事啊。"

　　"莫名其妙地很在意这一点。要说跟那家有关的话题，也只有这一个了吧。所以我想先弄个清楚再说。"

　　"原来如此。但是怎么查呢？只知道她是国外的女艺人，其他的什么都不知道啊。"

　　"说是外国的，我觉得很有可能是美国。所以用'好莱坞女星'和'一九六零年代'为搜索条件搜了一下，出来了几个人的名字。克劳黛尔·科尔伯特、葛丽泰·嘉宝、贝蒂·拉马尔……你听说过吗？"

　　苍太耸耸肩，说："完全不知道。"

　　"我也不知道。薇薇安·李、英格丽·褒曼、琼·芳登、丽塔·海华丝……"

　　"丽塔·海华丝，这个我知道。她出演过电影《肖申克的救赎》。"

　　"这些人在那个年代的日本很出名吧。玛丽莲·梦露、奥黛丽·赫本、格蕾丝·凯利、伊丽莎白·泰勒……这些明星的话我倒是听过名字。"

　　"听老奶奶说，女演员是那个时候去世的。伊丽莎白·泰勒应该是前不久刚过世吧。"

　　"啊，这样啊，那么，不可能是伊丽莎白·泰勒。"梨乃在操作手机的空当把生鱼片往嘴里塞。苍太心里说道："这对消化不好吧。"

　　"啊！"梨乃大叫了一声。

　　"怎么了？"

　　"薇薇安·李。"她说着把液晶屏转向苍太的方向，"她是在1967年去世的。"

　　"噢？"苍太不禁发出声音，"约五十年前啊。"

　　"因为她是《飘》的女主演，所以在日本也有很多粉丝吧。"

　　"肯定的啊。"

"现在还不知道。再看看其他人吧。"

"我也来帮忙。"苍太放下筷子，从身旁的包里取出平板电脑。

过了一会儿，他找到了有可能的女星。朱迪·嘉兰，1969年去世。

"代表作有《绿野仙踪》《一个明星的诞生》啊。只是听过电影名字而已。在日本没有那么有名吧。"

"我也有这种感觉。先来看看这个，我又找到一个人。"梨乃说道，"玛丽莲·梦露，1962年去世。说是在世界范围内都有报道，造成了巨大的冲击和人们的悲叹。"

"我听说过这件事，说她的死是一个谜。啊，原来是在1962年发生的啊。"

她的电影虽然一部都没看过，但是脑海中能够立刻浮现她的身影。风从下面吹过，把她的裙子撩起来的那个场景，那是个黑白的图像，在那种怀旧的电视节目中见到过。

突然，梨乃瞪大眼睛，吃惊地用手捂住了嘴。

"又发现了什么了吗？"

她盯着苍太，眨了好几下眼睛。

"在网上查玛丽莲·梦露，发现了不得了的情况。"

"什么情况？"

"首字母。梦露的粉丝们好像有时候用首字母来称呼她。"

"那是什么？如果是玛丽莲·梦露的话……首字母是MM啊。"说出口之后，梨乃觉得大脑的某个角落似乎被什么牵绊住了。MM——好像在哪儿听过。想起来了！"啊！MM事件……"

梨乃瞪大了眼睛。

"你哥哥说过！他问我是否从爷爷那里听过MM事件这个词！"

绝对不是偶然。苍太把平板电脑放回包中。"快点吃完，回东京。"

28

早濑的目光扫了一下手表，表针马上就要指到下午六时的位置了。他随即又抬起头，视线立刻回到马路对面的车站上。好不容易在装有落地玻璃的咖啡店里坐到了吧台的座位上，能看见外面的路。这真是监视的好位置。他时不时斜眼看看周围，绝对不能让目标人物从眼皮下溜走。面前摆着的咖啡杯早就空了，但是他还没有重新再要一杯，也是因为这个理由。

或许是电车到站了，大量的乘客从车站中涌出来。他聚精会神地一个人一个人地确认，但似乎目标人物并没有坐这趟车。

早濑大概从三十分钟前开始，就坐在这里了，但是他一点都没有感到焦急。因为他已经完全掌握了对方的行动，那个人应该马上现身了。

早濑的作战策略已经构思完毕，这时他又重新在大脑中将整个过程整理了一遍。预测着对方的不同反应，他准备了几个相应的对策，就如同在思索下象棋时如何一步步把对方将死一样。无论对方出什么招数，都一定要将对方逼到目标位置。

他也不知不觉地紧张起来，手心里全是汗。他把两只手在裤子两侧蹭了蹭，刚想把胳膊放回桌上的时候，动作到一半停止了。他看到了目标人物。他把西装外套往肩上一搭，迈开有些疲乏的步子。

早濑起身，将用过的杯子放到指定回收处，快步走出了咖啡店。因为知道对方就在马路对面，所以没必要慌里慌张的，但他还是按捺不住自己激动的心情。

天色未暗，在稍远的地方也能轻松确认目标人物。早濑疾走两步紧追其后。当然了，对方目前完全没有戒备，看样子也不会回头看。

早濑马上追到他的身后，打了个招呼："打扰一下。"

男人停住脚步，回头一看，吃了一惊似的睁大眼睛。

早濑摆出笑脸，又走近一步，说："上次多谢了。"

"您是……"日野和郎眨着眼睛，半张着嘴。他似乎对早濑仍有印象。

"我是西荻洼警署的早濑。有关秋山先生的案件，我曾问过您一些事情。"

日野似乎很不安，表情生硬。"您找我还有什么事吗？"

"嗯，还有几个地方需要确认。现在您有空吗？"

"还好。"

"那么麻烦您回到车站前可以吗，我们站着的话不太好说话。"

"噢。"日野脸上浮现警惕的神色，含糊地回答了一声。

两人转身沿着过来时的路往回走。单单是在日野身边，早濑就能对他的内心想法了如指掌。他心里一定交错着很多想法。

"请问……您刚才在哪里等我？"

"当然是车站前。那儿不是有个咖啡店吗？"

"为什么在这种地方……之前您不是来我们公司的吗？"

早濑脸上浮出笑容，将脸转向日野。

"现在与那时候不一样。在公司的话有很多不方便的地方吧。被警察单独问话，肯定会被上司东问西问到底是什么事吧，所以我也想稍微周到一些。"

早濑清楚地看到日野的脸上生出一丝愁容，但是他什么都没说，继续往前走。

234 \ 梦幻花　むげんばな

他们回到车站前，走到了刚才的咖啡店门前，但早濑没有停住脚步。

"不进这家店吗？"日野问道。

"我刚才已经喝过咖啡了，而且我希望最好在我们聊天的时候周围没有别人。有谁在偷听的话会很麻烦吧，要是连这一点都不能保证的话，您就不能集中注意力了。别担心，刚好我找了一家很合适的店，就在前面。"早濑把手放在日野背后，像是推着他走，这个身材瘦小的男人吃惊地震动了一下。

这家店在游戏厅旁边，门口模仿麦当劳，放着很大的招牌。

"是……这里吗？"日野抬头望着卡拉 OK 店，眼神很不安。

"有包间，也能隔音，密谈的绝佳选择。来，我们进去吧。"早濑让日野先进去，自己也紧随其后。

上了楼梯，迎面就是柜台。男店员问他们要唱多久时，早濑回答"一小时"。实际上他不想花那么长时间。

进了指定房间，不一会儿店员就来点单。

"你要点什么喝的？不用客气。"早濑把菜单放在日野面前。

"我什么都行。"

"这样啊……那么，要两杯乌龙茶。"

年轻店员冷着一张脸，走出了房间。两个这么大岁数的老男人，在这么个说晚不晚的时间里来卡拉 OK 店……也许他心里在这么嘲笑着他们吧。

早濑环顾着房间。壁纸有一部分脱落了，座位上的塑料膜也有几处是破的。也许这家店还没有多余的钱花在内装修上吧。现在的日本，无论是哪个行业都在惨淡经营。

点歌机上出现了根据点播量多少按顺序排列的歌单。早濑看了一眼，苦笑了一下。

"都是些不知道的歌，歌名和歌手名听都没听过，甚至哪个是歌手名哪个是歌曲名估计都分不清楚。我们到了一个不得了的时代啊。"

"请问，警察先生，如果您有话要问，请快点开始好吗？"日野开口说，看来是难以忍受了。

早濑慢悠悠地盯着自己的猎物。

"我想问的很多，但是我不想说话的时候被人中途打断，所以嘛，先这样闲聊一会儿。"

日野沉默了，从裤子口袋里拿出手帕，擦了擦额头上的汗。

"热吗？要把空调温度下调吗？"

"不用了。"

这时，门打开了，店员走进来，把两杯乌龙茶放在桌子上，阴沉地说了一声"慢用"，便走出去了。

"这下子就不用担心被打扰了。"早濑将一杯乌龙茶放在日野面前，"请放松，这里不是工作单位，更不是审讯室。"

日野睁圆了双眼，眼睛似乎有些充血。

"我们进入正题吧。"早濑说着，从口袋里取出警察手册，"七月九日是秋山先生被杀害的日子。您能描述一下那天您都做了什么吗？从下午开始就好。"

"这个我上次应该都说了吧……"

"不好意思，能再说一次吗？我听漏了一些东西。"

"听漏了？什么？"

"总之，麻烦您再说一遍。"早濑做好要记笔记的架势，"您带日程本了吗？"

"嗯，带着呢……"日野从包里拿出厚厚的日程本，一边看着它，一边把身子挺直，"那天就像往常一样，在公司食堂吃完午饭，

236 \ 梦幻花　むげんばな

下午一点半开始开会，结束的时候是大概三点钟。关于这一点，开会的时候一同出席的室长可以证明。"

"我知道。所以关于这一点我没有任何疑问。问题是那之后。"

"您说的之后是指？"

"三点开完会之后。我说听漏了的地方就是指这一块。"

"嗯……"日野的脸有些变形。他似乎想强装笑脸，但两颊非常僵硬。"请问是怎么回事呢，我记得您上次说案件是从正午开始的三小时内发生的。"

"的确，之前我只想确认您从正午到下午三点之间的行动。但是这并不代表案发时间已经确定。"

"……不是那个时间吗？"

"让我告诉您吧，也有可能不是在那之间发生的。所以现在我又重新问您。很抱歉麻烦您两次，但务必请您支持我们。那天下午三点之后您在哪里，做了些什么？"

"那天……"日野再次将目光落在日程本上，不大灵活地翻着纸页，"会议之后我回到自己的座位上，然后一直正常工作到下班。"

"您在自己的位子上工作对吧。有什么证据吗，或者有人能证明这一点吗？"

"证明……吗？"

"什么都可以。和谁在一起、用公司里的电话和谁讲过话之类的都可以。"

"嗯……谁能证明呢……我觉得好像见到谁了。"日野将目光转向日程本。但他应该不是在查看记录在上面的文字吧，早濑推测着。"据您的室长福泽先生说，"早濑说着，"您所在的部门里只有您一个成员，而您的主要工作是整理秋山先生所做的研究中还未了结的收尾工作，跟其他公司职员也不会有什么交流。如果是这样，我只能想象，那天下午三点之后您跟谁都没有见过面了。"

日野像进入了停止模式一样，一动不动。几秒钟后，他合上了日程本，深呼吸了一次之后转向早濑。

"您想说什么？"他的声音虽然很小，但语气中的软弱已经消失了。

横下心了啊，早濑感觉到。他把手伸向倒满乌龙茶的玻璃杯，咕嘟咕嘟地喝下了。

"味道真淡。这么简陋的店，喝什么估计都这样吧。我怀疑是不是兑水了。"

"警察先生，我……"

"戒茶的时候，"早濑说，"大概乌龙茶也是不行的吧。"

日野皱着眉："这话什么意思？"

早濑把玻璃杯放回桌子上："我是说戒茶。"

"戒茶？什么意思？"

"您不知道吗，把茶戒掉的意思。一种祈愿的形式，不去喝茶，直到愿望实现。现在有很多可以喝的东西，所以不是什么大事，但在没有咖啡和果汁的年代，忍住不喝茶想必一定很难受吧。"

日野像是有些恼火了似的，身体微微晃动了一下："您到底想说什么？"

早濑往前探了探身子。"秋山先生啊，"他把脸凑近日野，继续说道，"在戒茶呢。夫人去世后，他一直在戒茶。"

看起来不知所措的日野，视线有些飘忽。"秋山先生他……"

"您和秋山先生常年在做蓝色玫瑰的研究对吧。"

"是这样，有什么问题吗？"

"据说秋山先生的夫人为了祈祷那项研究能够成功，就戒了茶。秋山先生在夫人去世后知道了这件事，就决心至死不再喝茶。秋山先生把这件事写在他给某个人的信上。"

日野的喉咙动了一下，似乎在吞口水。

"这样的话，再回想杀人现场的情形，就产生了不能解释的疑点。矮脚桌上留着一个茶杯，上面只有秋山先生的指纹，只能认为是秋山先生使用过的。但是，茶杯中的液体是茶水。矮脚桌上还放有瓶装茶，所以能够推测茶杯里的茶水是从瓶子里倒出来的。到此为止，对于这件事情没有任何疑问。但是既然确定了秋山先生在戒茶，就不能放着这些疑点不管。为什么秋山先生单单在这一天喝茶了呢，这就成为了问题。还是说他的戒茶突然因为什么事情而不得已中断了呢？"早濑窥测着日野的表情，"您是怎么认为的呢？"

日野像是被早濑的声势压倒了，向后退了一下，说："怎么……"

"我认为他在继续戒茶之中。有几个根据。我看了秋山先生的厨房，小茶壶还在，但找不到茶叶。我问了与他来往密切的孙女，她说最近秋山先生总喝速溶咖啡。"

"但不是有瓶装茶嘛，用茶壶沏茶很麻烦，所以才买来瓶装茶的不是吗？"

"这也有可能，但我认为可能性很低。"

"为什么？"

"平常喝瓶装茶的话，应该用玻璃杯，而不是茶杯。而且他家也不是没有玻璃杯，在橱柜里玻璃杯整整齐齐地摆着呢。"

"这个……也许是这样吧，也不能笼统地下结论吧。"

"的确，但我还有其他理由。在炉子上放有热水壶。"早濑做了一个提热水壶的动作，"据说秋山先生生活很严谨，餐具、做饭用具等等用完之后马上洗净放回原处。炉子上还放着热水壶，我们可以理解为他刚刚用过。热水壶中有水，似乎沸腾过了。烧水到底是为了什么呢？我刚才也说了，没有茶叶。如果要喝咖啡的话，应该用咖啡杯，甚至要用勺子，但是没有这种痕迹。顺便说一句，也没有泡面之类的迹象。"

日野频繁地眨着眼睛，视线很迷茫。

"不是冲咖啡，也不是泡茶。那么烧水干什么呢？我觉得真相其实很简单。只是烧开要喝的水而已，就是白开水。秋山先生以水代茶，将白开水倒在茶杯里喝。这个对戒茶的人而言是极其普通的事情。"

"不是吧，怎么会是这样？"日野的眼睛有些变红，"但是，那个瓶装茶为什么……"

早濑目不转睛地盯着对方的眼睛："您刚才说了'那个'了吧。您当时又不在现场，干吗这么说？"

日野的脸上变得毫无血色，双唇不住地颤抖。

"先不说这个。关于瓶装茶，我的推理是这样的。我认为秋山先生如果正在戒茶的话，那么瓶装茶不是自己喝的，而是为了招待客人从冰箱里取出来的。"

"您说客人是……"

早濑取出手机，一只手操作起来。

"现在真是太方便了。在过去的话，照了照片，还需要洗照片或者打印出来，到能看到照片要耽误好长时间。但是现在不一样了，'咔嚓'照一张，马上就能看。而且能一下子保存几千张。啊，找到了，您看看这张照片。"早濑把液晶屏幕转向日野。

"这个是……"

"秋山先生家的橱柜。摆着玻璃杯对吧，您发现什么了吗？"

日野仔细观察了之后，小声嘟囔道："最前面的杯子倒着放……"

"没错。别的杯子都是扣着的，但摆在最前面的一只是杯口朝上放着的。您觉得这是怎么回事呢？"

"是别人摆放的？"

"这样想是最合理的解释。秋山先生用瓶装茶招待客人，所以用了玻璃杯。那个客人用完玻璃杯之后自己洗干净，擦拭完后放回橱柜里。之后，那个人就离开了。然后，在那之后约两小时……"早濑竖起食指，"又来了一位客人。这时拉开了第二幕。"

日野吓了一跳，瞪圆双眼，随后慢慢地垂下了视线。

"第二位客人在秋山先生家里做了什么，具体情况不明。但是可以确信的是，他把瓶装茶倒入了秋山先生使用的茶杯里。他为什么要这么做呢。解开这个谜题的关键就是这张照片。"早濑从文件包里拿出一张照片，放在桌子上。是被浸湿的坐垫的照片。

日野瞥了一眼照片，但是表情没有太大变化。

"就像您看到的，坐垫湿了。浸湿坐垫的液体是普通的水。这一点检验科已经证实过了。到底是什么水洒了呢？周围又没有看见能装水的东西。但是时间倒流的话，能够很简单地发现，您已经知道了吧，就是茶杯啊，茶杯里面装着冷却的白开水。第二位客人可能不小心把茶杯打翻了，他把桌子上的水擦干净了，但没有发现水也洒到了坐垫上。然后他认为茶杯就那么空空的有点不太合适，想着应该把一切恢复原样，就拿起旁边的瓶装茶倒进了茶杯里。这是严重的失误，但是也不能怪他。因为怎么也不会有人能想到秋山先生用茶杯喝白开水吧。"

早濑伸手拿起装有乌龙茶的玻璃杯，润了润喉之后，凝视着颓废地低着头的日野。

"我认为，这第二个客人掌握着解决案件的关键，所以拼命追查这第二个客人究竟是谁。做了种种调查之后，终于将目标锁定到一个人身上。我问您下午三点之后的不在场证明，就是这个原因。日野先生，请您老实告诉我，您就是第二个客人，对吗？"

日野一动不动。他闭上眼，放在两个膝盖上的手紧紧握住。

"刚才，您说了'那个'瓶子。为什么这么说呢？这是因为您亲眼见过成为问题关键的瓶子。没错吧？"

但是，日野没有回答。他大概已经绝望了，但或许还抱有一丝不愿割舍的希望。

"您打算就一直这么沉默下去吗？那就没办法了。"早濑叹了口气，"秋山先生家院子里的盆栽被盗了。是开着黄色花的盆栽。那盆花是牵牛花。我是最近才知道的，黄色的牵牛花已经不存在了对吗？如果能培育出来的话，那就会成为旷世发明。但是知道这件事的人并不多，所以能把目标锁定在秋山先生周围有限的几个人身上。还有，偷了盆栽之后应该怎么运送呢？总不能塞进包里带走吧。所以最好的解决办法是开车。但是秋山先生住宅前面的路很窄，也不能随意在路上停，所以只能寻找停车场。也就是说，偷花的人一处不漏地寻找了秋山先生家附近的停车场。现在哪里都安装着监视器，我依次查看了监控录像。案件发生之后，负责打探消息的同事调查过一次，那时什么都没能发现。这是肯定的，因为那时他们认为秋山先生是在下午一点到三点之间被杀害，所以看的也是这个时间段的录像。但是我反复看了三点之后的录像。然后，终于发现了。"

早濑再次打开包，这次拿出一张 A4 纸。是一份打印出来的画面资料，他把它放到日野面前。

"距离秋山住宅约二百米有个投币停车场，这是打印出的监控录像的一个画面。"

画面上有几辆停着的车。有一个男人正在走近其中的一辆，他提着一个大塑料袋。

"刚才我去您家看了您的车，车型、车号都跟这图片上的车是一致的。而且这个人跟您极为相似。那么，您怎么解释这件事？"

日野眼神空虚地看着照片。他精神恍惚，丝毫没有要说话的样子。

"请您回答，您就是第二个客人，对吗？偷黄色牵牛花的人，就是您。"

听到这句话，日野的表情总算有点变化了。他慢慢抬起头，凝视着早濑的眼睛。

"不是。"

"不是？怎么不是？"

"我没有偷牵牛花。"日野声音很轻，他继续说道，"我只是……保管了牵牛花。"

29

　　苍太他们到达图书馆的时候已经是下午六点多了。他们调查过了，在这家图书馆可以看到报纸的缩印版。闭馆时间是晚上八点，还有时间。

　　他们去了前台，告诉工作人员他们的目的。工作人员是位中年女性，她问他们要哪年哪月报纸的缩印版。

　　玛丽莲·梦露去世的时间是 1962 年 8 月 5 日。如果是在那之后受到刺激而犯罪的话，应该在那之后没过几个月吧。

　　他们要了 1962 年 8 月到 10 月的报纸。工作人员说了一声"请稍等"，便到里面查找去了。

　　"能找到报道吗？"梨乃很不安。

　　"照那个老奶奶说的，杀了很多人呢。那么大的事怎么会不上报呢？"

　　听了苍太的回答，梨乃点了点头说："也是啊。"

　　在从胜浦回来的电车上，他们用"MM 事件"这个词条在网上搜索了一通。能查到几条信息，但都跟他们要找的没有关系。已经是五十年前的事情了，也许没有人在意了吧。或者那个事件也有可能有别的叫法。

　　女工作人员回来了，两手抱着三册的缩印版报纸。一册大概有几厘米厚，装订规格也很大。

　　从柜台拿到报纸后，两人走向阅读区。一张大桌子的一端空着，两人并排坐在那里。

两人首先翻到八月五日，从那天开始往后翻。他们先翻到头版，觉得超级巨星突然离世，肯定能够上头版。他们接着确认社会板块、政治板块、体育板块应该没有什么用。

可八月五日的报道文章中没有披露玛丽莲·梦露的死讯。也许因为时差的原因没有来得及报道吧。

但是，第二天六日的头版也没有报道她的突然离世。他们一边觉得很奇怪，一边翻着纸页，看到社会板块的下半页，有一篇篇幅不是很大的报道叫"梦露突然死亡"。死因被推测为是服用安眠药过度，说是自杀的可能性很大。之后就是介绍她的简历，都是些普普通通的内容。

"哎？只有这么点儿啊？"梨乃泄气地说道，"迈克·杰克逊去世的时候掀起轩然大波了啊。"

"因为时代不一样吧。在那个时候的日本，美国是很遥远的异国。跟我们说话的老奶奶不也只是知道那是外国的女演员吗？连玛丽莲·梦露这个名字都不知道。她对于一部分喜欢电影的人而言可能很有名，在日本或许不是那么家喻户晓吧。这样的话，死讯报道大概不会占太大篇幅。或许能够登载在报纸上本身已经能说明她很厉害了吧。"

"嗯……应该是这样吧。"梨乃似乎接受了这种解释。

两人就这么翻着报纸，也没能看到关于玛丽莲·梦露死亡的持续报道。苍太通过网络知道，有关她的死因还残留很多疑点。大概就算是在美国也没有确切的消息，所以日本没办法发出准确的报道。

但是，苍太他们原本的目的就不是调查好莱坞女星的死亡，来这儿是为了查找受到刺激而神经错乱的男人杀死数人事件的报道。

他们一条条地浏览八月份的报道，但没有他们想找的东西。看了看手表，已经过了七点。要抓紧时间了。

"我们分头找吧。我来找九月份的，你找十月份的。"

"好。"

分头找没过多久，梨乃"啊"地叫了一声，拍了拍苍太的肩。

"怎么了？"

"你看看这个！"梨乃指着社会板块一个很小的标题说道。读过之后，苍太倒吸了一口凉气。标题是"犯罪动机是玛丽莲·梦露？目黑区街区杀人"。

两人浏览了一遍报道，大概内容是这样记述的：

"上个月五日目黑区杀人案的犯人田中和道痴迷于八月死去的玛丽莲·梦露，在她死后自暴自弃。这一点已由相关调查者证实。据有关分析，犯人在上个月五日作案是因为那天是玛丽莲·梦露去世一个月祭日。"

就应该是这个事件了。苍太立刻翻找着自己手中的资料，找到九月五日的晚报首版，上面记载着相关的报道。题目是"东京目黑住宅街上日本刀男子，砍死砍伤行人 8 人后自杀"。

根据报道，九月五日的上午七点左右，一个手持日本刀的男子在目黑区住宅街行凶，砍伤附近居民、上班途中和散步经过的人。被害者被送往附近的医院，三人死亡，五人重伤。事件发生约二十分钟后，目黑警察署人员立刻赶到，但男子已经自刎身亡。据随后的调查，这名男子是住在附近的自称为艺术家的田中和道。年龄三十岁。

这跟在胜浦的老奶奶那里听来的消息是一致的。"田中"这个姓氏也没错。

"喂，你看。"梨乃似乎又找到了什么似的，来拉苍太的衣袖。

"这次是什么？"

"你再读读这个报道。"

他看着她指的地方，是报纸的社论。看题目后吓了一跳："引发 MM 事件的是什么"。

苍太马上浏览了正文。"MM 事件"指的正是目黑区的事件。根据文章，这种叫法是在调查有关人员的过程中逐渐形成的。

"这样不就确定了吗？你哥哥说的就是这件事。"

"似乎是这样的。但是这件事跟黄色牵牛花有什么关系呢？"

"我觉得一定是有什么关系的。所以伊庭孝美也注意到了那个房子。"

苍太摇摇头："完全摸不着头脑，一片混乱。"

坐在斜对过正在读书的男子高调地清了清嗓子。他们两人太专注于对话，不经意间声音提高了。

"不管怎么说，先把有关的报道复印下来。"苍太站起身来。

复印机在柜台的旁边。因为九月五日晚报的社会板块中，登载了详细的报道，所以他们决定从这里开始复印。题目是"目黑街魔鬼事件，未及抵抗的人们丧命，上班途中的公司职员重伤"。

在梨乃寻找别的报道文章时，苍太读了复印下来的文章。开头是"在目黑区安静的住宅街里传来悲鸣。居民身着睡衣四处逃窜。手持血染的日本刀的男子四处徘徊。5 日早晨突然发生的杀伤事件，让正在迎接宁静早晨的居民们陷入恐惧的深渊。"文章接下来详细地描述了这个残酷的事件。

"男子持日本刀走出家门，在距自家约三十米的路上，将井上昭典先生（68 岁）从头部砍至胸部。之后，他袭击了发觉异常、从井上先生一侧出现的美子女士（38 岁），将正欲逃跑的她从背后刺伤。昭典先生当即死亡，美子女士被送至医院后死亡。

"男子冲上街道，从玄关侵入对面的山本京子女士（45 岁）的家，砍伤山本女士。山本女士重伤。之后男子从山本女士家离开，移至第二现场——车站前路。男子持刀刺入上班路上的公司职员日下部真一先生（32岁）的腹部，并向来送真一先生上班的妻子和子女士（26岁）背后砍去。真一先生当即死亡。和子小姐被送往医院，昏迷，重伤。但是和子女士抱着的一岁婴儿志摩子没有遭到伤害。

"之后，男子挥动着日本刀袭击四处逃窜的人们，在砍伤清水久子（48岁）、桑野洋一（70岁）、米田诚子（56岁）之后，冲上附近大楼的台阶，一边大叫着什么一边自刎了。血从颈动脉中喷涌而出，男子落下台阶死亡。

"附近的商店店主面色青白地说：'因为听见了悲惨的叫声，我出去一看，看见手持红色棍子的男人行凶，吓了一跳。仔细一看，棍子原来是沾满鲜血的日本刀。我十分害怕，逃回了家。'

"根据目前的调查，该男子是住在街内一栋独立房屋内，自称是艺术家的田中和道（30岁）一人独居，屋内有工作室。根据附近居民的说法，经常能看到该男子无所事事地四处游逛。动机等详细情况有待今后查明。"

苍太读了两遍。第一遍迅速浏览的时候，头脑中似乎想到了什么。不，不是头脑中，而是眼中。他想起了自己见过的一个词。

他马上就找到了那个词，那就是，"志摩子"。

"和子女士抱着的一岁婴儿志摩子没有遭到伤害……"

苍太当然知道自己母亲的旧姓，叫作"日下部"。

"喂？怎么啦？写了什么吗？"

梨乃摇晃着他，但他却发不出一点声音。

30

苍太和梨乃从图书馆出来后，进了附近一家家庭餐馆。苍太打算回家后就不吃了，便主动邀请了梨乃去吃饭。回家后见到志摩子，她肯定会开始问这样那样的问题，哪儿还有时间吃饭。

但毫不知情的志摩子现在一定在准备着晚饭，等儿子回家。苍太中途从餐馆出来了一趟打电话，告诉家里不回去吃饭了。志摩子嘴上虽说"知道了"，但语气里还是有些许诧异，应该是在担心自己的儿子都这个点了还在外边做什么吧。

电话中苍太最终还是忍住了，没有问及关于 MM 事件的问题。这一连串的事件不是在电话里就可以问清的。换了个方式，苍太问道："对了，想问下，爷爷的名字叫什么来着？不是爸爸那边，是妈妈那边的爷爷。"

停顿了几秒之后，志摩子回道："怎么会问这个？"

"没什么啦，就是突然想起来。外公之前是叫真一，对吧？外婆的名字好像是和子，是吧？"

两人又陷入沉默。妈妈开口说："对啊，你记得真清楚呀。"

"无意中有点印象而已。嗯，先这样吧。"

"那不要太晚回来啊。"

"嗯，好。"说完，苍太挂了电话。

苍太对志摩子撒了谎。他之前根本就不知道外公和外婆的名字，也从没听志摩子提过。真一、和子这两个名字是从刚才的报纸里读到的。

回到餐馆，苍太把电话的内容告诉了梨乃。

梨乃谨慎地说："所以，蒲生君的妈妈果然是 MM 事件的遗属呀……"

"好像是这样。真的太惊讶了。不，不仅仅是惊讶，都有些头晕目眩了。没想到追查谜底竟查到我自己母亲身上来了。"

"你没听说过有关你外公他们的事吗？"

苍太摇头："关于我妈妈的父母，我几乎什么都没听过。不仅仅是名字，就连住在哪儿，做过什么都没听过。只知道两位老人都是在妈妈很小的时候就去世了，而妈妈是在亲戚家长大的。具体的情况她什么都没跟我讲过。我想，可能因为是痛苦的回忆，所以才不想对自己的儿子说吧……"

梨乃展开报纸的复印件，说："这里只写了和子处于无意识病危状态，大概是那之后就去世了吧。"

"大概如此吧。也就是说，因为 MM 事件，妈妈的父母都去世了。"

"好可怜啊。"梨乃小声说。

"那这样的话，不就可以理解你哥哥的行为了吗？"

"什么意思？"

"可能你哥哥也调查过 MM 事件了。正是因为那个事件，你妈妈成了被害者的遗属。所以，作为儿子的他当然想弄清事实的真相啊。"

"那为什么不告诉我呢？哥哥和妈妈没有血缘关系，但我是亲生儿子呀。"

"这个……就不知道了。"梨乃含糊地说。

还有一件难以理解的事，那就是伊庭孝美。为什么她也在调查

MM 事件呢？

　　难得和梨乃在一起吃饭，却没什么食欲。最后连点的咖喱饭都没吃完，还剩三分之一，两人就离开了餐馆。

　　分别的时候梨乃说："如果从你妈妈那儿了解到详情的话，明天能告诉我吗？"

　　"当然了。"苍太说，"今天，真是谢谢你了。"

　　梨乃微笑着点了点头，便下了地铁阶梯，离开了。

　　苍太忽然觉得，要是没有这次的调查，只是单纯和梨乃约会的话，肯定会非常开心吧。

　　苍太差不多晚上十点多钟才到家门口，他站在门外深呼吸了一下。虽然还没想好怎么对志摩子开口，但预想自己可能会单刀直入地提问。

　　他开门时发现门被锁了，志摩子很少这样做。但一想现在是深夜，锁门也在情理之中。苍太拿出自己的钥匙开了门进去，向屋里喊了一声"我回来了"。

　　但是，却迟迟没有听到本应马上就有的回应。苍太脱了鞋，进了走廊。客厅的门半掩着，里面透出些光亮来。苍太往里瞥了一眼，却没发现志摩子的身影。

　　他上了楼梯，上到一半才发现二楼一片漆黑。便马上折回客厅，发现客厅被整理得很干净，完全没有志摩子一个人吃过晚饭的痕迹。

　　餐桌上放着一张白纸，上面有志摩子熟悉的字迹。

　　"苍太：

　　我知道你在调查很多事，今天肯定也是因为这个才出门的吧。

　　正如之前说的那样，我希望你能幸福。无论是你爸爸还是要介，也都把这一点放在首位。而我们对你做的所有事情，都是基于这一目的。但如果这使你烦恼的话，可能是我们的方法有误吧。

　　非常抱歉，我现在还不能和你谈。因为我真的不知道该怎么和你说，能说到哪种程度。

　　但这些事我一定会告诉你的。我想不会让你等太久，现在请暂时先忍耐一下。

妈妈"

　　苍太拿着信纸，一屁股坐在椅子上，好像全身的力气都被抽掉了一样。

　　"没那回事儿吧……"他情不自禁地说了一句。

31

早濑站在等候区入口处，一位身着白衬衫黑长裙，面带优雅微笑的女人走了过来，问道："请问您是一位吗？"

"没有，和人有约了。"他迅速环视了一下店里，在靠里头的座位上找到了熟悉的背影。早濑向女服务生点头示意："没事，已经找到了。"

没想到午后的酒店等候厅那么热闹。早濑像穿针一样绕过一张张桌子，走近了约好的那个人。

"让你久等了。"早濑在那人背后打招呼。

蒲生要介的目光落在了一些貌似文件的东西上，但他也没什么过于敏感的反应，只是慢慢地回头，说道："没什么，我也是刚到而已。"

这可能是事实，因为他面前放着的咖啡都没怎么喝过。

早濑绕到桌子对面，面对着蒲生坐下。蒲生一直用充满警戒心的眼神盯着早濑的一系列动作。

穿长裙的女服务生走了过来，早濑还是跟往常一样点了咖啡。

"突然约你真是不好意思。说实话，打电话给你的时候，我还想着你不会和我见面呢。"

蒲生听了早濑的话后，没有任何表情变化。

"我也不是很闲，所以，一旦觉得你说的内容没什么意义的话我会马上离开。但我希望不会如此。"

"绝对可以超出你的期待。之前，你说过，要想交易的话先准备好自己拿得出手的牌。还记得吗？"

"当然了。所以说你今天是带着牌来的了？"

"对。还是一张非常好的牌。"

"很有自信的样子啊。那么，到底是什么东西呢？"

"这还得用你的眼睛，不，用你的耳朵来亲自判断。"早濑从包里拿出了一个录音笔放到桌上。录音笔上插着耳机。

"这是？"

"日野和郎供述的录音。你知道的吧，关于日野。"

蒲生突然吃了一惊，眼珠一下子瞪大了。"'久远食品'的……"

"在研究开发中心和秋山一起工作过的那个人。"

"他的供述？意思是，他也和这个事件有关？"

"这个嘛，请你先听听看吧。我可以慢慢品尝着高级咖啡。"早濑刚说完，咖啡就恰到好处地送了过来。

蒲生拿过录音笔，脸上带着怪异的表情，将耳机塞进耳朵。早濑看着蒲生，回想起了和日野的对话。

32

　　算上他的返聘时间的话，我和秋山周治一起工作了整整十三年。至于工作内容，之前也提到过，是植物新品种开发，而我们的目标是蓝色玫瑰。如果能实现，将会有很大市场需求。

　　但是，正如你所知道的那样，我们在蓝色玫瑰的开发竞争中没有获胜。你可能也听说过我们不服输的一些说法，但真的离成功只差最后一步了。我认为我们并不是在技术层面上失败的，失败原因应该是组织力的问题。我无意中经常会想，要是上边的人再了解一点点实情，再分配一些人员和资金的话结果就不会是这样了。

　　但社会是冷酷的。只要没出成果，就会被打上失败者的烙印。对公司来说，秋山只不过是一个"公司特意雇佣却拿不出任何成果的无能之人"。那之后，公司也没有再继续和秋山签合同。新品种开发部也被减缩，部员只剩我一人，这无疑只是一个空职而已。

　　事实上，那之后有很长一段时间没见过秋山。但没想到今年六月末突然有了联系。他说，想让你看个东西，能马上见面吗？我问他，是关于什么的？他说，和花有关，而且可能是非常重大的事。对我来说，这是不可能不在意的信息。听了秋山的话后我有点小兴奋，他激起了我的好奇心。

　　我满怀期待去和秋山见了面。他出来迎接我，然后带我参观了他的花园。我惊奇于他栽培了如此之多的植物。这让我觉得他现在还是那么喜爱花，是发自内心的喜欢。

但是真正让我吃惊的是那之后的事。秋山给我看了一盆盆栽，问我，知道这是什么花吗？

那盆花上并没有标记什么。但我可是研究植物的啊，从根茎和叶子的形状可以大体判断出来。我回答道，看起来像旋花科。

秋山略带深意地笑着，说，跟我来。接着把我带进屋里，给我看了一张照片。

那是一张花的照片。我马上就明白了是刚才那盆盆栽开的花。秋山询问道，看了这个有什么想法吗？

我当然知道他想说什么，便答道"是花的颜色吧"。那盆花是鲜艳的黄色，在旋花科里这是非常稀有的颜色。

秋山又问我"那么我重新问一遍，你认为这是什么花？"我调动了所有知识储备说："是非洲牵牛花吗？"从可能性来看，我只能想到这儿了。蜜蜜巴夫牵牛花里有黄色的品种，这肯定没错。

接着秋山拿出了一摞装订好的论文，说"你看一下这个"。那上面有秋山的大学的名字。

秋山说他把没弄清楚的植物的叶子拿到大学的基因解析中心，请他们鉴定了植物的品种。

读了报告之后，我大吃一惊。因为上面写着：经鉴定，为牵牛花的一种。

我震惊了。在旋花科里黄色是非常稀有的，要是黄色的牵牛花的话，首先它是不存在的。就算有记载曾经存在过，但种子已经全部消失了。偶尔会有一些接近黄色的颜色，但实际上和鲜艳的黄色相距甚远。

但照片里的花千真万确是鲜艳的黄色。我问秋山，你到底是怎样让它开花的？

秋山的回答让我很意外。他说，其实也没什么大不了，有个人拜托我，然后把他给我的种子培育之后就长出了这样的花。因为某些原因，现在不能告诉你这个人的来历，但这个人不是植物专家。

我问，那你打算怎么处理这盆花。他回答，肯定是打算继续研究它，所以才联系你的。

首先，继续培育这盆花。既然是牵牛花的话，以后估计还会开花。观察它的性状，可能的话采集它的种子。然后培育种子，再确认下一代能不能继续维持这样的性状。与此同时，分析这花的基因，搞清楚黄色产生的原因——这就是秋山的计划。

听完之后我异常兴奋。采集种子后，如果能继续开同样花的话，那将会是大发现。就算那不可能，就研究层面来说，如果能将黄色牵牛花稳定培育出来，那也将是划时代的发明。

对于秋山希望一起合作的请求，我欣然接受了。就像刚开始说的那样，我现在身处空职，也没什么正经工作，不过是等着退休罢了。我没有可以拒绝他的理由。其实，也是想争口气给公司的人看看。

从那之后，我就着手整理有关牵牛花的资料，开始基因分析的准备。关于黄色牵牛花的事，我跟谁都没有说起。要是说了，肯定会有人来窃取成果。这也是我和秋山约好，只有两人知道的秘密。

而就在那期间，发生了这次的事件。

那天，因为我想采集花的一部分，便去了秋山家。去之前打过电话，但没打通，我就直接过去了。之所以要用车，是考虑到可能要搬运整盆花。正是因为这个，我还带上了能装下整盆花的纸袋和棉线手套。

我把车停在附近的计费停车场后，就去了秋山家。按了门铃，没反应。我想是不是不在家，便又打了一次电话，结果还是打不通。正当我边想"怎么办啊，回头再来一次吗"的时候，我朝门里看了一眼，竟发现了奇怪的事。门半掩着，仔细一看，门缝里还夹着鞋。

虽然知道擅自闯进别人家不好，我还是进去了，打开门。

我惊呆了。旁边的拉门敞开着，室内的东西都杂乱散落在榻榻米上，好像壁橱里的东西也被扯了出来。

我一边叫着秋山的名字一边往里面走。然后在茶室发现了倒在地上的秋山。

我又叫他又摇他，可是没有任何反应。很明显，已经太迟了。我想必须报警，便掏出了手机。但那时我留意到放在小餐桌上的信封，里面露出一张照片。

那是黄色牵牛花的照片。不知道秋山为什么要准备那张照片，但看见它的一瞬间，我有点不知所措。如果就这样报警的话，这儿肯定会被禁止进入。有可能这儿的所有东西都会被警察收押，这张照片也会被调查。如果这最终被判定是牵牛花的话，会引起和这事件无关的社会骚动。专家和研究者也会接踵而至。如此一来，我们的计划便会打水漂。

我想在报警之前把和牵牛花有关的所有东西都拿走。便把花的照片放进信封，将信封装进自己的口袋。为了防止留下指纹我还戴上了棉线手套，放在书桌上的电脑也被我抱走了，因为我知道那里边有数据。

正当我站起来准备穿过房间时，不小心挂到电脑线路，弄翻了桌上的茶杯。看到桌子湿了，我慌忙用纸巾擦，然后扶起茶杯。但我觉得不能让它空着，就把旁边放着的瓶装茶倒了一点进去。我并没有想太多，只是想着要把所有东西恢复原状而已。

从院子里出来，我把花盆装进了纸袋，拿着电脑和花盆回到停车场。将所有东西塞进车里之后，我又朝秋山家走去。之所以没有在停车场报警，是考虑到接到报警的警官一定会问我现场状况。要是离开现场，就必须说明离开理由。

但走到秋山家附近时，看到一位年轻女性站在门口。我停住了，在暗处看着她。没一会儿她就进去了。

我回到了车里。那位女性应该是秋山的孙女，因为听秋山说起过。我确信她会替我报警。十分抱歉，但我想就当我从来没来过吧。因为这样的话，我就不必跟警察说有关黄色牵牛花的事了。

花被我带回家了。现在还在我家阳台上。但连妻子和儿子都不知道那是极其珍贵的东西，只觉得那是我作为爱好所养的一盆花罢了。

这就是我和这个事件的所有关联。我从现场拿走了重要的证据，真的非常抱歉。当时只觉得是单纯的抢劫杀人案件，压根儿没考虑到是和花有关系。

请你一定要相信我，秋山不是我杀的。我去的时候他已经被杀了。

至于研究，我本来打算等这次的事件解决之后再慢慢开始，但是失算了。几天前，秋山的孙女来找我，她好像调查了很多关于那花的情况。我要是将培育出黄色牵牛花的事说出来，肯定会被怀疑是因为这次事件而偷了花。虽然我向她强调，秋山并没有研究过黄色牵牛花，也请她不要问关于培育花的事，但不知道她到底有没有这样做。之后我给她介绍了一个叫田原的人，他对牵牛花很了解。这个人对黄色牵牛花的复活持怀疑态度，关于秋山培育这花的一事，希望田原能向秋山孙女解释清楚，并得到她的认同。

以上就是我知道的所有事。我现在只关心那盆花会被怎样处理，会被没收吗？如果无论如何都得没收的话，能不能等我做完基因分析之后再没收？另外，今后如果在哪儿的研究机关进行分析的话，就算没有报酬也无所谓，能让我参加吗？

33

见蒲生摘下耳机，早濑开口："怎么样？"

蒲生沉默着把手伸向咖啡杯，眉头紧锁。

"补充一句，这并不是在问询室正式听取的东西，是非公开问的。就我一个人，其他搜查人员并不知道这事，我也没向上司汇报。在现阶段，调查本部没有一个人对这个年老的研究员感兴趣。知道这段坦白交代的只有我，日野，还有你。"

蒲生交叉起胳膊，垂下眼帘。

"再来杯咖啡？"早濑注意到蒲生的杯子空了，问道。他记得饭店吧台的咖啡可以随意续杯。

过了会儿，蒲生抬起头："再来一杯吧。"他的表情似乎在一点点平稳，至少，刚出现在店里时从全身散发出来的戒备消失了。

早濑叫过穿长裙的女服务生，要了杯咖啡，重新看着蒲生。"日野的话不像在撒谎。原本他有不在场证明，所以在调查初期就被抹去了嫌疑。"

"话说回来，你能盯上这样的人物，去追究跟时间有关的东西，真是了不起。"

早濑苦笑了一下，轻轻摆摆手："这种无聊的恭维就算了吧。刚才我也说过，日野不是犯人，我也没有能找到与犯人关联的线索。寻常的话到此就该回到原处了。但是，我跟你说，这一回，我觉得并非如此。"

　　蒲生喝完了杯里的咖啡，服务生端着咖啡壶走过来，给两人的杯里加上咖啡，转身走开。

　　"你想说什么？"蒲生问。

　　早濑喝着咖啡，点点头："味道不错，还免费续杯。原先我不知道在这种地方喝咖啡的人的心情，也许是自得其乐。"他从内兜拿出手机，屏幕上调出一张图片。"之前我也说过，你的目的不是抓住犯人，你在追查别的东西，不是吗？"

　　蒲生把杯子拉到跟前："你接着说。"

　　"我不喜欢卖关子，这就给你看。我的杀手锏是这个。"早濑说着把手机屏幕朝向蒲生。

　　画面是日野种在阳台的盆栽，没有开花，是他声称的黄色牵牛花。

　　"我还有一张牌。"早濑从包里拿出一个塑料袋，放在桌上。里面有一个信封。

　　"这是什么？"蒲生问。

　　"日野的供述里有吧？这是放在秋山家茶几上的信封。你看看里面的东西，不过，慎重起见……"早濑从包里拿出一副白手套，放在塑料袋旁边。"警察厅的同仁们平时大概不会随身带手套。"

　　"借用一下。"蒲生说着戴上手套，把手伸进塑料袋，打开里面的信封，摸出照片。黄色牵牛花的照片。

　　"怎么样？"早濑从一旁看蒲生的表情，"能说是伪造的吗？"

　　"不，我不会那么说。你打算怎么处理它们？"

　　"一开头我就说了，注意到日野的只有我一个。我也跟日野叮嘱过，不要接触除了我之外的搜查人员。我也可能把这些牌给你，这要看你的出牌方式。"

　　蒲生慢动作般地喝着咖啡，大概是在争取时间思考。

　　片刻之后，他直直地盯着早濑。"你以前说过，这个案件你打算尽可能亲手抓住犯人，这里头有什么原因吗？"

"这个你必须知道吗？"

"我只是想知道，不能说的话也没关系。"

早濑摇摇头："话说起来就长了，一句话来说就是报恩。"

他简短地解释了两年前的盗窃事件。"也就是说，被害人秋山周治对我来说有很大的恩情，如果没有他，我儿子会背负罪犯的恶名，此后的人生可能也会备受影响。所以我跟儿子约定，尽量亲手抓住这个案件的凶手。"

蒲生听着，点了好几次头。"原来是这么回事，我很理解你的心情。"

"怎么样？我可是把手里掌握的全亮给你看了，不给我看看你的牌吗？"

蒲生似乎还下不了决心，再次看着黄色牵牛花照片，然后一言不发地把照片放回信封，这时他像是注意到了什么。"信封里好像还有别的什么东西。"

"对，不过我还没弄清楚里面为什么会有这种东西，日野说他也不知道。"

蒲生把戴着手套的手指伸进信封，摸出里面的东西。是三张细长的纸片。

"这是……"蒲生的表情有些吃惊。

"我也正想着要调查。"

蒲生好像没听见早濑的话，一脸严肃地盯着远处。过了一会儿，他的表情缓和下来，浅笑了一下，轻轻晃着身体。

"怎么啦？"

"哦，抱歉。"蒲生摇了摇戴着手套的手，"也就是说，你是想着要报恩，才决心对这个案子追究到底对吧。"

　　"没错，有什么不对劲的吗？"

　　"你的报恩也许会产生别的恩情。"

　　"什么意思？"

　　"我的意思是，不少人可能会因为你而得到保护。费了不少周折，不过案件看起来快解决了。我得向你致谢。"蒲生笑了笑，露出白白的牙齿。

34

最后演奏的歌曲正如梨乃所想的一样，是"催眠诱惑"。光是听到报幕，演奏会现场便爆发出雷鸣般的欢呼声。果然是家喻户晓的曲子，堪称"钟摆"乐队的代表作。

大杉雅哉的歌声响起后，场内安静了下来。也许大家都认为，在欣赏这首名曲的时候制造噪音是很罪恶的事情吧。作为演唱会的压轴歌曲，谁都想静静地聆听。梨乃也深有同感。

"钟摆"乐队这次的演出在新宿的一家小音乐厅。键盘手又换了，这次似乎是哲也的朋友，是个一头金色长发的年轻人。他的演奏水平怎么样，梨乃虽然不知道，但觉得他演奏得很流畅。乐队的其他成员似乎也觉得没有什么大问题。

一听说乐队要开演唱会，梨乃就想着邀请蒲生苍太一起去。因为他应该还在东京。但是一想到前几天的事情，还是有点犹豫。

原本他们俩是因以秋山周治被杀的事件为契机，而开始追查黄色牵牛花的，但因为不可思议的偶然，调查陷入了寻找蒲生苍太的初恋女友的困境里，然后追查到的却是大约五十年前蒲生苍太的外祖父母被杀的案件。并且，苍太对这个事件甚至丝毫未曾听说过。

在那之后，梨乃跟苍太只有过一次邮件往来。据他在邮件中说，那天他回家之后，发现他妈妈消失了。她留下了一封信，看起来不告诉苍太去哪儿是她本人的意思。

"我哥哥还是不知道去哪儿了，一直没回来，加上妈妈也消失了。

谁都不告诉我任何事情，就在我眼前这么消失。我完全弄不清目前的状况，不知如何是好。如果是这样的话，我也玩个失踪好了。"——从蒲生苍太的邮件中，传递出的尽是沮丧和无助。

究竟是怎么回事？作为毫无关系的外人，梨乃都开始担心起来。不，她虽然是个外人，但跟蒲生苍太不是没有关系。她也是有权利知道事情的详细经过的，所以她在邮件中说："知道什么情况的话请联系我。""知道了。"——苍太这样回答道。但是从那以后，就再也没有任何音讯了。

雅哉的歌曲进入佳境，听起来如同魔法师在念咒语一般，或者像是僧侣在诵经一样。在看似单调的重复中，隐藏着能够激起心中波澜的玄妙而细致的旋律。雅哉和尚人这两个人绝对是天才——梨乃不禁又这么想到。

曲终后，观众们的反应总是一样的，他们惊呆了一般，甚至忘了发出声音。几秒后，才开始有隐约的喧闹声，声音越来越大，最后欢呼声如同汹涌的波涛一般爆发出来。今晚也是如此。梨乃拼命鼓掌，两只手都拍疼了。

乐队成员们消失在幕后，现场演唱会结束了。观众大部分是年轻的女性，大家都是一脸满足地走出会场。今天一个人独自前来的梨乃也混在其中，向着出口挪步。

就在她要走出去的时候，她注意到在走廊的角落里，有一群明显不是观众的男人。他们都穿着西装，散发出不寻常的气味，而且清一色地板着面孔。

在他们中间，梨乃认识一个人，那就是早濑刑警。如此说来，可以推断他们是警察一类的人。

为什么警察会来这个地方呢？早濑他们应该在查爷爷被杀的案子啊，为什么会出现在业余乐队的演唱会现场呢？

梨乃的心中冒出了不安的情绪，并且在迅速地膨胀。这是有理由的，她在今天白天的时候跟早濑见了面。像往常一样她接到了早濑的电话，说有些事想问她一下，能不能见个面。

听起来似乎不像是有什么大事。早濑自己也说，只是单纯地确认一些信息。对于被问到的问题，梨乃如实作了回答。也不是什么需要隐瞒的事情。早濑听了之后很轻松地离开了。

跟那件事有什么关系吗……

梨乃忍不住转回身去，逆行在出场的观众中，回到了舞台的侧面。舞台上，乐队成员们像往常一样开始收工。

"哎？梨乃？怎么啦？"最初注意到她的是哲也。一之、雅哉，还有刚刚加入进来的键盘手都投来好奇的目光。

但是下一个瞬间，他们的视线便齐刷刷地向梨乃的背后投去。她也感受到了异样，回过头去。

穿西装的几个男人进来了。他们看也不看梨乃，径直走向舞台。

其中一个身材健硕的男人走上前来，仰面看着舞台上的雅哉。

"大杉雅哉先生吧？"

雅哉微微地点了点头，目光里浮现出一丝慌张。

"我们是警察。关于秋山周治先生被害的案件，我们需要询问您一些事情。可以跟我们走一趟西荻洼警署吗？"

"喂！什么嘛！"一之站起来，"什么事啊？为什么非要带雅哉走？你们意思是他犯什么事儿了吗？"

一之交替瞪着雅哉和警察，但是谁都没有看他，谁也都没有回答。

"大杉先生，"警察用抑扬顿挫的口吻说，"可以走一趟吗？"

雅哉伫立在原地，低垂着脑袋。看他那副样子，梨乃感到全身的汗毛都竖了起来。她确信自己做了不可挽回的事情。果然跟早濑说的那番话引起大麻烦了。

就算是这样，但莫非事情真的是那样……她的心跳得越来越快，嗓子眼像被卡住了一样，连声音也发不出来，身体僵硬，只能眼睁睁地看着局势的变化。

"雅哉，"哲也开口了，"你倒是说话啊！"

雅哉铁青着脸面向同伴们说了一声："抱歉。"声音小而嘶哑。"我去去就来。这儿就拜托了。"

同伴们似乎都倒吸了一口凉气。"雅哉……"一之梦呓般叫了一声。

雅哉慢慢地走下舞台，低着头走向那群男人。

警察们包围在雅哉身边，开始向外移动。他们虽说是"走一趟"，但那样子却像是"逮捕"。

警察中走在最后面的是早濑。他走过梨乃面前的时候，转向她微微地点头致意。那表情中掺杂着遗憾和歉意。

他们全部走出会场之后，会场内留下的只有一片寂静了。没有一个人说话。

久久站立的梨乃反复思索着白天的时候跟早濑的谈话。他的问题很简单，拿出了一个东西给梨乃看，问她有没有想到什么事情。

那是三张票的复印件。据他说原件是在周治的房间里发现的。

梨乃见过它们。在为尚人守灵的时候，周治拿出来给她看的就是它们。

"我知道。"梨乃回答道，"'福万轩'的餐券吧。"

在被问到为什么周治会拿着这样的票券时，她也轻描淡写地作了回答。

尚人想与乐队的同伴一起去那家店，知道这件事的周治便想把餐券作为礼物送给尚人。但是尚人去世了，这件事没能实现。葬礼的时候，周治便把其中的一张放在了棺木中。所以这三张应该是剩下的三张餐券。

对于这个回答，早濑似乎很认同。"非常感谢。"他彬彬有礼地道了谢，之后便起身离开了。

或许那件事跟案件有什么关联吧。那跟雅哉被带走又有什么关系呢？

梨乃久久地伫立着。

268 \ 梦幻花

35

　　大杉雅哉的审讯由这个案子的总指挥来负责执行。令人惊讶的是，早濑被任命担任记录员。"上头跟我说了，早濑是最适合的人选了。"担任总指挥的警官有些讽刺地说道。

　　上头做了什么工作，早濑完全不知道。或许对于大多数查案人员而言都是这样吧，某一天突然有很多证据不知道从什么地方冒了出来。在至今为止的调查中，这个看似跟案件完全无关的叫大杉雅哉的年轻人突然出现在调查的视线里。不用说，能够意识到警察厅，也就是蒲生要介在背后暗中活动的，在普通的查案人员中只有早濑了。

　　跟蒲生在酒店的大堂酒吧见过面后，早濑和他也有过几次来往。其中有一次，他来跟早濑说了他的两个请求。

　　"首先，关于餐券。麻烦您跟秋山梨乃确认一下，问问她是否见过。我认为一定能够得到我们预期的答案。"

　　蒲生似乎已经认识到餐券是关键线索了。可是他说目前很棘手。

　　"因为在调查报告书中只能写一些正儿八经的记录。我的消息可以说是通过特别的渠道得到的，不能公布于众。"

　　蒲生也没有将他的消息来源告诉早濑。

　　在说第二个请求的时候，蒲生的语气变得沉重起来。

　　"这件事有些不好开口。是关于逮捕的顺序。早濑先生说过，您是希望能够亲手给犯人戴上手铐，但是很遗憾，我只能请您放弃这个想法。"

早濑想，或许是搜查一科突然插手进来了吧，但是蒲生说不是这样的。

"是在那之前的问题。我们有一个弱点，就是不能将获得的消息透露给调查本部。因此为了完美收场，是需要给足警视厅面子的。我们没有轻视您的意思，在去逮捕嫌疑人的时候我们也会做工作请您一起去，除此之外的一些重要场合也会请您出席。这么安排，您可以接受吗？"

蒲生用词谦和有礼，但空气中飘浮着一种说不出的压迫感。不愧是顶尖的政府工作者，进攻的时候头头是道，气场非凡。早濑接受了他的安排。本来他也没想着自己能够亲手抓获罪犯，现实生活跟电视剧还是有区别的。

大杉雅哉被带进审讯室，他像是被抽取了灵魂一样，很是憔悴。本来就很白的皮肤变得近乎灰色，嘴唇发紫。

问了一些姓名、住址之类的简单问题之后，警官进入正题，首先问了案发当日他的情况，在什么地方、做了什么。

大杉雅哉没有回答，直直地凝视着桌子的表面。

"怎么了？回答不上来吗？"警官追问道。

即使这样，大杉雅哉还是保持沉默。早濑看出来了，他并不是在抵抗，而是连随便说个谎话的力气都没有了。

警官似乎也这么想，便进行了下一步。他亮出了餐券，说那是从矮脚桌上的信封里找到的。

"秋山周治先生生前有意让他的孙子尚人和'钟摆'乐队的成员们去'福万轩'吃饭，多数证言证明了这件事。实际上，在尚人先生的葬礼上，周治先生把同样的一枚餐券放进了棺内。我们可以认为，秋山先生拿出这几张，是为了交给其他的乐队成员的。要说成员中知道秋山周治先生住址的人的话，我们认为作为尚人先生从高中时代起的朋友，你的可能性最大。因此我们才来问你的。怎么样？那天你去秋山先生的家了吗？"

听到这儿，大杉雅哉终于作出了反应。他抬起头，翕动着没有血色的双唇。

"餐券……原来是这样。那个……爷爷他，要把餐券……"他的声音像女孩一般细弱。

"可以把真相告诉我们吗？如果你坚持说案件与自己无关，我们就要做 DNA 检测了。"

"DNA……"

"在犯罪现场，我们采集到了可以断定是被害者之外的人的 DNA。我们将会做对照核查，确认那不是你遗留下来的。你明白了吗？如果你拒绝做 DNA 检测，就需要提供相应的理由。"

警官的语气充满自信。那是理所应当的，因为实际上已经做了 DNA 检测。

那些 DNA 是在秋山周治的厨房里的擦碗布上提取到的。根据早濑提出的疑问，搜查科将目光转向那只反着放的玻璃杯上，玻璃杯被细致地擦拭过，由此推测是用挂在洗碗台旁边的擦碗布擦拭的。要是直接用手拿擦碗布进行擦拭的话，会有极高的可能性留下皮脂或者手上的代谢物。分析的结果如预想的那样，检测出了跟秋山周治不同的 DNA。然后他们又秘密地采集大杉雅哉的毛发，进行鉴定的结果是，跟被发现的 DNA 是一致的。当然这是违法行为，不能在法庭上当证据使用。所以接下来需要办正式的手续，再鉴定一遍。

大杉雅哉叹了口气。同时，他的表情也缓和了下来。早濑看见他这副样子，感到事情就要有个了结了。

他的直觉是正确的。大杉雅哉正面直视着警官的脸，说了一声"我知道了"，便继续开口说了出来。

"那天，我去了秋山先生的家。然后，我杀了秋山先生。"

那之后的大杉雅哉看起来似乎灵魂重新回到了肉体里。他有条有理地，像是在咀嚼自己深深的罪恶一般，把那天及那天之前的事，不慌不忙地说了出来。

36

　　据大杉雅哉的叙述，他被音乐深深地感染是在上初中的时候，契机是他从叔叔那里得到一把旧吉他。一个人弹着弹着萌生了想要去正式演奏的念头，于是他开始报班学习吉他。听到老师夸他很有天分时，他感到很高兴，更加努力地练习。摇滚、爵士、蓝调——只要是音乐他无所不欢。他既喜欢听人演奏，也喜欢自己弹奏。最终他产生了这样一个想法：如果将来能以音乐为工作该多好。但是，不用说，那个时候这只是还未成型的单纯的梦想而已。

　　在高一的时候，他与鸟井尚人分到了一个班里。尚人学习好，体育也好，但是没什么朋友，总是独来独往。因为他不怎么笑，总是冷着脸，所以让人觉得不大好接近。

　　就是这样的一个同班同学，大杉雅哉偶然地在街头遇见了。那是在雅哉去往现场音乐会的路上。在那之前两个人基本没怎么说过话，但因为两人都是单独一个人，于是自然而然地开始交谈起来。

　　雅哉说了自己要去现场音乐会之后，鸟井尚人像是突然来了精神似的问雅哉：

　　"我可以去吗？"

　　雅哉感到很意外，便问他喜不喜欢音乐。

　　"不讨厌。我很久以前弹过钢琴，但没去过现场音乐会。"

　　"那就一起去吧，"雅哉回答道。那个时候，他心中浮现了一丝预感——觉得与尚人相遇之后，会有什么事情即将发生。

那是一场业余乐队的即兴演奏，尚人看起来听得很满足，在回去的路上一直兴奋地说着自己的感想。他甚至说，自己第一次知道原来还有这样一个世界的存在。

雅哉惊讶的是几周后发生的事情。尚人告诉他，自己买了键盘，说是每天都在家练习。

那么一起玩乐队吧——雅哉邀请尚人说。他也一直在弹吉他。反正开始正式做音乐的想法一直萦绕在他心里。

好啊——雅哉得到了这样的回复。虽说是乐队，但并没有别的成员立刻加入，暂时只靠两个人组建了起来。

刚开始，他们翻唱别人的曲子，后来渐渐觉得，光靠翻唱满足不了他们。有一次，雅哉把一首谱子拿给尚人看，那是他自己作的原创曲子。因为有些不好意思，所以还没有拿给别人看过。

弹过那首曲子之后，雅哉问尚人的感想。尚人一副不明就里的表情，摇了摇头。雅哉说："果然，不好对吧？""才不是你说的那样。"尚人回答。

"正好相反，太棒了。我刚开始还想，反正不知道是哪儿抄的。但听了之后完全不是我所想的那样。这首曲子我没听到过。雅哉，你这家伙，是个天才呢。"

雅哉觉得有些难为情，认为尚人只是碍于面子恭维他而已。但尚人一副认真的表情告诉他：那不是恭维。

"我是认真的，不是拍你马屁。你是有才华的，跟我不一样。"

然后尚人像是发泄似的一股脑儿地继续说着："总是这样，我无论怎么努力，也没办法和天生有才华的人相比。"

雅哉不知道尚人为什么一下子变得那么焦躁，一时间不知如何是好。尚人恢复到原来的表情，微微一笑。

"对不住，我有点嫉妒。你看，你写的曲子好得让我嫉妒了。"

　　雅哉放心了，真诚地向尚人致意："谢谢你。"然后，他还建议尚人也来作曲。

　　"我行吗？"尚人歪着脑袋，说，"那就挑战一下试试吧。"

　　之后没过多久，尚人就作了一首曲子出来。演奏之后，雅哉惊呆了。曲子很朴素，但雅哉感受到那是一种自己无法创作出来的气质。

　　他们相互说，我们是最佳搭档呢。他们发誓，要比约翰·列侬和保罗·麦卡特尼这对搭档更胜一筹。

　　就这样，两个人都进了大学，但对音乐的执着没有丝毫改变，上大学只是考虑到父母的面子问题而已。不久他们就又开始了乐队活动。其间出现了各种情况，乐队成员也不断更替，最终，鼓手桥本一之和低音提琴手山本哲也的加入使得乐队初具雏形。

　　"钟摆"乐队成立两年之后，队员们都有专业从事音乐的想法。就算把这个想法说出口，他们也不会觉得有什么不好意思，因为他们积累了不少的成绩。

　　但是另一方面，他们开始感觉到有些障碍。跟尚人单独在一起时，雅哉说了这样的话。"还差一步呐。"

　　作为雅哉最亲密的朋友，尚人准确地捕捉到了雅哉的意思。他说："总觉得有什么地方不够啊。"

　　"嗯，不够。"

　　"我们没有进步。"

　　"嗯，没进步。"

　　这是只属于两个开创者的共同感受。他们感到自己的技艺进步了，或许达到了专业的水平，但也仅此而已。达到专业水平的大有人在。他们必须以成为专业中顶级的乐手为目标。

　　应该怎么做呢，不知道——两人怎么商量也得不出结论。

　　雅哉大概是从两年前开始出入"工藤之家"的。有时候在那儿演出，有时候只是单纯地作为客人去那儿。雅哉和老板工藤明也渐渐熟悉起来，工藤是难得能够和自己沟通音乐的人。

雅哉和工藤说了碰到障碍的情况之后，工藤"噗嗤"地笑了。

"艺术家是不会碰到什么障碍的。如果感觉到障碍，还是不要继续下去的好。不用一直想着更进一步什么的不也很好么？只要单纯地去享受就好。我几十年都在做着同样的事，一步都没有前进，但即使是那样我依然觉得很好啊。我的听众感到满意，我就满足了。"

工藤的意见是成熟而专业的。这让雅哉感觉到了自己还停留在低级的烦恼中。

在那之后过了几天，雅哉见到工藤的时候，工藤说："这个我希望你一定要保密。"说着，拿出了一个小布袋。摸起来里面像是塞满了细小的东西。

"我们在胜浦集训的时候有时会用这个，有时候能找到一些灵感。嗯，就算是换换心情吧。对于艺术家而言，发现沉睡的自我是很重要的。"

工藤将袋子中的东西倒在手掌中。是几毫米大小的黑色颗粒，仔细看像是植物的种子。

雅哉问："这是什么？"工藤答道："弄碎了喝下去。"

"喝下去的话世界会发生变化。你试试就知道了，不可言状的感觉。放心，这不是什么违法的东西。可能会有一点恶心和腹痛，但完全在可以承受的范围之内。如果觉得有什么不适，不吃就行了。到时候剩下的种子就还给我，因为这是很珍贵的东西。"

雅哉看着小小的种子。世界会变？——他实在无法想象种子所蕴含的那种力量。

那天晚上，雅哉一个人待在自己房间里的时候，他决定尝试一下。因为工藤说放着音乐会更好，所以雅哉摁了播放器的开关。从扩音器里传出来的是他们最近刚刚录好的一首原创曲子。CD 一直放在里面没取出来。

他把种子从袋子里倒出来。工藤说一次吃五粒就足够了。

他感到有点恐怖，把种子放在嘴里，闭着眼，喝了几口可乐冲了下去。因为他听工藤说，喝可乐比较好咽下去。之后，他坐在床上。

感觉有变化是在十几分钟之后。正想着"什么变化都没有"的时候，那种感觉突然袭来了。

首先，眼前的景象开始摇晃。刚开始他以为是视力出问题了，但事实并非如此。景象的摇晃是有方向性和节奏感的。马上，他就意识到了那是为什么——跟正在播放的音乐有关。看起来，周围的景色在呼应着音乐的旋律和节奏摇晃着。

发生变化的不仅仅是视觉，雅哉发现自己的听觉变得无比敏锐。他觉得自己不仅是用耳朵，而是用全身在听音乐。他能够正确地捕捉到所有乐器发出的声音。他感到自己全身的细胞都在应和着音乐。

突然他感到自己明白了什么。所谓音乐就应该是这个样子的。既不是制作出来的，也不是拼凑而成的。为什么这么简单的道理直到现在才发现呢？

接着，一种难以名状的幸福感降临在他身上。他觉得不仅看破了音乐的本质，也看清了很多事情的道理。他明白了自己为什么会降生在这个世界，同时，对父母的深切感谢之情也溢满心头。雅哉流下了眼泪。

他想把这种心情以某种方式记录下来，等他回过神的时候，发现自己已经将吉他抱在手中，任由双手划动琴弦。至今为止从未想到过的旋律一股脑地喷涌而出。

种子的效果大概持续了两个小时。效果并非突然消失，而是逐渐变弱。雅哉慢慢地恢复了常态。

雅哉清晰地记着处在幻觉状态中的情景。他真实地觉得，自己并非是大脑变得不正常了，而是在精神上处于一种很高层次的感觉。他所经历的感觉并非是错觉，证据就是，在幻觉状态中萌生的对父母的感激之情还留在心中。

过了几天，雅哉把这次尝试告诉了工藤，语气里满是抑制不住的兴奋。

"是不是觉得能收获一些东西？"对于雅哉的反应，工藤看起来也很满足。"但是有一点，要适可而止，不能依赖上那个东西，因为那不是什么魔法。"

"我知道了。"雅哉回答道。

雅哉把种子的事情也告诉了尚人，但是尚人半信半疑。雅哉说："试一下就知道了。"

一天晚上，两个人一起服用了种子。不一会儿，那种感觉就复苏了。尚人似乎也有精神上的变化，他开始弹起了键盘。雅哉也配合着弹起了吉他。他们把倾泻而出的旋律录了下来。

等到意识恢复正常之后，两人听了录音。那是他们从未听过的音乐。雅哉和尚人兴奋极了，癫狂地叫出声来。

我们是天才——有生以来第一次，他们这么想。

对于那个时候谱下的曲子——"催眠诱惑"，其他的队员也大为惊叹。大家都问，是怎么想出这么棒的曲子的。

灵感，他们这样回答。种子的事情成了两个人的秘密。

自那之后，雅哉和尚人两个人想要创作新曲的时候，就会喝下那个种子。虽然没有第一次体验时那种强烈的冲击感，但差不多每次总能得到期待的结果。

但是种子是有限的。又不能拜托工藤，因为最开始时他就说只有这么多。种子似乎原本就数量有限。工藤说，本以为植物的种子种下去就能开花结果，但没能如愿。

雅哉感到很不安，从今以后没了种子，他们还能创作出来吗？

他也曾寄希望于代替品上，考虑过合法的药物。结果根本不行，不仅没能唤起什么想象力，难受的感觉倒是持续了很久。

这时候，尚人提出了一个方案：拜托爷爷试试看。他的祖父是植物方面的研究专家，目前也在家里养着各种各样的植物。

那是春寒料峭的三月中旬，两人去了秋山周治的家。近来没怎么见过面的孙子突然来访，秋山很开心。但是，当尚人把种子拿出来之后，原本慈祥的老人眼神一变。

"看样子应该是牵牛花的一种，而且相当古老。"秋山说道，"不止十年二十年，可能有更长的年头。"

"那就是说，没法种喽？"

"不，这个还不清楚，什么事情都有相应的做法。你想让我培育吗？"

"如果您可以的话。我想知道它会开什么样的花。"

"这样的话，我试试看吧。这些种子我拿来怎么用都没关系对吧？"

"没关系，交给您了。"

他们给了秋山四粒种子。没办法，种子实在太宝贵了。

"如果顺利的话，也能结出种子吗？"雅哉试探地问了最关键的事情。

"这个嘛……"秋山思量着，"不试试的话是不知道的。有可能一粒也得不到，也可能结个几十粒种子。"

雅哉他们只能祈祷能有个好结果。

最后，他们跟秋山说好了最重要的一点，那就是拜托他培育种子的事情不能告诉任何人。

"什么呀，在搞恶作剧吗？"周治微微笑了笑。

差不多吧，尚人回答道。

虽说把种子交给了秋山，雅哉在之后的一段时间里却一直焦躁不安。一想到交给他的种子万一发不出芽，他就什么事情都无法专心地做下去了。

终于，尚人那儿有了回音。据说四粒种子里有一个已经长出了芽，正在顺利地成长。

"遗憾的是，其他的种子似乎都没戏了。爷爷说大概是年代太久远了。"

"这样啊，但也是没办法的事。"

只能把赌注下在唯一发芽的那粒种子上了，两个人相互说。

但是那之后不久，意想不到的事情发生了：尚人自杀了。

知道这个消息的时候，雅哉完全没有想过这件事跟种子有关系。警察询问的时候，他回答说想不起来有什么线索，这话倒也不是谎言。失去了重要的朋友当众痛哭也不是演技。

雅哉在为尚人守灵的时候见到了秋山周治。对于孙子的突然死亡，秋山从心底感到悲伤。

"好不容易发芽了啊。顺利的话，六月也许就能开花了呢。"秋山向雅哉询问道，"可是，为什么要种那些种子呢。我问了尚人好几次，他都没能给我个清清楚楚的答案。看起来似乎是想多收获一些种子，要这些种子有什么用呢？"

雅哉摇了摇头，回答说自己只是陪尚人一起去，具体的情况自己也不知道。秋山看起来并不满意这个回答，但也没有继续追问。

但是，尚人的四十九日祭奠那天，雅哉无意间从尚人的母亲那里听到了出乎意料的事情。尚人自杀的时候，桌子上放着喝了一半的可乐。

雅哉意识到了可怕的可能性。尚人也许是喝下种子，引起了精神失常跳下楼去的。不可能！雅哉想着想着不安起来。如果是这样的话，那么尚人的死因就跟自己有关了。

在这期间，雅哉最终还是用光了手头的种子，完全没有了创作新曲子的灵感。至此为止一直与自己同心协力的尚人不在了，一想到今后所有的曲子都要自己来写，那份焦虑格外强烈地束缚着灵感。真是恶性循环啊。

痛苦的时候雅哉只想着一件事。如果还有那种子的话……

终于到了六月。雅哉下定决心拜访了秋山的住所，去问种子培育的情况。

"很顺利，你来看看。"

秋山带着雅哉来到院子，花盆里的植物长着青青的叶子，藤蔓也长出来了，攀在架好的树枝上。

"我很期待究竟会开什么花。到了月底，也许它就开始开花了。到时你可以来看看。"

雅哉说了句"我知道了"，没有问种子的事情就走了。

老实说，他对花并没有兴趣。重要的是能不能结出种子。所以他七月才再次来到秋山家里。

就在那一天，秋山看见雅哉，说："可惜了。再早点来的话，能看见开花的样子。"

雅哉看了看庭院里的盆栽，没有看见花。

"但是我拍了照片，你进来一下。"

秋山带雅哉进了客厅。秋山从冰箱里拿出瓶装茶，把茶倒进玻璃杯拿给雅哉。他自己把烧水壶中的白开水倒进茶杯里喝。

秋山打开橱柜的抽屉，拿出一个信封，从里面取出一张照片拿给雅哉看。那张照片上的是雅哉从未见过的花，黄色的花瓣又细又长，让人看了有点害怕。

"这个没准儿是不得了的花呢。"秋山说道,"我现在正在调查。你们把这么有趣的种子给我,还要谢谢你们。总之,先把这个给你。"

秋山把照片放回信封,放在雅哉面前。

雅哉瞥了一眼信封,开口问道:"种子呢?结出来了吗?"

见他这么问,一直温和的秋山不知什么原因突然露出严厉的表情。他直直地盯着雅哉的脸。

"好奇怪啊,不管是尚人还是你,似乎对花完全不感兴趣。你们不是说过想看看它究竟会开什么花吗?"

"的确说过……"

"如果结了种子,你打算拿它干什么?"

"打算,没什么打算……"

雅哉说不出话了。他没有想到秋山会这么追问自己。

"莫非……"秋山仍旧盯着雅哉的眼睛,问道:"莫非,你是想把种子当作幻觉剂来用吗?"

"啊?……"

"你是为了这个目的,才让我多种出些种子对吗?"

秋山看穿了一切。雅哉低下头去,全身开始发热,能够清晰地听见自己耳膜内脉搏的震动。

秋山深深地叹了一口气。

"你们太执着于种子了,我放心不下,所以就查了查。如我所料,西洋牵牛花中,有一种是含有麦角酸酰二乙胺的,这种花里面的那种物质是其他西洋牵牛花的几十倍。麦角酸酰二乙胺是一种有促使人产生幻觉作用的物质。你们拿这个种子当幻觉剂在吃对吧?"

雅哉张着嘴,嘟哝了一声"不是",声音小得听不见。

"真没想到孙子们会让我做幻觉剂。活得长了,真是会碰上各种各样的事，包括让人讨厌的事。"

"不是这样，秋山先生，不是您说的那样……"

"你不用说了。"秋山摇摇头，"这样的话我就明白了。尚人自杀的理由也明白了，大概受了幻觉作用的影响。你是知道的吧？"

"……不知道。"

"够了。"秋山的手伸向电话。

"您要给谁打电话？"

"警察，这还用说吗？你或许会说，吃花的种子有什么大不了的？但是已经有人丧命了。我当然不能坐视不管。"秋山背对着雅哉，开始拨电话。

激烈的焦躁感向雅哉袭来。如果幻觉剂的事情暴露了，今后自己该怎么办呢？大家一定会认为自己在音乐上的所谓的才能不过是假的。被众人轻蔑和嘲笑中的样子浮现在雅哉眼前。

必须要阻止，必须要让他停止——雅哉脑子里只有这一个念头。他随手抓起了一个东西，打在秋山的后脑勺。伴随着一声惨叫，老人倒了下来，但是手脚还在动。雅哉看见了，便从背后勒住老人的脖子。他完全停止了正常的思考。

等雅哉回过神来的时候，秋山已经一动不动了。后悔和恐惧立刻涌上雅哉的心头。后悔的是，他做了无法挽回的事情；恐惧的是，他若不立刻做点什么就会陷入万劫不复之地。

这时，雅哉看见了架子上放着的手套，那是秋山在侍弄花的时候戴的。他戴上手套，擦拭了所有自己认为接触过的地方。接着他开始将屋里弄乱。他打开了所有的抽屉，开始找值钱的东西，也就是类似于抢劫犯会抢的东西。银行存折和卡之类的立刻就找到了，但他没有停止翻箱倒柜。他打开旁边屋子的壁橱，把里面的东西全都翻了出来。

　　他要离去的时候，注意到了矮脚桌上的玻璃杯。不能把这东西留着。他把玻璃杯拿到水池清洗，用擦碗布擦净，放回橱柜，并留意着不留下自己的指纹。

　　确认了四周没有人之后，雅哉走出了秋山家。他拐过街角，向车站跑去。

　　这一切都不像是真的。他真希望这只是个噩梦。

37

　　苍太想着：这高级城市酒店走在走廊上真是听不见一点声音啊。要说自己住过的，就只有廉价的商务酒店和度假旅馆，那些酒店墙壁很薄，在走廊上就知道哪个屋子住着人。而这家酒店，周围安静得像是没有一个客人入住，说明隔音效果实在是好。

　　指定的房间在长长走廊的最里头，摁门铃的开关装在墙上——这东西苍太也是第一次见到。

　　小小深呼吸了一下，苍太摁下开关。里面传来轻微的铃声。

　　随着开锁的声音，门打开了。穿着衬衫的要介站在那儿，没系领带，开着两个扣子。苍太好久没见到哥哥了，他看上去脸颊消瘦了一点。

　　要介没说话，点点头示意苍太进来。他的表情很沉稳。

　　苍太走进房内。房间里有沙发和写字台，桌上放着电脑和文件夹。没有床，大概卧室在别处吧。苍太想：这就是所谓的套房吗？别说没进过了，苍太连看都没看过。

　　"这么豪华的房间。"苍太环顾超大的起居室，隔着玻璃能看见红酒杯。"一晚多少钱啊？"

　　要介苦笑了一下。"没你想象的那么贵。什么事都有内情。以前这家酒店卷入过一起麻烦事，因为我参与了事情的解决，住这儿能有优惠。"

　　苍太缩了缩脖子。"原来如此。优秀的政府官员还是能占便宜呀。"

"叫你过来可不是听你挖苦，先坐下吧。"

沙发有两张，摆成"L"字形，背靠着窗的是双人沙发，还有张单人沙发。要介见苍太犹豫着往哪儿坐，就说："你是客人，不用客气，坐大的吧。"还加了句："这种事都不自然的话，可成不了大器。"

"我也没想着要成大器。"苍太说着在双人沙发上坐下。

"蒲生家的男人这样可不行。"要介走近房间一角的小推车，上面备着咖啡壶和杯子。"喝咖啡行吗？想喝别的可以打电话叫。"

"不用，咖啡就行。"

要介从壶里倒了杯咖啡，用碟子端着放在苍太面前。哥哥从没给他做过这种事，苍太觉得自己有点不自然。

要介是今天中午过后来的电话，说是有话要说。问他什么事，回答说"是你想知道的事"，又来一句"还是你什么都不想知道？"

真是只管自己方便啊，苍太在电话里说，我想联系时你就拒绝，你自己方便了却突然来个电话叫我。对此不满，要介的回答是："这就是官员。"

把自己的杯子、牛奶、砂糖摆在桌上，要介坐了下来。

"妈妈呢？"苍太问，"我还以为你们会在一块儿。"

"没错，之前在这家酒店别的房间，不过我已经让她退房了，因为我决定把你叫到这儿来。"要介往咖啡里倒入牛奶，用勺子搅拌。

"她这是在彻底回避着我吗？"

"妈妈有她的考虑，她不能跟你把事情说得不明不白，所以暂时从你面前消失了。大概她觉得跟你说出真相，这是蒲生家长子我的事儿吧。话说回来……"要介抬起头，仔细端详着弟弟的脸。"你真是追踪得不错啊，小看你了。你小子也许有，不，应该说你小子也有侦探的才能。蒲生家的男人身上流着警官的血。"

苍太伸直了脊背，看着哥哥："终于跟我说真话了啊。"

"表情别那么严肃，先喝咖啡吧。兄弟俩这样相对而坐也是很难得嘛。"

"不是难得，是绝无仅有。"苍太啜着清咖啡，"什么时候我都是被排除在外。"

要介放下杯子，点点头。"你这么觉得也不是没道理，我们确实对你隐瞒了很多事情。那是老爸的原则，虽然我预想着这样总有一天会出问题。"

"究竟隐瞒着什么？"

要介从衬衫的前胸口袋里拿出一个透明的小塑料盒。"你知道秋山周治事件已经解决了吧？"

"在报纸和网上看了，之前秋山梨乃也联系过我。真让人吃惊，那个人居然是罪犯。"

"你和大杉雅哉谈过了？"

"谈过几次。"回答之后，苍太从哥哥的话里觉出了异样。"你怎么知道我和他认识？"

"这个回头再说吧。"要介把小塑料盒放在桌上。盒子里铺着白棉花，装着五毫米大小的黑色颗粒。"你知道这是什么吗？"

苍太把盒子放在手上，盯着盒子里的东西。两个颗粒明显是植物的种子。

"这个难道就是大杉雅哉当幻觉剂服用过的……"

"是的。"

"新闻里只说是特殊的花籽。"

要介伸直了脊背，宣告似的说："是牵牛花的种子。"

"黄色牵牛花？"

"没错，是梦幻之花。"

"果然如此。可是，你怎么会有这个？不，你究竟……"苍太眨眨眼睛，"你和黄色牵牛花是什么关系？"

要介嘴角浮出浅浅的笑："不是和我一个人有关系。这是个纵贯蒲生家三代的问题。"

苍太不由得皱了皱眉。"三代？你说的是什么呀？"

"你知道咱们爷爷的名字吗？"

"爷爷？你当我是傻瓜啊，这个我还是知道的，不是叫意嗣吗？"

"对，蒲生意嗣，和老爸一样在警察厅。"

"爷爷怎么了？"

"1962 年 9 月发生了一起悲惨的事件。在目黑区的住宅区，一个男人拿日本刀砍人，事件中死伤的有八人。"

"是 MM 事件吧。"

"没错。当时指挥查办案件的，正是时任搜查一科科长的咱们的爷爷。"

苍太大大吸了一口气。原来还有这种关联……

"罪犯叫田中和道。爷爷指挥警察在田中家搜查，在他家院子里发现了奇怪的东西，从没见过的植物盆栽摆了一堆。爷爷怀疑可能是什么违禁药草，想要详细调查，可是意想不到的方面给他施压，上层和警察厅命令他不得和有问题的植物扯上关系。"

"为什么……"苍太自语。

要介慢慢点点头。"和现在的你一样，爷爷当时也无法理解。当时他听从指示，被告知了一个绝对机密，并被严令指示连自己的家人也不能说。可是，爷爷告诉了自己的儿子，他儿子又对长子一个人说了。"

"什么呀，怎么回事？你就别卖关子了，快点说吧。"苍太着急得身体开始晃动。

"你别着急，这不是一两句话能说清楚的事。要解释梦幻花得追溯到江户时代。"

"梦幻花？"苍太觉得在哪儿听过。

"字这么写。"要介拿圆珠笔在酒店便条上快速写下，递给苍太。写的是：梦幻花。

苍太见了大吃一惊。是从牙医田原那儿听说的。黄色牵牛花是梦幻花，所以硬要追寻的话，会招致自身毁灭——好像是田原的叔叔这么告诉田原的。

"梦幻花，这是什么？"

"一句话说，就是引发幻觉作用的植物的总称。"

"哦……像大麻、芥子？"

"这些已经广为人知的植物不叫梦幻花，梦幻花是指一般主要用来观赏或者只是野草或杂草，其实却有致幻作用的植物。不过，在江户幕府，它是一部分人，主要是农学家们使用的一个隐语。其中最重要的就是这个。"要介用下巴指指塑料盒，"到文化文政年代，栽培牵牛花成了一大流行，变异牵牛花的五颜六色让人目瞪口呆，文献资料里留有如今已经看不到的异样形态的牵牛花。"

"这个我知道。黄色牵牛花在当时也并不稀奇吧。"

"没错。可是在当时的江户，奇怪的事件层出不穷，平时普普通通的人某一天突然发狂伤人，有时还会自杀。幕府因此调查，查清了令人吃惊的事实——当时，一部分人流行服用牵牛花的种子。"

"为什么会这样？"

"原本牵牛花就是作为药材传入日本的，所以服用本身并不奇怪。可它的用途是消化剂和利尿剂，这不可能流行。不过，某个品种的牵牛花被发现具有强烈的致幻作用，这种牵牛花外观有很大的特征。"

"难道说……"苍太把目光朝向塑料盒。

"是的，就是开黄色花的品种。这个品种究竟产自哪里，当时还并未弄清楚，也还不明确它是外来品种还是突然变异的。不过当时已经查明，它和其他牵牛花的遗传基因完全不同，其中之一就是致幻作用。当然，当时还并没有遗传基因之类的词，概念却已经确立了。幕府因此采取措施，不让这种危险的花流入市场，只要一发现黄色牵牛花，就立刻截下来，防止它扩散。但是，这种行动又不能让老百姓知道，因为如果消息传开，可能会产生利用黄色牵牛花牟利的黑市。"

苍太摇了好几次头。真是意料之外，不过要是这些都是事实，他反而安心了。

"这么说，黄色牵牛花消失，是因为这个原因？"

"判断力不错。"要介说，"当时还没弄清是否所有的黄色牵牛花都是梦幻花，幕府经常当街巡逻，监视是否有这样的牵牛花出现。一旦听到民间有黄色牵牛花的传闻，就用一切办法追究根源，回收种子。于是，黄色牵牛花在民间就慢慢消失了。但它不是灭绝了，而是在幕府管理下被继续秘密栽培，因为当时有这样的想法：有效利用它的强烈致幻作用。"

"幻觉剂能怎么活用？"

"做麻醉药。江户末期已经开始实施外科手术，需要有安全的麻醉技术。可是幕府倒台，那个计划就搁浅了。但黄色牵牛花的栽培仍然在明治政府的管理下秘密地继续着，知道这些的人非常有限。之后，有人提出了黄色牵牛花的一个意外利用方法，提出方案的是内务部的上层人员，他们考虑把黄色牵牛花制成药物，在警察办案时用于促使罪犯坦白。"

"警察……"听到这个词，苍太怔了一下。这儿和警察有关联了。

"药物研究交给了某个医学家，不过研究最终也停止了。作为促使罪犯坦白的药剂不是不可能，但是危险性太大。被实验者中的几个，有的性情暴烈，有的企图自杀。也就是说，对精神的控制作用方面，它存在很大的个体差别。这样一来，之后就不再栽培黄色牵牛花了。"一口气说完，要介把杯子里的咖啡喝完，补了一句："大概是这样。"

"什么意思？"

"任何事情都不是绝对的。被严格管理的黄色牵牛花种子由于各种原因，散落到了外面，大量种子不知去向。但是，因为黄色牵牛花完全消失，人们都以为种子也消失了。这时候……"

"发生了 MM 事件是吧。"苍太说，"田中和道家的院子里种的原来就是黄色牵牛花。"

"确实如此。田中不知通过什么渠道得到了种子，在自己家里种花，然后收集种子，服用后享受幻觉，不料幻觉过了头，引起了精神错乱。警察厅高层的惊慌也不是没有理由。因为虽然已经是过去的事，但如果警察曾经想活用而栽培的植物种子最终引发多人遭受惨杀事件的话，他们将无法面对国民。"

"所以真相被掩埋了。咱们的爷爷也没能抗住上头的压力。"

要介的眼神变严肃了。"蒲生意嗣也有他不得已的内情。"

"什么？什么内情？"

"提出把黄色牵牛花制成药物来促使罪犯坦白的是内务部的人，其中一个是咱们的曾祖父，也就是蒲生意嗣的父亲。"

苍太不由得一下子伸直了脊背。"还会有这样的偶然……"

"也不算是偶然。因为自己的父亲在内务部，爷爷的警察之路也走得很顺利，结果也知道了黄色牵牛花的秘密。"

苍太抓抓脑袋。他再次想：警官的血统真是麻烦。

"于是，MM 事件的原因被解释成单纯的身心错乱。但蒲生意嗣并不认为事情就此解决，因为不能保证今后不会出现第二、第三个田中。他把杜绝同样惨剧的发生当成了自己的使命。此后，爷爷开始独自搜集信息，只要听说黄色牵牛花开花的传言，不管是哪儿都会飞奔过去亲自证实，而且，他还命令自己的儿子去完成这种监视行动。"

"自己儿子……"

"当然，就是咱们的老爸。"要介的表情有了变化，"MM事件对爷爷来说是如此震撼。想想看吧，无辜的人们一个个被日本刀惨杀，目睹这样的惨状，他当然会想，决不能让这种事情再次发生。再说自己的父亲又跟事件的发生有关，而自己却在帮助隐瞒事件真相。这罪恶感大概不只是一星半点吧。老爸经常说，爷爷直到临死时都放不下黄色牵牛花。"

哥哥拿着咖啡杯。苍太也喝了一口清咖啡，注意到自己的手心出汗。

"没想到咱们家还有这么复杂的情况……"

"你说的也是。"

"哥哥你是什么时候听说的？"

"最早听老爸说是在上小学的时候，他给我看黄色牵牛花的照片，解释说，这是会让人发狂的花。照片好像是爷爷从哪儿得到的。老爸也继承了爷爷的遗志，有空就搜集资料。我是那时候第一次知道有这种东西存在。"

"因为听了这个，你才进了警察厅？"

"怎么会？"要介眼角皱起细纹，"因为老爸的影响对警察感兴趣，这是事实，但我觉得梦幻花呀黄色牵牛花之类的是一个历史。我在牵牛花集市和老爸一起聚精会神地寻找，大概是因为自己没有亲眼见过黄色牵牛花吧。"

　　要介站起身，从小推车上拿过咖啡壶，往自己杯里倒了咖啡，问苍太："你还要吗？"

　　"再来点……老爸跟我可没说起过。"

　　要介一边往苍太杯里倒咖啡，一边说："那是自然。这件事不能把你卷进去，因为你是受害者一方的人。"

　　"你是说 MM 事件的受害者吗？"

　　"当然是。"

　　"爸爸知道妈妈是 MM 事件的遗属，之后才结的婚吗？"

　　"是的。老爸暗地里调查事件受害者们在那之后的生活状况，尤其关注的是失去了双亲的女孩，得知已经成人的她在酒馆上班，老爸就装作客人去那家酒馆，慢慢和她熟了起来。听说了她的身世，老爸为不能跟她说明真相而心痛，他甚至说过，觉得自己也在做着卑劣的事。"

　　"所以爸爸就和妈妈……"

　　要介把杯子端到唇边。"你别误解，老爸结婚不是出于什么同情心，纯粹是因为被妈妈吸引。老爸很苦恼，不知道自己是否有求婚的资格，于是他向妈妈说出了一切，请求跟妈妈结婚。妈妈虽然很受刺激，但也被老爸的诚意打动了。就这样他们俩结了婚，我也为这婚事高兴。"要介喝了一口咖啡，把杯子放回碟子上。

　　"原来妈妈也知道蒲生家的秘密呀……"

　　"听说老爸跟妈妈发过誓，如果他们俩有了孩子，决不让孩子卷入这件事。"

　　苍太交叉着两手的手指，叹了一口气。"是这样啊。"

　　"我知道你有各种不满，但是不能跟你说，因为那是老爸的遗愿。"

　　"所以这次也什么都没跟我说。不光如此，还从我眼前消失了。"

要介靠在沙发上，跷起二郎腿。"我失算了，你居然碰到秋山梨乃，更没想到你们俩居然联手了。"

"哥哥你接触她是因为看了秋山那张花的照片？"

"是的。刚才我也说过了，原本我以为自己不可能亲眼见到黄色牵牛花。进了警察厅之后我了解到，现在几乎已经没有人知道黄色牵牛花，它只存在于古老的资料里。不过我还是抱着纪念老爸的心情，时常在网络上检索几个词，就是黄色牵牛花、黄色花、谜之花、不知名字的花等等。我持续检索了十来年，没有发现老爸给我看过的照片上的花。那天偶然发现名为'不知名称的黄色花'的博客，看内容之前就想，反正也跟黄色牵牛花没什么关系吧。"

"没想到并非如此。"

"真是任何事情都不能想当然啊。看到那张图片的时候，我吃惊得心脏都快停止跳动了。我对自己说，大概是弄错了，肯定是弄错了。可是，越看越觉得图片上的花酷似老爸给我看过的照片上的花。"

"所以你赶紧和对方联系，花的主人却已经被杀害了，是这样吧？"

"我还关注一点，那就是种子不知是从哪儿来的。更奇怪的是盆栽被盗这个事实。如果杀人事件和黄色牵牛花有关的话那可不得了。弄不好会让人们知道黄色牵牛花的存在。我是真着急了，于是请了假独自进行调查，不管如何我必须先于搜查人员找到真相。"

"你可真行啊，一个人单枪匹马的。"

"不是一个人。"要介扬了扬眉毛，"我有帮手，这个大概你也知道。她比我更早注意到黄色牵牛花的复活并开始了行动。"

"是……伊庭孝美？"

要介点头。"刚才我说过，黄色牵牛花的药物研究交给了某个医学家，那个医学家叫伊庭。"

"啊？"

"散落出去的黄色牵牛花种子是由伊庭家保管的，所以他们家的人决定追踪种子的下落，几代人都在坚持。咱们的爷爷也在追踪，他从某个时期开始和伊庭家互换信息。"

"所以伊庭孝美也……原来如此。"

"见过秋山梨乃之后，我和伊庭孝美取得了联系。得知她也正在追踪黄色牵牛花，我很吃惊。交换了彼此的信息，我们发现一个接点。"

"鸟井尚人的自杀……"

"确实如此。"要介深深地点点头，"伊庭从那个途径盯上了工藤明。鸟井尚人是工藤钟爱的乐队成员，尚人也是秋山周治的孙子。我从已经潜入乐队的伊庭那儿得到了几个重要信息，其中一个成了解决这次事件的关键，那就是'福万轩'。我还听伊庭说在演唱会现场碰到了你，她说自己只能逃离乐队了。"

苍太的目光往下移。"我真是令人讨厌。"

"那倒不是。"

"是吗？"

"不管怎么说，"要介把胳膊放在沙发扶手上，很放松地靠着。"总算告一段落了。那阵子不知事情会如何发展，现在暂时可以放心了。"

"发现种子啦？"

"发现了，这也多亏了伊藤。不过还不能大意，因为并没有证据能证明梦幻花已经完全消失。"

"你今后还要继续监视吗？"

"没办法，总得有人做呀。"话的内容严肃，要介的语气却很轻松。"我能说的就是这些了。"

苍太交叉起胳膊。"我还有好多事没明白。"

"是关于她吧？"要介嘴角微微一笑，"要是关于她，不如直接问她本人吧。我也只知道一些片段。"

"她本人是指……"

"当然是伊庭孝美啊，她也说想要自己跟你解释。"

"我能见她吗？"

"当然。她已经没必要隐身了。"

"她现在在哪儿？"

要介意味深长地嘴角一弯，食指往上面指着。"顶层的酒吧。你小子会喝酒吧？"

苍太皱起眉毛看看哥哥的脸："还是兄弟呢，连这都不知道。"

"不会喝的话就要杯果汁吧。"

"会喝啊，不就是酒吗？"苍太站起来，"她现在在酒吧？"

要介点点头。"赶紧去吧。"

苍太朝门口走去，手伸向门把手的时候，要介叫了一声"苍太"。他回过头去，看到样子越来越像父亲的哥哥微微笑了一下，说："对不住了。"

苍太耸了耸肩，说了句"没事儿"，开门离开了房间。

38

站在酒吧门口，黑衣男人走上前来。"您一个人？"

"不，我约好了人。"苍太说着环视店内。时间还早，客人不多。窗边坐着个女子。看背影苍太直觉：是她。他慢慢走上前去。

伊庭孝美刚把手机放在桌上。苍太站住，俯视着她。

孝美抬起头，似乎已经注意到他进来，没什么吃惊的表情。她轻轻动着嘴唇："要介哥刚刚来短信了，说你一会儿过来。"

苍太皱皱眉头，挠挠鼻翼："你们一直在合作呀。"

"合作看来今天要结束了。"孝美说，"你坐下吧。"

苍太拉过椅子坐下。桌上的香槟杯里倒着黄色液体。

"你喝的……果汁？"

孝美微笑："米莫萨——橙汁和香槟调的鸡尾酒。"

第一次听这名字。光听这名字苍太就觉得，她真是大人了。

服务生过来，苍太要了啤酒。

孝美正对着苍太，低头致意："很久没音讯了。演唱会时失礼了。"

"哪里。"苍太也低下头，然后慢慢往上看，一碰到孝美的视线，又低下头去。

孝美像是忍不住笑了。"你还是和当年一样，不敢看别人的眼睛呀。"

苍太恼怒地看了她一眼，还是马上转移了视线，因为孝美一直盯着他。

啤酒上来了。苍太不看她，喝了一口。

"你怎么什么都不说？"孝美问。

苍太眨眨眼，看她一眼："你能不能别那么说话，弄得我很紧张。"

孝美歪歪脑袋："还是过去那样说话比较好？"

"如果可以的话。"

她微笑着点头，抬起下巴开口："好久不见，你还好吗，苍太？"

一瞬间，苍太觉得心头一热。他大大呼了口气，舔舔嘴唇。"真没想到能以这种方式和你见面。"

"我也是。不，还以为这辈子见不了面了。"

"从什么时候开始这么想的？那个初二夏天？"

"嗯，当然。"

四目相对。苍太没有躲开她的视线，身体发热。

"我有很多话想问你，包括这次案件。可最先想问的还是那个夏天的事，当时你们家发生了什么？"

一刹那，孝美心酸地眉头一动，又立刻回过神来坐直。"先是你们家联系了我爷爷，大概是问是不是知道你和我经常见面。爷爷吓了一跳，去问妈妈，妈妈也不知道，因为我没跟家里说起你。妈妈问起我就照实说了，说和你很亲近，还有点反抗地问，这有什么不对。"

苍太想，到这儿和自己一样。"然后呢？"

"爷爷和妈妈说有很要紧的事要告诉我，他们一脸严肃。要说的内容现在你大概也知道了，就是和蒲生家族一样，伊庭家族也有应尽的责任。我听说了黄色牵牛花和MM事件。知道你妈妈失去父母是因为从伊庭家散出去的黄色牵牛花，这让我大受刺激。"

"所以决定不再和我见面？"

孝美认真地点点头："他们说，你什么都不知道，说你们家单单不想把你卷进去。这样我想还是不见面的好，因为再亲近下去总有一天我会说出来。抱歉，一直瞒着你。"

苍太用右手挠挠脑袋，想着：现在道歉也没什么用啊。

"你也选择了追寻黄色牵牛花的道路？"

"是的，不过目的有点不同。"孝美说，"不单单是回收黄色牵牛花的种子，还想对它的幻觉作用作科学解释，所以选择了药学。"

"原来是这样……那你接近工藤明是为了什么？"

"最初是偶然看到某个人的 Facebook，内容是吃了牵牛花种子产生幻觉，还说是稀有品种的牵牛花，很难到手之类的。我多了个心眼，之后也留意他的帖子，可是没再出现关于牵牛花种子的内容。因为这个契机，我再次打算寻找花种，这也是因为一直有心结。"

"心结？"

"MM 事件。那起事件解决之后，牵牛花种子还是没被找到。据说都没怎么好好地入户搜查，因为在当时的搜查一科科长的指示下，事件被迅速处理完事了。"孝美的话里透着讽刺，她大概知道搜查一科科长是苍太的爷爷吧。"可是犯人田中和道一定是把种子藏在了什么地方。我想去找，它们到底消失在哪儿了。其实稍稍想想就能想象，田中是一个人独居，他的东西应该是亲戚拿走了。"

"所以你去了胜浦，去年秋天。"苍太说。

孝美瞪大眼睛："你知道得还真清楚。"

"我去了庆明大学的研究室，看了你的日历。"

"怪不得。"孝美的表情像在说：小看你了。"我去胜浦是想确认田中的老家是什么样子，可是那房子已经转让了。问清买家，我吃了一惊，这不是那个有名的艺术家吗？那个在 Facebook 上写了牵牛花种子的人在帖子里写过自己是工藤明的粉丝，经常去他的店里。我觉得这并非偶然。"

"买下了田中老房子的工藤明发现了牵牛花种子——你是这么推理的吗？"

"这么想挺妥当的吧？我马上去了工藤明的店，但他那家店本身很正常，看样子不像是能给客人提供幻觉剂。所以我想，工藤明大概只会对最亲近的人提及牵牛花，就他们几个人在一起享受幻觉。"

"这很有可能。"

"所以我决定先装作是工藤明的热心粉丝，这样的话也许有一天会有机会知道种子。"

"你这计划进展如何？"

孝美苦笑着摇头："泡汤了。工藤明比我想象的还要小心谨慎。我经常去他店里，混熟了之后也被叫去参加小范围聚会。这种时候他们会说起兴奋剂之类的，但并不是事实上用兴奋剂那种气氛，顶多也就是说说有没有用过迷幻剂。在我快要放弃的时候，发生了一件意想不到的事。"

"是不是鸟井尚人的自杀？"

孝美重重地点头："没错。我听说了他死时的情况，确信是因为梦幻花。鸟井尚人、大杉雅哉他俩和工藤明关系亲密，得到种子的可能性很大。"

"所以你去乐队当了键盘手？"

"别看我这样，对乐器演奏还是有自信的，高中时我是轻音乐队的。"

苍太吃了一惊。说起来她是有这么一段履历，秋山梨乃调查过。

"只要查清和梦幻花没关系，我打算立刻脱身。可是这时被你发现，整个计划泡汤了。"

"我该道歉，是我搅局了。"

"没必要道歉吧。虽然计划没能实行，目的却达到了，黄色牵牛花的存在在其他途径得到了确认。"

"是秋山周治被杀事件吧？"

"对。要介联系了我，我们交换了信息，于是整体情况浮出水面，我明白了，尚人是把种子给了秋山。但还有几个问题需要解决，一个是追踪秋山家被拿走的盆栽去向，另一个是或许还遗留在某处的种子。我不想这么掩盖着两个问题就把犯人给抓了。一无所知的搜查队伍掩盖着这些物证，一旦物证公布于众就不可收拾了。不过要介和那个叫早濑的警察联手，收回了盆栽，真凶也抓到了。要介动用了警察厅的关系介入调查本部，保住黄色牵牛花的秘密，解决了案件。剩下的就是种子。要介和工藤明做了交易，只要工藤如数归还种子，他就不说出是工藤把鸟井尚人逼上了绝路。据说工藤明答应了，他在他家天井后面发现了种子，不过所剩无几，他也没什么可留恋了。"

"是这么回事啊……"

"我能说的就这些了，你有什么问题吗？"

苍太摇头："一下子听了这么多事，现在什么也想不到了。回头慢慢想想，也许还会想起什么。不过我有事件之外的事想问你。"

"什么事？"

"就这样被决定了自己的道路，你没什么不满吗？从上初中起就受命去追寻黄色牵牛花，我觉得真是说不清道不明。"

孝美微微一笑："是啊，某种意义上确实说不清楚。不过要这么说的话，你们家不也一样？要介哥也是从小就背负了义务。"

"嗯，哥哥说没办法。"

"要说我没有一点不满，那是假话。不过，这世上不是有很多相同的情形吗？比如歌舞伎这样的传统艺术，生在那样的家庭要背负继承义务，也是理所当然吧？老字号的店铺也是。"

"可那些算遗产吧，有继承的义务，也能得到利益。"

"世上还有所谓的负遗产呀，苍太。"孝美语气轻柔，"要是放任不管就能消失的话那就好了，要不是这样的话就必须有人接受吧？必须有人继续追踪黄色牵牛花的种子，直到能确认它完全消失。这是播撒了魔性植物的人的后代们的义务，无法逃避。"

一直盯着苍太的孝美的眼睛里，没有一丝犹豫。大概是坚定的决心和信念在支撑着她的内心吧。

"谢谢你"，苍太轻声说。

"干吗道谢？"孝美奇怪地歪歪脑袋。

"因为你教会了我很美好的东西。"

"呵呵。"孝美有点不知所以，但马上就笑了，"我把什么都说了，该你说了。"

"我？说什么好呢？"

"当然是你到今天为止做的事喽。我和要介哥都很惊讶呢，你简直像个不错的侦探。我很想知道你究竟是怎么追踪到MM事件的。"孝美端着鸡尾酒杯，看着苍太的眼睛充满好奇。

苍太点点头，拿起啤酒杯："好啊，不过话说起来有点长，因为得从初中二年级那个夏天开始说。"

39

秋山梨乃和知基一起到东京拘役所是在八月后的一天。是大杉雅哉自己希望会面，让律师联系了知基。

两人等在会面室。窗户对面房间的门开了，雅哉走了进来。一起进来的还有警官。雅哉见到梨乃他们，不自然地笑了笑，坐在椅子上。他原先就瘦，如今看起来像是缩了一圈儿。

"不好意思，还让你们特意跑一趟。"雅哉声音嘶哑。

"身体怎样？还吃得下饭吗？"梨乃问。

"嗯，没事。谢谢。"雅哉交替盯着他俩，一脸煎熬地皱着眉。"真是对不住你们俩。对你们珍爱的爷爷下毒手，我没希望得到原谅，但还是要谢罪。真的，真的对不起。"他低垂着脖子，肩膀微微发抖。

梨乃和知基互相看了看，不知该说什么。

在来的路上，他俩商量该怎么面对雅哉。杀害祖父的凶手固然可恨，但雅哉曾是重要的朋友，这也是不变的事实。知基说："对他根本恨不起来，脑子里盘旋的只有疑问——为什么会这样。"梨乃也是这种感觉。

雅哉大概是把两人的无语理解成对自己的抗议了，脸上现出苦闷的表情，双手抱住脑袋。"我这么谢罪你们也很为难吧，一定想说既然如此为什么要下毒手吧。愚蠢啊，我真想死，判我死刑得了。"

"雅哉，"知基的声音很轻，"是药的缘故吧？吃了奇怪的花种，脑子不正常了对吧？"

雅哉摇头："不知道。就算那样，也是我……我该死。"他周正的脸上涕泪交加。

见他抽泣完了，梨乃开口："你把我们叫来是想道歉？"

雅哉用袖口擦擦脸："这是一个原因，另外我还有话要说，特别是对梨乃你。"

"我？什么事？"

雅哉抬起头，充血的眼睛看着她："关于尚人。那家伙一直很苦恼，从很久以前，从小时候开始。"

"苦恼什么？"

"他说自己不能像梨乃一样。"

"像我一样？什么意思？"

雅哉笑得有点古怪。"你大概不会明白，但事实就是如此——自己觉得普通，周围的人却觉得光环耀眼。"

"等等，我根本不懂你在说什么。"

雅哉像是咽了一下口水。"尚人想得到才能，希望成为有才的人。"

"啊？"梨乃眉头一皱，"你说什么？还有谁比尚人更有才？体育全能，在学校里成绩优秀，画画也好，音乐也到了以专业为目标的程度，他岂止有才，简直是才华横溢。"

听梨乃说着，雅哉慢慢摇头："所以我说你不会明白。尚人确实体育很拿手，但他那水平能到专业吗，能像你一样以奥运会为目标吗，没有吧？在学校成绩优秀，可那也是在有限的范围内。尚人的长项是数学，可他总说不过是知道解题方法而已。画画也是一样，他说自己盯着白纸，脑子里会有构思，拿起画笔把构思画下来，会完成一幅漂亮的画，可这样画出来的画总觉得在哪儿见过似的。他说自己只是有画画知识，用得巧妙，别人会夸奖画得好，可那只是佩服不是感动，丝毫也不能打动人心。"

　　雅哉的视线回到梨乃脸上。"终于他开始认为，自己没有一点才能，只是装作有才。"

　　"可是，"梨乃说，"大多数人不都是这样吗？有才的人只是极少数。只是装作有才——能这么说就很了不起啊。"

　　"嗯，我也这么想。照例说尚人也会这么想，可他的身边有你呀。"

　　"我？"

　　"尚人经常跟我说起你，说你是天才。他说在同一个泳池里，只有你身边的水会不一样，好像是特别的水波在推着你前进，你和别人不同，游在不同的世界。"

　　"什么啊……"

　　"就他自己觉得没有才能，他游泳也挺拿手的对吧，参加过好几次全县比赛。可是他说，他放弃游泳时，周围没有一个人在意。"

　　梨乃吃了一惊，看看旁边的知基："有这么回事？"

　　知基眨眨眼，心情沉重。"说起来确实如此，哥哥已经好多年不游了。"

　　"他还说，看着梨乃，觉得自己很渺小，没有什么可取之处，是个没用的人。"雅哉说。

　　"怎么会这么想……"

　　"他意识到在音乐上也是一样，说自己没有才能。他经常跟我说，真羡慕你有才。其实，我还不是和他一样？我不是什么天才，没什么才，只是有点普普通通的能力，和常人一样。也正因为如此，我比谁都想出人头地。半吊子的模仿搞得不错，更激起了我的欲望，想让自己成为真正的天才。这种邪念让我和尚人沉溺于那个奇异的花种。只不过假货到头来还是假货，成不了真货。"

　　雅哉伸直了背，很严肃地叫了一声"梨乃"。"尚人常常说你傻，说你浪费了自己的天才。他说你生来就是游泳运动员，这是有天赋者的义务，要是把天赋当成负担，那就是浪费。梨乃，你不知道没有义务是多么的空虚……”一口气说完，雅哉吐了一口气，笑了笑。

“雅哉……”

“让你来就是想跟你说这些。”

梨乃点点头，从膝盖上的包里拿出手绢。她还不知道该怎么去理解他这一番话，但心里确实一阵震撼。

梨乃用手绢擦了擦眼角。

尾声

苍太穿过大学正门时，扑面而来的不是熟悉，而是一种新鲜感。离开这儿不到一个月，种种风景在眼里却已和之前不同。

走到研究室，看到藤村一个人坐在桌前。看样子不是在研究什么，笔记本电脑桌面显示的是某个偶像的博客。

大概注意到了脚步声，藤村转过头来，目瞪口呆："哟，蒲生，你还好吧？"

"还行。"苍太说着在旁边椅子上坐下，"你呢？"

"老样子，平淡无奇。你呢，和家里人商量好出路啦？"藤村的口气里带着点玩笑，像是想说：反正也没什么结论。

"谈了很多，以前从没和家人说过那么多话。"苍太眼前浮现出要介的面容。

"哦？"藤村一脸意外，"作决定啦？"

"嗯。"苍太拿起藤村桌上的三色圆珠笔。白色的笔身，最前端两公分是黑色——恰好是原子能发电站使用的一块铀燃料的大小。那是几年前参观原子能发电站时拿的笔。

"从结论来说。"苍太开口，"我决定继续。"

"继续什么？"

"当然是研究，我准备一辈子干原子能发电了。"

藤村大吃一惊："真的啊？"

"真的啊。"

"怎么啦你？原先不是说没未来吗？"

"也许是没未来，但原子能发电本身不会消失。"

藤村换了个姿势，交叉起胳膊："那帮家伙们说到2030年原子能发电会归零。"

"那是指对原子能的依赖。即使现在运转的原子能发电到2030年完成历史使命，原子能本身并不会消失。废炉还需处理，五十多座原子能发电站里还保存着大量用过的燃料是吧？"

"这个吧……大概是的吧。"藤村点头。

"普通的房子要是没人住，扔在那儿会变成破屋，可核电站不一样，扔在那儿不会变成废墟。即使不再用来发电，也得严格管理，慎重地按顺序来处理。况且废炉会产生大量放射性废弃物，现在连处理的场所都无法决定，甚至不知能否人为制造这样的处置场所。就算有了可以填埋废弃物处置场所，放射能要经数万年才能降到安全值。事实上这个国家已经无法逃离原子能，这一选择早在几十年前就已注定。"

藤村沉默了，表情沉重。苍太苦笑了一下，抓抓脑袋："抱歉，班门弄斧了。"

"嗨，那倒不是……你真和原子能死扛？"

"嗯，"苍太抬起下巴，"如果今后日本还用原子能发电的话，安全性等技术方面的要求会比以往更高。如果撤销原子能发电，我觉得必须有高于推进的技术，因为得面对迄今为止任何一个国家都未曾经历的问题。"

藤村皱起眉头，低声说："我明白你的意思，可那不是下下签吗？别人会冷眼相看，而你要扛的是个几十年也解决不了的问题。"

"这世上有所谓的负遗产，要是扔在那儿能自行消失，扔一边就行了；要不是这样，也总得有人接着。我去接也不是不行吧？"

　　藤村盯着苍太的脸，慢慢摇头："怎么回事？在东京发生了什么呀？说得真够酷的。"

　　"因为碰到了酷酷的人，有那么两个吧。"

　　苍太站起身走到床边。来了一条手机短信，一看是秋山梨乃的。事件解决后还没和她见过面。两人约好要好好谈一次。

　　短信标题叫"重新挑战"。

　　"你好，在大阪吧？我想了很多，决定试着重回泳池。不知道自己还能不能游好，下定决心跳下去试试。这算是向你报告我的决心。"

　　看了短信，苍太耸耸肩，想着：眼下是没法去约会了。

　　看着窗外，裹着天空的白云缺了一块，露出一片湛蓝。

（京权）图字：01-2014-8626

MUGENBANA
Copyright ⓒ 2013 by Keigo HIGASHINO
First published in Japan in 2013 by PHP Institute, Inc.
Simplified Chinese translation rights arranged with PHP Institute, Inc.
through CREEK & RIVER CO.,LTD. and CREEK & RIVER SHANGHAI CO., Ltd.

图书在版编目（CIP）数据

梦幻花 / （日）东野圭吾 著；赵峻，皮琳 译. -- 北京：作家出版
社，2015.1（2018.6重印）
ISBN 978-7-5063-7773-7

Ⅰ.①梦… Ⅱ.①东…②赵…③皮… Ⅲ.①长篇小说 – 日本 – 现代
Ⅳ.①I313.45

中国版本图书馆CIP数据核字（2015）第001207号

梦 幻 花

作　　者：〔日〕东野圭吾
译　　者：赵　峻　皮　琳
责任编辑：丁文梅
特约策划：红　雪
特约编辑：许云莲
装帧设计：博雅工坊·肖杰
出版发行：作家出版社
社　　址：北京农展馆南里10号　　邮　　编：100125
电话传真：86-10-65930756（出版发行部）
　　　　　86-10-65004079（总编室）
　　　　　86-10-65015116（邮购部）
E-mail:zuojia@zuojia.net.cn
http://www.haozuojia.com（作家在线）
印　　刷：三河市紫恒印装有限公司
成品尺寸：142×210
字　　数：235千
印　　张：9.75
版　　次：2015年1月第1版
印　　次：2018年6月第14次印刷
ISBN　978-7-5063-7773-7
定　　价：36.00元